Laura Kister
Soul Paint

AF211708

Laura Kister

Soul Paint

Dark Romance

Bibliografische Information der Deutschen Nationalbibliothek: Die Deutsche Nationalbibliothek verzeichnet diese Publikation in der Deutschen Nationalbibliografie; detaillierte bibliografische Daten sind im Internet über http://dnb.dnb.de abrufbar.

Lektorat: Lektorat Bloom
Coverdesign: LAB Buchdesign

Verlag: BoD · Books on Demand GmbH, In de Tarpen 42, 22848 Norderstedt, bod@bod.de

Druck: Libri Plureos GmbH, Friedensallee 273, 22763 Hamburg

ISBN: 978-3-7693-3977-2

Für alle, deren reine Seelen schon von etlichen moralisch verwerflichen Liebesgeschichten verdorben wurden.

Und für alle, die die Kunst lieben.

Bereit für den nächsten schwarzen Farbklecks auf deiner Seele?

WARNUNG

Dies ist keine süße Liebesgeschichte. Es ist Dark Romance. Er ist kein Gentleman, sondern ein gefährlicher Killer, eiskalt und ohne Skrupel. Ohne Moral. Er wird dir eine Waffe auf die Stirn pressen und, ohne mit der Wimper zu zucken, den Abzug betätigen. Und es wird ihm gefallen. Er wird deine Angst genießen.

Diese Geschichte ist nichts für diejenigen, die etwas gegen moralisch verwerfliche Handlungen haben und die Fiktion nicht von der Realität unterscheiden können.

Am Ende des Buchs findest du eine Triggerwarnung, auf der alle Themen aufgelistet sind, die wichtig zu erwähnen sind. Falls die Themen zu hart für dich sind, dann lege das Buch lieber zur Seite.

Und wenn du noch nicht legal an Hochprozentiges kommst, dann solltest du dieses Buch besser auch nicht lesen.

Wenn dir all das nicht zu viel ist, dann genieß die dunklen Abgründe der Moral, die Spannung und den harten Sex, der dich zur Ekstase treiben wird.

Und denk immer daran, es ist eine fiktive Geschichte, nicht die Realität. Leg deinen Moralkompass weg und genieß es!

PROLOG

CARTER

Die Flamme leuchtet kurz auf, durchbricht die Dunkelheit, und das Ende der Zigarette fängt an zu glimmen. Ich nehme einen tiefen Zug, schmecke den giftigen Rauch und spüre ihn in meiner Lunge kratzen.

Mein Blick gleitet die Fassade auf der anderen Straßenseite entlang und bleibt an einem Fenster hängen. Das Licht hinter dem Glas ermöglicht es mir, alles genau zu erkennen. Ein leichtes Lächeln liegt auf meinen Lippen, als eine junge Frau in mein Sichtfeld tritt. Ihre langen schwarzen Haare sind zu einem unordentlichen Knoten am Hinterkopf gebunden, und saphirblaue Augen strahlen mir bis hierhin entgegen. Der weiße Pullover fällt locker über ihren Körper und ist mit Farbklecksen übersät. Während ich einen weiteren Zug von meiner Kippe nehme, beobachte ich, wie sie mit Pinsel und Farbe auf einer Leinwand malt. Sie führt die Bewegungen mit so einer Präzision aus, wie ich meine Waffen abfeuere. Fuck. Wieso fasziniert mich das so?

Irgendwo tief in meinem Inneren weckt sie ein dunkles Verlangen.

Nach einigen Minuten legt sie alles beiseite und zieht sich ihr Oberteil über den Kopf. Ihre prallen Brüste liegen perfekt in diesem dunklen BH. Fuck. Ihr Körper ist makellos und passt perfekt zu ihrem hübschen Gesicht. Allein der Gedanke daran, ihr in die Augen zu schauen und die Angst darin auflodern zu sehen, formt ein verlangendes Grinsen auf meinem Gesicht.

Ich ziehe ein letztes Mal an der Zigarette und inhaliere den Rauch, bevor ich sie an der Hauswand neben mir ausdrücke. Ich stecke den Stummel zurück in die Schachtel, um keine Spuren zu hinterlassen. Niemand soll wissen, dass ich hier gewesen bin. Meine Hand greift nach meiner Waffe, die noch immer in meinem Hosenbund steckt. Zufrieden werfe ich noch einen letzten Blick durch das Fenster, bevor ich die Fahrertür öffne. Mit einem Seufzen steige ich in mein Auto.

Ich habe alles, was ich brauche, um es durchzuziehen. Ich weiß alles, was ich wissen muss. Ich habe genug Informationen über sie. Es ist so weit. Ein diabolisches Grinsen legt sich auf meine Lippen.

KAPITEL 1

ROSE

»Wow.«

Ein vorsichtiges Lächeln formt sich auf meinen Lippen. Mein erhöhter Puls normalisiert sich wieder, während Erleichterung meinen Körper durchströmt. »Du findest es gut?«

Maddy dreht ihren Kopf zu mir und starrt mich verständnislos an. »Nein.«

Ich schlucke und mein Herzschlag beschleunigt sich erneut, als Hitze in mir aufkommt und ich unsicher auf meiner Unterlippe kaue.

»Es gefällt mir nicht einfach nur. Ich liebe es!« Sie lacht und ihre Augen heften sich erneut auf die Leinwand, die auf der Staffelei thront. »Es ist perfekt!«

Erleichtert atme ich aus und meine Augen fixieren die Malerei. Der schlichte Hintergrund ist in hellen Grau- und Blautönen gehalten. Das warme Farbenspiel, welches das Hauptmotiv des Gemäldes darstellt, hebt sich vom Rest der Leinwand ab.

Mein Blick wandert von oben über die wohlgeformten Brüste, über den leicht definierten Bauch bis hin zur empfindlichsten Stelle des weiblichen Körpers. Sie wird durch die überkreuzten Beine verdeckt. Die dunklen Schattierungen und die hellen Highlights geben dem Ganzen die benötigte Struktur und lassen die nackte Haut real erscheinen.

»Hattest du ein Modell oder wessen unfassbar heißer Körper ist deine Inspiration gewesen?« Maddys Blick ist immer noch an die Leinwand gefesselt.

»Ehrlich gesagt habe ich meinen Körper als Inspiration genommen, aber bitte sag es niemandem.«

»Keine Sorge, das bleibt unser Geheimnis.« Maddy zwinkert mir zu und seufzt. »Ich wünschte, ich hätte so einen wunderschönen Körper.«

»Na ja, ich habe ein paar Muttermale und kleine Hautunreinheiten ausgespart.«

»Trotzdem. Bei so einem Körper würde ich sofort mit einer Frau schlafen, obwohl ich auf Männer stehe.«

»Du weißt, dass das total oberflächlich ist?« Ich hebe meine Augenbrauen.

Sie verdreht die Augen. »Ja, ja, ich weiß. Aber nackte Frauenkörper sind halt echt ästhetisch.«

»Da hast du Recht. Wie sieht denn dein Bild aus? Bist du schon fertig?«

»Warte, ich zeig es dir.« Maddy kramt in ihrer Handtasche und zieht ihr Smartphone heraus. »Ich habe extra ein Foto gemacht.« Sie reicht es mir und sieht mich erwartungsvoll an.

»O mein Gott, das ist so schön!« Ich reiße begeistert die Augen auf, als ich das Abbild ihres Kunstwerks auf dem kleinen Display sehe. Der nackte Frauenkörper auf ihrem Kunstwerk ähnelt meinem, doch gleichzeitig ist er ganz anders. Die Brüste sind größer und zwischen den Beinen ist etwas mehr zu sehen als auf meinem. »Ernsthaft, das ist richtig gut! Du brauchst Kunst gar nicht mehr zu studieren, du bist schon so unglaublich gut.«

Maddy lacht und nimmt ihr Smartphone wieder an sich. »Das musst gerade du sagen! Das Kunststudium passt so gut zu dir.«

»Wir sollten langsam mal los, wenn wir noch in New York ankommen wollen, bevor der Club schließt.« Ich nehme meine schwarze Handtasche von meinem Bett und verstaue mein Notizbuch zusammen mit einem Bleistift darin. Dann stecke ich mein Smartphone ebenfalls ein und schließe die Tasche.

»Quatsch, die Clubs in New York haben lange genug auf, aber ich möchte auch noch genug Zeit zum Feiern haben. Jetzt, wo das Semester vorbei ist, können wir endlich wieder ausgiebig Party machen. Darauf freue ich mich schon die ganze Woche.« Sie streicht ihr dunkelrotes Minikleid glatt und grinst begeistert. In dem eng anliegenden Stoff kommen ihre weiblichen Kurven richtig zur Geltung.

»Das stimmt. Ich bin dir so dankbar, dass du mich mitnimmst. Ich glaube, ohne dich würde ich nicht extra zum Feiern nach New York fahren. Ich meine, stell dir mal vor, ich müsste mir ein Taxi nehmen. Knapp zwei Stunden Fahrt und mehrere Hundert Dollar für Hin- und Rückweg. Das wäre viel zu teuer.« Lachend greife ich nach meiner Tasche. Von meinem Tisch nehme ich mir die Schlüssel. Schließlich sehe ich mich noch einmal prüfend um. Ein kurzer Blick in den Spiegel und ich zupfe mein schwarzes Cocktailkleid zurecht. Dann werfe ich meine langen Haare, die ich vorhin extra gelockt habe, nach hinten.

»Dafür hast du ja mich.« Maddy streicht sich schmunzelnd eine Strähne ihrer schulterlangen Haare aus dem Gesicht. »Und jetzt komm, wir sollten den Fahrer nicht länger warten lassen.« Im Gegensatz zu mir ist Maddy reich. Als Multimillionäre verdienen ihre Eltern mehr, als ich mir je zu erträumen wage. So ist es möglich, dass ihr Chauffeur uns nach New York City fahren kann und wir kein Taxi nehmen müssen.

Zusammen laufen wir zur Tür. Nachdem Maddy sie geöffnet hat und nach draußen gegangen ist, schließe ich meine Wohnung ab und folge ihr durch den Hausflur nach unten auf die Straße. Der Geruch von Abgasen empfängt mich und aus der Ferne ist der rege Verkehr zu hören. Motoren und Hupen verschiedener Autos, und von weiter weg dröhnt Musik zu mir. Der graue Gehweg und die Straße sind verlassen. In der Dämmerung wirkt es ein wenig trist. Der mattgraue Mercedes wartet vor dem Haus auf uns. Wir steigen hinten ein.

Als ich die Autotür schließe, verstummt der Alltagslärm und nur die leise Radiomusik dringt an meine Ohren. Das Auto setzt sich langsam in Bewegung. Aufgeregt sehe ich aus dem Fenster. Die Häuser ziehen an mir vorbei und ich konzentriere mich auf die bunten Lichter, die von Straßenlaternen und Gebäuden ausgehen, während wir New Haven hinter uns lassen.

Nach fast zwei Stunden Fahrt hält das Auto schließlich an der Straßenseite und ich öffne meine Tür. Nachdem ich mich bei dem Fahrer bedankt habe, steige ich aus und sehe mich um. Musik strömt aus verschiedenen Richtungen zu mir. Der Geruch nach Abgasen und Alkohol steigt mir in die Nase.

Maddy schließt seufzend die Augen. »Ich liebe New York!«

Lachend stupse ich ihr in die Seite und schüttle amüsiert den Kopf, bevor ich ihre Hand nehme. Hinter mir ziehe ich sie zum Eingang des Clubs. Wir laufen an der Schlange anstehender Leute vorbei auf den Türsteher zu.

»Hey, Steve. Wie gehts?«, begrüßt Maddy ihn euphorisch.

Der breit gebaute Kerl grinst, als er sie erkennt. »Maddy! Lange nicht gesehen. Wo hast du dich die ganzen letzten Wochen versteckt?«

»Ich hatte viel mit der Uni zu tun und keine Zeit zum Feiern.«

»Na dann rein mit euch!« Mit einem breiten Grinsen winkt er uns durch und wir schlüpfen durch die Tür.

Ein Schwall von Hitze schlägt uns entgegen. Ich atme ein paar Mal durch den Mund, bevor sich meine Nase allmählich an den Schweißgestank und die Alkoholfahne gewöhnt, die uns umgibt. Der Bass vibriert und lässt nicht nur meinen Körper beben, sondern auch meine Ohren klingeln.

Ich hasse diesen Moment. Diese wenigen Sekunden unmittelbar, nachdem man einen Club betreten hat. Sekunden, in denen einem die Hitze den Schweiß auf die Stirn treibt, der ekelhafte Gestank Schwindel und Übelkeit erzeugt und die ohrenbetäubende Lautstärke das Trommelfell fast zum Platzen bringt. Die Augenblicke danach liebe ich. Sobald sich der Körper und der Verstand an die veränderte Umgebung gewöhnt haben und die gute Laune so richtig kickt. Dieser Moment und alle folgenden, in denen man hemmungslosen Spaß hat und einfach feiert.

Wir drängen uns durch die Menschenmenge und steuern die Bar an, welche gut besetzt ist und auf der einige Getränke stehen. Ich winke einen der Barkeeper zu mir und lehne mich über die Bar. »Einen *Sex on the Beach* bitte«, schreie ich ihm über den Lärm hinweg entgegen. Dann sehe ich fragend zu Maddy.

Diese zeigt auf mich. »Für mich das Gleiche.« Der Barkeeper nickt und hantiert hinter der Theke herum.

Ich lasse meinen Blick über die tanzende Masse gleiten. Es ist brechend voll und die Stimmung ist ausgelassen. In der Mitte der gigantischen Tanzfläche hängt eine riesige Discokugel von der Decke, die sich langsam um sich selbst dreht. Die hellen, bunten Lichter, die sie erzeugt, tauchen den Raum in die richtige

Atmosphäre. Zu der dröhnenden Musik gesellen sich Stimmengewirr, Kreischen und Lachen.

Als Maddy mich antippt, sehe ich zu ihr. Sie deutet auf den Tresen und ich bedanke mich beim Barkeeper, während ich meinen Cocktail in die Hand nehme. Wir stoßen grinsend an und ich sauge gierig an dem Strohhalm. Die kalte, rot-orange Flüssigkeit rinnt meinen Hals hinunter und hinterlässt eine kühlende Wirkung, die im Kontrast zu der stickigen und viel zu warmen Luft hier himmlisch ist. Ich schließe für einen kurzen Moment die Augen, um diese angenehme Abkühlung zu genießen. Nach einem weiteren Schluck des süßlich bitteren Getränks sehe ich zu Maddy, die Richtung Tanzfläche nickt.

Mein Glas balancierend bahne ich mir einen Weg hinter ihr durch die tanzenden Leute. Schließlich bleibt Maddy an einer Stelle stehen, auf der nicht ganz so viele Menschen abfeiern. Mit Platzangst wäre das hier definitiv keine schöne Erfahrung, sondern ganz im Gegenteil eine traumatische Erinnerung, die man so leicht nicht mehr vergisst.

Die elektronische Musik und der Bass dringen bis tief in meine Knochen und mein Körper bewegt sich automatisch im Takt zu der Musik. Lachend tanze ich und nehme zwischendurch einen Schluck von meinem *Sex on the Beach*. Es ist mein absoluter Lieblingscocktail, den ich immer und überall trinken kann, es aber viel zu selten tue. Ich will schließlich nicht jeden Tag Alkohol trinken und schon gar nicht in der Uni oder beim Malen. Die Kunst versetzt mich in eine Art Rauschzustand, da brauche ich nicht mit Alkohol nachhelfen. Ich will sie bei vollem Bewusstsein erleben.

Ich sehe, wie Maddy ihre Lippen bewegt, doch der Lärm übertönt ihre Worte. »Was hast du gesagt? Ich habe dich nicht gehört.« Fragend sehe ich sie an und beuge mich näher zu ihr.

»Ich habe gesagt, die Partys in Yale sind ja echt nicht schlecht, aber in New York macht es trotzdem tausendmal mehr Spaß.« Sie tanzt im Takt der Musik und jubelt, während ihre blonden Haare auf und ab wippen.

»Aber da sind die Partys wenigstens nicht so überfüllt. Das hier ist mir schon fast zu viel.« Ich schreie so laut, dass mein Hals unangenehm kratzt, und nehme noch einen großen Schluck meines Cocktails.

Sie schüttelt den Kopf und ext ihren Drink, als hinter ihr ein Typ auftaucht und sie antanzt. Sie mustert ihn kurz und wirft mir dann einen anzüglichen Blick zu, bevor sie sich dem Kerl widmet.

Keine Minute später tanzt sich auch ein Mann in mein Blickfeld, der mich auffordernd angrinst. Er ist nicht ganz mein Typ, aber er sieht auch nicht schlecht aus, mit seinem schlanken Körper und den hellbraunen Haaren. Also lasse ich mich von ihm antanzen und erwidere seinen Flirt.

Er kommt mir immer näher und ich bewege meine Hüften, während seine Hände auf meiner Taille ruhen. Als ich mit dem Rücken zu ihm stehe, zieht er mich näher an sich, sodass unsere Körper sich berühren und seine Körperwärme auf mich übergeht. Es treibt mir den Schweiß auf die Stirn. Das kühle Glas in meiner Hand kommt nicht gegen die Hitze an. Ich drehe mich zu ihm um und lasse meinen Blick über seinen Körper gleiten. Er zwinkert anzüglich. Ich lache ausgelassen.

Als er sein Gesicht zu meinem senkt und mich nah an sich heranzieht, lasse ich es zu. Und auch als er seine Lippen auf meine presst, erwidere ich seine Berührung. Ich schmecke Alkohol, kann aber nicht sagen, ob es von mir oder ihm kommt. Seine Zunge erkundet meinen Mund und ich lasse mich treiben. Der Kuss ist nichts Besonderes, aber er ist okay. Ein netter Zeitvertreib und etwas unverbindlicher Spaß. Er küsst zu unkoordiniert, was wahrscheinlich an dem Alkoholkonsum liegt, aber dieses Geknutsche ist sowieso was Einmaliges. Danach werde ich ihn nie wieder sehen.

Als ich mich von ihm entferne, halte ich nach Maddy Ausschau, die eng umschlungen mit einem Mann tanzt. Ich exe meinen Cocktail, bevor ich ausgelassen weitertanze. So langsam fängt der Alkohol an zu wirken und ich lasse mich von diesem Kerl vor mir begrapschen. Aber das ist mir in dem Moment einfach egal.

Nach einigen Minuten winkt Maddy mich zu sich und zieht mich hinter sich her. Wir lassen die beiden Typen hinter uns und quetschen uns durch die tanzende Menge. Ich weiche einem Kerl aus, der hin und her schwankt und dabei seinen Cocktail verschüttet. Maddy öffnet eine Tür und wir schlüpfen hindurch. Durch die Wand dringt der Lärm nur gedämpft zu uns und der Gestank von Urin vermischt mit Parfüm steigt mir in die Nase. Ich gehe zu den Waschbecken, um mir die Hände zu waschen.

»Rose?« Maddy stellt sich neben mich und sieht mich an.

»Ja?« Ich trockne meine Hände mit den Papiertüchern ab.

»Dieser Typ ist so heiß, o mein Gott.« Sie streicht mit ihren Fingern durch ihre blonden Haarsträhnen.

Ich zwinkere ihr vielsagend zu und grinse dabei.

»Ich gehe mit zu ihm. Ist das okay?« Sie sieht mich entschuldigend an.

»Klar, wieso denn nicht?«

»Na ja, weil wir zusammen hier sind und auch nachher zusammen zu meiner Wohnung gehen wollten.« In den Semesterferien wohnt Maddy in ihrem Apartment in New York. Nur während des Semesters hat sie eine Wohnung in New Haven, damit der Weg zur Uni nicht so weit ist.

Ich winke ab. »Kein Problem. Das Apartment ist ja nicht so weit weg. Das schaffe ich auch allein.«

»Wirklich? Danke! Der Portier kennt dich ja schon und er kann dich reinlassen. Und du darfst dich dort wie zu Hause fühlen, ja?«

»Alles gut. Ich brauche nur etwas, wo ich schlafen kann, dann bin ich zufrieden.« Ich checke mein dezentes Make-up im Spiegel, das nur aus etwas Mascara und Lippenstift besteht, und werfe ihr ein kleines Schmunzeln zu.

»Ich kann auch meinem Chauffeur Bescheid geben, dass er dich später abholen und dahinbringen soll, wenn du möchtest.«

»Gott, nein. Der Arme. Der hat seinen Feierabend verdient. Ich weiß dein Angebot wirklich zu schätzen, aber es reicht mir, dass ich dein Apartment benutzen darf.«

Maddy zuckt mit den Schultern. »Okay, kein Problem. Danke, du bist die Beste. Wir sehen uns bald, okay? Spätestens in ein paar Wochen, wenn das neue Semester anfängt.«

»Ja. Viel Spaß im Urlaub. Wann fliegst du noch mal?«

»Direkt morgen früh. Und wahrscheinlich komme ich auch erst ein paar Tage vor Semesterbeginn zurück. Vielleicht bin ich zwischendurch mal wieder in New York, aber das weiß ich jetzt noch nicht.« Maddy seufzt. »Bleibst du in New Haven?«

»Ja, ich werde die freie Zeit für meine Kunst nutzen. Ich bin am kreativsten, wenn ich allein bin und keinen Zeitdruck oder sonstige Verpflichtungen habe.«

»Gut, also wenn ich nichts von dir höre, dann weiß ich, warum.« Maddy lacht. »Ich freue mich so sehr darauf, die Ergebnisse zu sehen.«

Ich ziehe sie in eine Umarmung. Nachdem wir uns voneinander gelöst haben, verlassen wir die Damentoilette und begeben uns zurück auf die Tanzfläche. Nachdem Maddy ihren Typen wiedergefunden hat, der sie leidenschaftlich küsst, winkt sie mir zum Abschied noch einmal zu, bevor sie mit ihm von der Tanzfläche verschwindet.

Ich tanze noch eine Weile und der Typ, mit dem ich vorher ein bisschen herumgeknutscht habe, versucht weiterhin, mich anzubaggern. Allerdings wird er immer wackeliger auf den Beinen, weshalb ich irgendwann keine Lust mehr habe und mich allein durch die Menschenmenge dränge. An der Bar angekommen, bestelle ich mir noch einen Shot, den ich direkt runterkippe.

Die Hitze in meinen Wangen wird immer intensiver und ich merke die Wirkung des Alkohols mit jedem Schritt mehr. Da die Musik mittlerweile unerträglich laut in meinen Ohren dröhnt und es zusätzlich viel zu heiß hier drinnen ist, entscheide ich mich dazu, den Club zu verlassen. Am besten ich schnappe etwas frische Luft.

Also zwänge ich mich zwischen den schwitzenden Körpern hindurch und bahne mir einen Weg durch die feiernde Menge. Am Ausgang angekommen, öffne ich die Tür und trete nach draußen ins Freie.

Die kühle Nachtluft hüllt mich in eine angenehme Wolke und kämpft gegen meine glühende Haut. Die Musik von drinnen dringt nur durch einen Schleier an meine Ohren und es ist so viel ruhiger als noch wenige Sekunden zuvor. Die Straßenlaternen erleuchten die Umgebung.

Ich gehe ein paar Schritte und stelle erleichtert fest, dass ich nur leicht betrunken bin und noch einigermaßen geradeaus laufen kann. Langsam gehe ich die Straße weiter entlang, obwohl meine Füße mittlerweile schmerzen. Die hohen Schuhe trage ich schon seit mehreren Stunden, weshalb meine Füße erschöpft sind.

Ich biege um eine Ecke und finde mich in einer kleinen Gasse wieder, die kaum beleuchtet ist. Laternen gibt es hier keine, sodass nur die Lichter von außen die Straße erhellen. Gerade so viel, dass man etwas sehen kann und nicht in völlige Dunkelheit gehüllt wird. Der Geruch nach Zigaretten wabert mir entgegen und ich sehe mich etwas unsicher um.

Eine dunkle Gasse mitten in der Nacht. Und ich bin allein. Eine junge Frau, die allein in einer dunklen Seitenstraße herumirrt. Dazu auch noch alkoholisiert und mit hohen Schuhen, die das Weglaufen erschweren. Mal davon abgesehen, dass ich selbst ohne Schuhe nicht besonders schnell laufen kann. Aber es wird schon nichts passieren. Manhattan ist der sicherste Stadtteil New Yorks. Und wie hoch ist schon die Wahrscheinlichkeit, dass ausgerechnet mir heute etwas passieren wird? Das ist fast so unwahrscheinlich wie die Möglichkeit, dass ich plötzlich mein Talent für die Kunst verliere. Denn das ist eigentlich nahezu unmöglich. Auch wenn ich immer mal wieder darüber nachdenke und dann Angst habe, dass es mir vielleicht doch irgendwann passieren wird. Das wäre eine Katastrophe. Ich liebe die Kunst, das Malen, Zeichnen, die Kreativität. Ich liebe einfach alles daran und meine Kunst erfüllt mich tief in meinem Herzen und meiner Seele. So wie es nichts anderes kann.

Ich schüttle das mulmige Gefühl ab und beschleunige meine Schritte, um die dunkle Gasse möglichst schnell hinter mir zu lassen. Immer wieder werfe ich einen kurzen Blick über meine Schulter. Aber ich kann niemanden sehen, was meine Angst in Grenzen hält.

Euphorie durchströmt meinen Körper bei dem Gedanken an die Kunst und mein Leben, das so privilegiert ist, dass ich meine Leidenschaft ausleben kann. Ich bin zwar nicht so reich wie Maddy, meine Familie gehört im Gegensatz zu ihr nur zur oberen Mittelschicht, aber dank eines Stipendiums kann ich in Yale studieren. Und meine Eltern haben mich immer unterstützt und tun es auch heute noch, so gut sie können, wofür ich ihnen unendlich dankbar bin.

Plötzlich macht sich Zigarettenrauch penetrant bemerkbar. Komisch. Raucht hier irgendwo jemand? Wo soll dieser Gestank sonst herkommen?

Aus dem Nichts spüre ich einen Arm an meinem Bauch, der mich zurückzieht. Bevor ich reagieren kann, landet eine Hand auf meinem Mund, und ich reiße panisch die Augen auf.

»Ganz ruhig.« Es ist eine tiefe Stimme, direkt an meinem Ohr, die mir einen eiskalten Schauer über den Rücken jagt. Der Arm an meinem Bauch verschwindet und ich spüre etwas Hartes an meinem Rücken. Verdammt! »Wenn du schreist oder irgendetwas anderes machst, bist du tot.« Fuck!

Langsam drehe ich mich um und blicke in den Lauf einer Pistole, die sich nun nicht mehr in meinen Rücken drückt, sondern viel zu nah an meinem Gesicht ist. Die Hand auf meinem Mund ist zwar verschwunden, aber ich traue mich nicht, auch nur den kleinsten Ton von mir zu geben. Mein Hals ist wie zugeschnürt und blanke Panik versetzt meinen Körper in ein unkontrollierbares Zittern.

Ich hebe meine Hände, weil ich nicht weiß, was ich sonst tun soll. Hinter dem Lauf der Waffe sehe ich einen Mann.

Er ist größer als ich und definitiv stärker. Er trägt eine Anzughose und ein weißes Hemd, unter dem ich einen muskulösen Oberkörper ausmache. Unter dem Hemd lugen Teile eines Tattoos hervor, doch mehr kann ich nicht erkennen. Seine schwarzen Haare hängen ihm leicht in die Stirn und sein Dreitagebart unterstreicht seinen markanten Kiefer. Die stechend grünen Augen, die ich in dem schwachen Licht gerade so erkennen kann, blicken direkt in meine und seine Lippen umspielt ein diabolisches Lächeln. Würde er mich nicht gerade mit einer Waffe bedrohen, würde ich ihn sogar heiß finden. Nein. Falsch. Ich finde ihn auch so extrem heiß. Bis auf die Tatsache, dass er mir seine

Pistole direkt vors Gesicht hält und das auch noch zu genießen scheint.

Einen Teil von mir hat die Dunkelheit und Gefahr schon immer angezogen. Weil es etwas Aufregendes hat. Und weil es starke Emotionen auslöst, die ich in meiner Kunst verarbeiten kann. Solch dunkle Kunstwerke sind faszinierend.

Fuck. Was für ein kranker Wichser ist das bitte?! Und wie zur Hölle soll ich ihm lebend entkommen?

Gegen ihn habe ich keine Chance, selbst nüchtern wäre ich ihm vollkommen hilflos ausgeliefert. Aber im angetrunkenen Zustand sieht das Ganze noch aussichtsloser aus. Der Alkohol sorgt auch dafür, dass ich ihn sogar attraktiv finde. Das kann nur der Alkohol sein. Denn sonst stimmt etwas mit mir nicht.

Zitternd beobachte ich, wie er aus seiner Hosentasche einen Lappen hervorholt und damit langsam näherkommt. »Süße Träume«, säuselt er mit seiner tiefen rauen Stimme, während er mir den feuchten Lappen aufs Gesicht drückt. Ein süßlich stechender Geruch brennt sich in meine Nase.

Ich versuche, seinem festen Griff zu entkommen, doch er hat seinen Arm um mich geschlungen und presst mir das Tuch von hinten auf Mund und Nase. Ich habe absolut keine Chance. Seine Muskeln, die ich an meinem Rücken spüre, und seine Arme müssen sich nicht einmal anstrengen, um mich ruhigzuhalten. Er ist einfach zu stark für mich. Und außerdem habe ich viel zu große Angst, mich zu wehren, denn immerhin hat mich dieses Arschloch mit einer verfickten Waffe bedroht! Ich will nicht sterben, doch ich habe auch absolut keine Idee, wie ich ihm entkommen soll. Ich habe absolut keine Ahnung von irgendwas. Mein Kopf ist wie leer gefegt.

Ein undurchsichtiger Schleier legt sich langsam um mich und ich drifte mit jeder Sekunde weiter ab. Meine Beine geben unter meinem Gewicht nach, doch sein Arm hält mich fest, sodass ich nicht zu Boden sinke. Meine Lider werden schwer und mein Kopf sinkt gegen seine Brust. Alles um mich herum wird schwarz und still.

KAPITEL 2

CARTER

Lange schwarze Haare, strahlend blaue Augen, so blau wie ein Saphir. Volle rosa Lippen. Pralle Brüste, die aus ihrem engen schwarzen Kleid hervorschauen. Dünne Taille und ein runder Hintern.

Nicht schlecht. Sie ist heiß, keine Frage. Ich kann jeden Mann verstehen, der sie haben will. Sie gehört zu der Art Frau, für die ein Psychopath eine kranke Obsession entwickelt. Die die Aufmerksamkeit eines Sadisten auf sich zieht. Sie ist hübsch und sexy.

Ihr schlaffer Körper liegt in meinen Armen, sie ist leicht. Ihr blumiges Parfüm kitzelt in meiner Nase. Eine leichte Alkoholfahne weht zu mir herüber. Sie scheint sich amüsiert zu haben, aber das weiß ich längst.

Ich stecke das mit Chloroform getränkte Tuch wieder zurück in meine Hosentasche und klemme meine Waffe in meinen Hosenbund. Nachdem ich mich zu allen Seiten umgesehen habe, hebe ich sie hoch. Sie liegt in meinen Armen und ich beobachte grinsend ihren regungslosen Körper. Ohne Anstrengung trage ich sie einige Meter, bis ich das Ende der Straße erreicht habe.

Nachdem ich mich vergewissert habe, dass die Straße verwaist ist, wage ich mich aus dem schützenden Schatten der kleinen Gasse auf die größere Straße. Die Musik hinter mir wird leiser, die Straße vor mir heller. Ich steuere auf meinen dunklen BMW zu.

Dort angekommen, setze ich sie kurz ab und hole den Autoschlüssel aus meiner Hosentasche hervor. Ich drücke auf den Knopf und entsperre das Auto. Dann öffne ich den Kofferraum und hebe sie erneut hoch. Vorsichtig lege ich sie auf die ausgebreitete Plane, die ich schon darin platziert habe, und greife nach den Kabelbindern. Ich fixiere ihre Hände und ihre Beine und ziehe das Plastik fest. Auch wenn sie höchstwahrscheinlich nicht aufwachen wird, will ich sichergehen, dass sie gefesselt ist und mich nicht überrascht, wenn ich den Kofferraum öffne. Nachdem ich noch einmal alles überprüft habe, schließe ich ihn wieder und gehe herum zur Fahrerseite.

Ich steige ein und stecke den Schlüssel ins Zündschloss. Dann starte ich den Motor. Aus dem Radio kommt leise Musik und die Klimaanlage bläst kühle Luft in mein Gesicht. Die Fahrt wird entspannt verlaufen. So wie es auch sehr entspannt und einfach gewesen ist, sie zu fangen und mitzunehmen. Fast schon langweilig, aber eben nur fast. Denn sie mit der Waffe zu bedrohen und zu betäuben, die Angst in ihren Augen auflodern zu sehen, das ist alles andere als langweilig gewesen. Es war aufregend und hat mich gereizt. Mir einen Kick gegeben. Fuck, es ist ein geiles Gefühl gewesen!

KAPITEL 3

ROSE

Zigarettenrauch. Der Geruch muss sich in meiner Nase verfangen haben. Zusammen mit der süßlich bitteren Alkoholnote. Der Alkohol hat außerdem eindeutig von meinem Kopf Besitz ergriffen und veranstaltet eine wilde Party darin. Ein stechender Schmerz, begleitet von einem unangenehmen dumpfen Pochen, zieht sich hinter meiner Stirn durch meinen Kopf.

Ein leises Stöhnen entweicht mir und ich kneife die Augen zusammen, in der Hoffnung, den Schmerz dadurch zu lindern. Immerhin höre ich nichts, absolut gar nichts. Nicht ein einziges Geräusch. Wie ist das möglich? In New York wimmelt es nur so von Menschen, Partys und Verkehr. Von irgendwoher hört man immer etwas. Selbst wenn man in einem Gebäude ist, entkommt man der Geräuschkulisse nur selten.

Und ich bin … Moment. Wo bin ich? Das Letzte, an das ich mich erinnere, ist, dass ich den Club verlassen habe, um frische Luft zu schnappen. Und dann … Fuck!

Panisch reiße ich die Augen auf, als der entscheidende Erinnerungsfetzen sich seinen Weg in mein Gedächtnis bahnt. Nein.

Das darf nicht wahr sein. Das darf einfach nicht wahr sein! Tränen steigen mir in die Augen, als ich realisiere, dass ich mir den Mann mit der Waffe nicht eingebildet habe und er kein Produkt meiner Fantasie gewesen ist. O nein. Er war verdammt real und ist es immer noch. Genauso wie seine smaragdgrünen Augen, die mich intensiv anstarren.

Dieser kranke Wichser hat sich seelenruhig auf einem dunkelgrünen Sessel zurückgelehnt. In seiner rechten Hand hält er eine Pistole. Sein weißes Hemd ist fast bis zur Hälfte aufgeknöpft und offenbart schwarze Schlieren, die sich über seine Haut ziehen. Er scheint ein paar Jahre älter zu sein.

Zitternd versuche ich zu schlucken, was mir durch den Knebel in meinem Mund erschwert wird. Adrenalin schießt durch meine Venen und beschleunigt meinen Herzschlag. Ich wende den Blick von ihm ab und starre auf eine Tür, die in ein Badezimmer führt, zumindest glaube ich, dahinter eine Dusche zu erkennen. Daneben steht ein schmaler Schrank in einer Ecke. Links davon befindet sich ein großes Kingsize-Bett. Die Matratze wäre jetzt deutlich bequemer als der harte Boden, auf dem ich sitze.

Mein erster Instinkt ist die Flucht. Doch als ich versuche, mich zu bewegen, halten mich die Kabelbinder zurück, die nicht nur meine Handgelenke fixieren, sondern auch meine Beine aneinanderketten. Meine Schuhe suche ich vergebens, dieser kranke Typ muss sie mir ausgezogen haben. Mein Kleid hingegen liegt noch immer eng an meiner Haut an und ich versuche, es so weit über meine Beine zu ziehen wie möglich. Aber es ist viel zu kurz. Immerhin sind meine Beine durch die Fesseln aneinandergekettet, sodass er mir wenigstens nicht unter mein Kleid schauen kann. Wobei er das wahrscheinlich sowieso längst getan hat, wenn er es gewollt hätte. Ich fröstle bei dem Gedanken, was aber auch an der Raumtemperatur liegt, die offensichtlich nicht für Frauen im Minikleid und ohne Schuhe ausgelegt ist.

Ich will schreien, doch der Knebel in meinem Mund verursacht bloß noch mehr Panik und ich ringe nach Luft. Während ich mich fast an meiner eigenen Zunge verschlucke und heiße Tränen über meine Wange laufen, erfasst mich Schwindel. Der Alkohol scheint noch immer von meinem Körper Besitz ergriffen zu haben, was bedeutet, dass ich nicht allzu lange bewusstlos gewesen bin.

Ich muss also immer noch irgendwo in der Nähe von New York sein, oder? Verdammt, ich habe absolut keine Ahnung, wo ich bin und wie viel Zeit vergangen ist.

Mein Blick fällt wieder auf den Mann. Das Grinsen auf seinen Lippen zeugt von Überheblichkeit und Arroganz. Und Macht. Und Kontrolle. Dinge, die er ohne Zweifel besitzt. Und die ich nicht habe.

Dieses kranke Arschloch!

Wut lodert in meiner Brust auf und ich gebe einen erstickten Schrei von mir. Ich zerre an den schwarzen Kabelbindern, die viel zu eng sitzen und in meine zarte Haut schneiden. Meine Handgelenke brennen und ich wende all meine Kraft auf. Doch es reicht nicht. Verzweifelt versuche ich, den Knebel aus meinem Mund zu entfernen, indem ich ihn an meiner Schulter reibe, doch auch dieser sitzt viel zu fest, als dass ich ihn allein entfernen könnte.

Ein Blick zu meinem Entführer genügt, um meine Wut noch weiter zu schüren. Ihn scheinen meine jämmerlichen Versuche, mich zu befreien, zu belustigen.

Er erhebt sich von seinem Sessel und kommt langsam auf mich zu, ohne mich aus den Augen zu lassen. Seine grünen Augen erzeugen eine Gänsehaut auf meinem Körper. Die Angst hat sich in jeder Zelle meines Körpers festgesetzt und sein intensiver Blick erzeugt ein Kribbeln in meinem Bauch.

Verdammt. Wieso muss er mich so anstarren?

Mit jedem Schritt, den er auf mich zu macht, wird das Zittern, welches meinen Körper durchrüttelt, stärker und mein Herz pumpt schneller. Ich weiche zurück, doch die Wand in meinem Rücken und der Boden, auf dem ich sitze, geben nicht nach.

Er geht an einem runden Tisch mit zwei Stühlen vorbei, der an der gegenüberliegenden Wand vom Bett steht. Vor mir kommt er zum Stehen und geht in die Hocke. Der männliche Duft seines Parfüms umspielt meine Nase. Sein Blick durchdringt mich und wandert über meinen Körper.

Plötzlich hebt er seine Waffe und richtet sie langsam auf mich. Als ich das kalte Metall an meiner Stirn spüre, schreie ich, doch der Knebel in meinem Mund erstickt den Schrei. Mein Herzschlag steigt ins Unermessliche und Übelkeit macht sich in meinem Magen breit. Tränen strömen über meine Wangen und ich atme hektisch. Panisch schließe ich die Augen, woraufhin sich der Druck an meiner Stirn erhöht.

»Sieh mich an.« Seine tiefe Stimme ist leise und viel zu nah.

Zitternd öffne ich meine Lider und starre nach unten. Ich will ihn nicht ansehen. Ich kann es einfach nicht. Mein Körper bebt vor Panik und Verzweiflung.

»Sieh mir in die Augen.« Etwas Bedrohliches schwingt in seiner Stimme mit.

Vorsichtig hebe ich meinen Kopf, bis mein Blick seinen findet. In seinen Iriden lodert etwas auf, doch ich kann nicht genau sagen, was es ist. Ich werde sterben. Hier und jetzt. Er wird mich töten. Er wird mir eiskalt in den Kopf schießen. Während ich ihn direkt ansehe. Wie krank ist das? Dieser Typ ist ein Psychopath. Er scheint es sogar zu genießen. Ja, er kostet den Moment richtig aus. Wahrscheinlich macht es ihn sogar an!

Sein Grinsen zeugt von seiner Selbstgefälligkeit und Spaß, den er in dieser Situation empfindet. Während mich meine Todesangst quält. Es ist reine Folter. Die Waffe an meiner Stirn in dem

Wissen, dass er jeden Moment abdrücken und mich damit töten kann. Aber gleichzeitig nicht zu wissen, wann er den Schuss abfeuern wird. Die blanke Panik hat meinen Herzschlag so sehr beschleunigt, dass es sich nur noch um Sekunden handeln kann, bis ich einen Herzinfarkt erleide und von allein sterben werde.

Langsam hebt er seine andere Hand in Richtung meines Halses. Die hochgekrempelten Ärmel geben die Sicht auf die schwarzen Motive frei, die seine Haut schmücken und seine Muskeln umspielen. Für ein paar Sekunden verweilen seine Finger auf meiner empfindlichen Haut, dann greift er nach dem Knebel in meinem Mund und zieht ihn langsam herunter.

Perplex starre ich ihn an, als er meinen Mund freigibt und ich wieder richtig atmen kann. Als er seine Waffe sinken lässt, atme ich erleichtert aus. Eine riesige Welle der Anspannung fällt von mir ab und ich keuche erschöpft, nur um wenige Sekunden später die Luft anzuhalten, als er die Pistole gegen meine Brust presst.

Er sieht mich ernst an. »Wenn du schreist, dann werde ich dich töten. Verstehen wir uns?« Sein Atem riecht nach Zigarettenrauch.

Ich nicke heftig. »Ja«, flüstere ich, doch meine Stimme ist nur ein kratziges Röcheln. Die Angst hat nicht nur meine Glieder gelähmt, sondern auch meinen Hals zugeschnürt, damit kein Laut nach draußen dringen kann.

»Braves Mädchen«, raunt er.

»Fick dich!«

Seine Augenbrauen schnellen nach oben und er legt seinen Kopf schief. »Wie war das?«

Fuck. Habe ich das etwa laut gesagt? Ich schlucke meine Panik herunter und presse meine zitternden Lippen aufeinander. Meine schwitzigen Hände krallen sich ineinander, während ich mit wild klopfendem Herzen versuche, meinen hektischen Atem unter Kontrolle zu kriegen.

»Vorsicht.« Seine grünen Augen blitzen gefährlich auf. »Mach mich nicht wütend. Das wäre nicht gut für dich.«

Ich schlucke und nicke vorsichtig. Verdammt. Ich muss mich zusammenreißen. Nur ein falsches Wort und dieser kranke Psychopath wird sonst was mit mir anstellen. Obwohl ich ihn nicht kenne, bin ich mir ziemlich sicher, dass er skrupellos ist und vor gar nichts zurückschreckt. Immerhin hat er mich mit vorgehaltener Waffe bedroht, betäubt, entführt und hält mich nun in irgendeinem Apartment, Motelzimmer oder sonst wo gefangen.

Den Blick immer noch auf mich gerichtet, erhebt er sich und geht zu seinem Sessel zurück. Er lässt sich auf die Sitzfläche sinken und legt die Hand mit der Waffe auf der Lehne ab, während seine Füße breitbeinig auf dem Boden ruhen. Obwohl er sitzt, ist er größer und sieht auf mich herab.

Wie er da so vor mir thront in seiner schwarzen Anzughose und dem halb aufgeknöpften Hemd, das Teile seiner Tattoos entblößt … Er wirkt verdammt attraktiv. Die Muskeln, die sich unter dem weißen, ein wenig durchsichtigen Stoff abzeichnen, lassen nur erahnen, wie trainiert er ist. Und sein markantes Gesicht mit dem Dreitagebart und den kurzen schwarzen Haaren, welche die Farbe seiner Augen hervorheben, sieht mit seinem Grinsen verdammt gut aus. Fuck. Wieso denke ich überhaupt darüber nach? Und wieso ist er so attraktiv? Wieso muss ausgerechnet der Mann, der mich entführt hat, so verboten gut aussehen? Seine Augen, die mich beobachten, jagen einen Schauer über meinen Körper und beschleunigen meinen Herzschlag.

»Was willst du von mir?« Meine Stimme zittert und ich schreie innerlich vor Verzweiflung. Für mich gibt es nur einen Weg, mit meinen Gefühlen umzugehen und sie zu verarbeiten. Und das ist die Kunst. Ich sehne mich nach meinen Pinseln und Farben. Wie gerne würde ich jetzt all die Angst auf eine Leinwand fließen lassen und sie somit in etwas Positives verwandeln. Vielleicht würde ich sie mit bunten Farben schmücken, die gegen die dunklen Abgründe kämpfen.

Er mustert mich nur schweigend. Er kann meine Angst sehen, zweifellos. Und es gefällt ihm, da bin ich mir sicher.

»Wieso hast du mich entführt?« Ich sehe ihn flehend an und versuche, mir mit meinen gefesselten Händen eine Haarsträhne aus dem Gesicht zu streichen, was umständlicher als gedacht ist. »Warum ich? Was hast du mit mir vor?« Verzweifelt warte ich auf eine Antwort. »Wer bist du?«

»Das musst du nicht wissen, Rose.« Seine raue Stimme jagt mir eine Gänsehaut über den Körper.

»Aber …«, fange ich an, doch dann verstumme ich. Panik macht sich in mir breit. Was hat das zu bedeuten? Und ist das für mich gut oder schlecht? Ich schlucke. »Woher … woher kennst du meinen Namen?«

Das diabolische Grinsen auf seinem Gesicht wird breiter. »Das musst du ebenfalls nicht wissen, Rose Walker.«

Ich schlucke erneut. Mein Herzschlag beschleunigt sich. Schweiß steht auf meiner Stirn, Panik zerdrückt meinen Brustkorb. Er kennt meinen vollen Namen. Er weiß, wer ich bin. Das spricht nicht dafür, dass ich ein zufälliges Opfer bin. Sonst würde er meinen Namen nicht wissen, oder? Ob ich hier je lebendig wieder rauskommen werde, ist mir schleierhaft. Und die Angst vor der Ungewissheit schnürt sich um mein Herz und treibt mir die Tränen in die Augen. »Wer zur Hölle bist du? Was willst du von mir?« Meine Stimme trieft förmlich vor Verzweiflung.

Er schüttelt amüsiert den Kopf. »Das werde ich dir nicht sagen.«

»Du verficktes Arschloch!« Meine Stimme ist lauter als zuvor, jedoch klingt sie heiser. »Was soll das? Wieso hast du mich entführt? Wer bist du und was willst du von mir?«

»Wie hast du mich gerade genannt?« Er beugt sich bedrohlich nach vorne und sein Blick verfinstert sich.

»Du verficktes Arschloch!« Ich weiß nicht, wo der plötzliche Mut herkommt, ihn zu beleidigen, aber ich bin sowieso in einer ausweglosen Situation. Da wird eine Beleidigung auch nicht mehr viel anrichten. »Töte mich doch, wenn du willst. Du wirst mich doch eh nicht gehen lassen. Was hast du mit mir vor, hm? Willst du mich foltern? Oder vergewaltigen? Am Ende tötest du mich doch eh oder etwa nicht?« Mein Herz schlägt wie verrückt in meiner Brust.

Er sieht mich mit zusammengekniffenen Augen an und steht langsam auf. Mit der freien Hand fährt er sich über die Bartstoppeln an seinem Kinn. »Vorsicht«, zischt er bedrohlich. »Sag lieber nichts, was du später bereuen könntest!« Er kommt einen Schritt auf mich zu, in seiner Hand blitzt die Pistole auf.

Ich ignoriere das Zittern, welches meinen ganzen Körper erfasst hat. »Sag mir doch wenigstens deinen verfickten Namen, du scheiß Arschloch!«, schreie ich.

Er macht einen weiteren Schritt auf mich zu. »Wenn du es noch einmal wagst, mich anzuschreien, dann wirst du es bereuen.« Seine Stimme ist kaum mehr als ein Flüstern.

»Ach ja?« Ich halte seinem Blick stand. »Was willst du dann machen, hm? Mich umbringen? Das hast du doch sowieso vor oder etwa nicht?«

»Das werde ich dir bestimmt nicht sagen. Die Ungewissheit ist doch viel spannender.« Er genießt es, mich zu quälen. Meine Angst. Die Macht, die er über mich hat.

»Fick dich, Arschloch!«

Das war ein Fehler.

Im nächsten Augenblick ist er bei mir und packt mich am Hals. Brutal zieht er mich nach oben, sodass ich keuchend nach Luft schnappe. Seine Hand hat sich so fest um meinen Hals gelegt, dass ich kaum noch atmen kann. Verzweifelt versuche ich, mit meinen gefesselten Füßen Halt zu finden. Mit weit aufgerissenen Augen starre ich in seine vor Zorn lodernden Augen. Seine Hand erzeugt ein heißes Prickeln auf meiner Haut. Die Pistole findet ihren Weg an meine Schläfe und ich keuche panisch. Ich versuche, etwas zu sagen, doch kein Ton kommt mir über die Lippen. Röchelnd schnappe ich nach Luft und versuche, mich aus seinem festen Griff zu befreien, während das kalte Metall bedrohlich auf meiner Haut liegt. Fuck.

»Wie war das?« Es ist nur ein Zischen. Ein bedrohlicher Laut. Angsteinflößend.

»Bitte.« Nur schwer bekomme ich Luft.

Plötzlich lässt er mich los, sodass ich das Gleichgewicht verliere und auf den Boden stürze. Ich schnappe gierig nach Luft und huste. Ich schließe für einen Moment erleichtert die Augen. Als ich sie wieder öffne, erschrecke ich. Er hat sich über mich gebeugt, sein Blick auf mich gerichtet.

»Ich würde dir raten, dich zu benehmen, denn das gerade war noch gar nichts im Vergleich zu dem, was ich tun werde, wenn du dich mir weiterhin widersetzt.« Es ist eine eindeutige Drohung, die pure Gefahr verspricht.

Ich schlucke widerwillig. »Würdest du mir deinen Namen sagen, dann hätte ich wenigstens etwas, mit dem ich dich ansprechen könnte«, erwidere ich leise. So leise, dass ich mir nicht einmal sicher bin, ob er mich überhaupt verstanden hat.

»Du brauchst meinen Namen nicht zu wissen.«

Ich schweige. Zu groß ist die Angst. Ich will ihm keinen weiteren Grund geben, mir wehzutun. Ich zittere am ganzen Körper. Ich bin erschöpft.

Auf einmal greift er unter meine Arme und zieht mich zu sich hoch. Überrascht starre ich in seine Augen, die nur wenige Zentimeter von mir entfernt sind. Viel zu nah. Für eine Sekunde verharrt er in dieser Position. Dann hebt er mich hoch und trägt mich zum Bett, auf das er mich fallen lässt. »Du solltest jetzt schlafen.«

»Was?« Perplex starre ich zu ihm hoch. »Und wo schläfst du?« Bei der Vorstellung, er würde sich neben mich in das Bett legen, zieht sich alles in mir zusammen. Und einem winzigen Teil von mir würde das sogar gefallen. Aber das ist nur mein irrationaler, triebgesteuerter, alkoholisierter, unvernünftiger Teil. Der, den die Gefahr und Dunkelheit sogar ein wenig fasziniert.

Er schmunzelt. »Keine Sorge. Ich werde mich nicht zu dir legen. Und ich werde dich auch nicht im Schlaf vergewaltigen.« In seinen Augen blitzt für den Bruchteil einer Sekunde etwas auf.

Seine Worte beruhigen mich nicht. Denn woher soll ich wissen, ob er die Wahrheit sagt? Er kann mich genauso gut anlügen. Aber ich bin sowieso machtlos.

Er beugt sich zu mir herunter, sein Mund schwebt wenige Zentimeter von meinem Ohr entfernt. »Carter.« Sein Atem weht über meine Haut und hinterlässt eine Gänsehaut.

»Was?«

»Mein Name ist Carter.« Er entfernt sich vom Bett und lässt sich wieder auf den Sessel sinken.

Carter. Ob er wirklich so heißt? Oder hat er mir einfach irgendeinen falschen Namen genannt? Wieso sollte er mir seinen Namen sagen? Vielleicht ist er sich sicher, dass ich niemals entkommen werde und mir sein Name deshalb sowieso nichts nützt. Er wird mich für den Rest meines Lebens gefangen halten. Und wie lange oder kurz mein Leben noch dauern wird, hängt wohl von mir ab.

KAPITEL 4

CARTER

Ihr regloser Körper liegt friedlich in dem großen Bett. Ihr Brustkorb bewegt sich in gleichmäßigen Bewegungen auf und ab. Ich streiche ihr eine schwarze Strähne aus dem Gesicht. Wenn sie jetzt aufwachen und mich hier sehen würde … Sie würde schreien. Panik würde in ihren Augen auflodern und ihr Herzschlag würde sich zusammen mit ihrem Atem beschleunigen. Die Vorstellung gefällt mir und ein Lächeln formt sich auf meinen Lippen.

Soll ich sie aufwecken? Um ihre Reaktion zu beobachten. Und jede Sekunde davon auszukosten? Es ist zu verlockend. Aber nein. In ein paar Stunden wird sie von allein aufwachen und bis dahin muss ich noch ein paar Dinge erledigen.

Der Moment, als sie sich mir widersetzt und sich getraut hat, mich zu beleidigen. Ich muss immer wieder daran denken. Es hat mir alles abverlangt, mich zu beherrschen. Ihr nicht wehzutun. Sie nicht für ihr vorlautes Mundwerk zu bestrafen. Ihr nicht noch deutlicher zu zeigen, wer das Sagen hat. Die Macht und die Kontrolle. Dass sie mir zu gehorchen hat, sich mir nicht widersetzen darf. Denn das hat mich rasend gemacht. Rasend vor Wut.

Und vor Lust. Sie zu würgen, ihr die scheiß Knarre an den Kopf zu pressen … Fuck. Das ist das Geilste gewesen. Ich habe förmlich gespürt, wie die Lust in meiner Hose gewachsen ist.

Jetzt brauche ich dringend eine Kippe. Leise schleiche ich durch den Raum und öffne die Tür, ohne dabei ein Geräusch zu machen. Nachdem ich sie hinter mir geschlossen habe, stecke ich den Schlüssel ins Schloss, um sie von außen zu verriegeln. Schließlich kann ich nicht riskieren, dass Rose versucht zu fliehen, sollte sie aufwachen und in meiner Abwesenheit ihre Chance wittern.

Der Hinterhof des Motels ist in tiefe Dunkelheit gehüllt. Nur eine einzige Straßenlaterne, die etwas weiter entfernt an einer Straße steht, taucht einen Teil der Fläche in dämmriges Licht. Ich ziehe eine Zigarette aus der Schachtel und stecke sie mir zwischen die Lippen. Mit meinem Feuerzeug zünde ich sie an. Ich inhaliere den Rauch und fülle meine Lungen damit. Erleichtert atme ich aus und nehme den nächsten Zug. Scheiße, fühlt sich das geil an! All der Stress und die Anspannung der letzten Stunden verschwinden mit dem Rauch in der dunklen Nacht, während ich den schädlichen Qualm tief einatme und zufrieden grinse.

KAPITEL 5

ROSE

Das Gefühl, ausgeschlafen aufzuwachen, liebe ich. Mit dem Maximum an Energie geladen. Mit einem Lächeln auf dem Gesicht. Das Gefühl von purem Glück und Erfüllung in der Brust. Genauso wie ich das Gefühl liebe, wenn ich ein Kunstwerk beende. Wenn ich das Ergebnis vor mir sehe und all die Zeit und Energie, die ich dem Projekt mit meinem Herzen und meiner Seele gewidmet habe. Und sich all die Arbeit gelohnt hat, weil ich etwas Wunderschönes erschaffen habe. Etwas Glückliches, etwas Trauriges, Schmerzhaftes, Hoffnungsvolles. Emotionen. Etwas Besonderes. Einen Teil von mir selbst. Meinen Gefühlen, Gedanken, meines Lebens. Dies in physischer Form als Kunst greifen und sehen zu können. Zu wissen, dass ich es geschaffen habe. Meine eigene Kunst bewundern zu können, mit einem Lächeln auf den Lippen.

Dieses Gefühl ist noch schöner und erfüllender. Es lässt mich für einen Moment alles um mich herum ausblenden. In so einem Moment gibt es nur mich und meine Kunst. Es ist ein perfekter Moment. Voller Glück und Ekstase. Besser als alles andere auf dieser Welt. Pure Liebe. Ein unvergesslicher Höhepunkt. Wie ein unfassbar intensiver Orgasmus, der über den ganzen Körper rollt und die Seele für ein paar Sekunden schweben lässt. Einfach ein glücklicher Moment voller Zufriedenheit.

Das, was ich jetzt fühle, ist das genaue Gegenteil. Angst. Wut. Verzweiflung. Keine Spur von Glück, Zufriedenheit oder Hoffnung. Nur Panik, die mein Herz überstrapaziert und meinen Körper in unregelmäßiges Zittern versetzt.

Den Schlaf hat mein Körper zweifelsohne gebraucht, auch wenn ich mich nicht ansatzweise ausgeschlafen fühle. Etwas Energie habe ich wiedererlangt, doch die Erschöpfung ist immer noch präsent. Und die Angst fordert zu viel Energie. Mehr als mein Körper in der Lage ist, herzustellen. Sodass kein Ausgleich möglich ist.

Meine Hand- und Fußgelenke schmerzen. Ein unangenehmes Brennen pocht an den Stellen, die von den Kabelbindern bei jeder Bewegung strapaziert werden. Ich stöhne auf und sehe auf die blutenden Wunden, die einen eindeutigen Kontrast zu meiner hellen und glatten Haut darstellen. Noch etwas schlaftrunken setze ich mich in dem großen Bett auf und sehe mich in dem tristen Raum um.

Als mein Blick seinen streift, muss ich schlucken. Er sitzt nach wie vor in dem großen Sessel. Oder schon wieder. Was auch immer er getan hat, während ich geschlafen habe.

Ein Blick zum Fenster an einer Wand des Raumes, dessen zugezogene Vorhänge die Sicht nach draußen verhindern, lässt mich davon ausgehen, dass die Nacht vorbei ist, denn ich meine, Licht hinter dem Stoff auszumachen. Ob ich dadurch fliehen könnte? Falls er mich allein lässt und nirgendwo anbindet. Oder ist es verriegelt? Bestimmt ist es das.

Ich spüre einen Druck auf meiner Blase, was mich nervös werden lässt. Natürlich bin ich sowieso schon nervös, aber das ist ein anderes Level. Wie wird er reagieren? Wird er mir beim Pinkeln zusehen? Verdammt. Das wäre ein absoluter Albtraum. Aber mir bleibt keine Wahl, wenn ich mir die Blamage ersparen will, mich im Bett zu erleichtern. Denn das wäre definitiv schlimmer. »Ich muss mal aufs Klo.« Unsicher sehe ich zu ihm, während ich mich räuspere, meine Stimme scheint noch nicht richtig wach zu sein.

Zu meiner Überraschung steht er nach wenigen Sekunden auf und kommt auf mich zu. Als er die Waffe zwischen seinen Hosenbund klemmt und aus der Hosentasche ein Klappmesser hervorzieht, weiche ich panisch zurück. Seine Hände strecken sich nach meinen Füßen aus und ich ziehe sie instinktiv zurück. »Soll ich dich aufs Klo tragen und dir dabei zusehen oder willst du das allein machen?« Die Situation scheint ihn sichtlich zu amüsieren.

Röte schießt in mein Gesicht und ich strecke meine Beine wieder aus. Die Anspannung bleibt und lässt sich nicht so einfach abschütteln.

Carter senkt das Messer auf meine Haut hinab, was meinen Herzschlag beschleunigt und meinen Atem für einige Sekunden aussetzen lässt. Doch anstatt mir in die Haut zu schneiden, fährt er mit dem Messer über das Plastik und durchtrennt meine Fessel. Im selben Moment, in dem das Messer durch die Kabelbinder schneidet, zucke ich zusammen. Er lächelt und führt das Messer langsam nach oben zu meinen Handgelenken, wo er es zwischen meinen Händen an das Plastik legt. »Eine falsche Bewegung und du bist tot.« Seine tiefe Stimme vibriert in meinen Knochen nach. Die Kabelbinder springen auseinander und meine Handgelenke sind frei.

Erleichtert reibe ich mir über die strapazierte Haut und beobachte, wie er mit dem Messer in seiner Hand spielt und mich dabei ansieht. Langsam krabble ich zum Rand des Bettes und setze meine nackten Füße auf den kalten Boden. Auf wackeligen

Beinen stolpere ich Richtung Badezimmer. Sie fühlen sich nach Fremdkörpern an, die mir nicht richtig gehorchen wollen.

Schnell drücke ich die Klinke runter und betrete das kleine Bad, in dem Toilette, Waschbecken und Dusche gerade so Platz finden. Unsicher, was ich tun soll, schiebe ich die Tür hinter mir zu. Doch kurz bevor sie ins Schloss fallen kann, spüre ich einen Widerstand und sehe einen schwarzen Schuh in der schmalen Öffnung.

»Die Tür bleibt angelehnt.« Sein Blick verdeutlicht mir unmissverständlich, dass ich keine Wahl habe. Dass er keine Widerworte duldet und ich ihm zu gehorchen habe.

Ich gehe auf die Toilette zu. Bevor ich mich setze, sehe ich noch einmal zur Tür, um mich zu vergewissern, dass er mich nicht beobachtet. Der Fuß ist verschwunden und ich kann ihn nicht sehen. Aber wahrscheinlich steht er direkt dahinter und lauert auf mich.

Nachdem ich die Klospülung betätigt habe, gehe ich zum Waschbecken, um mir die Hände zu waschen. Ein Blick in den kleinen Spiegel, der darüber angebracht ist, lässt mich zusammenzucken. Meine schwarzen Strähnen sind zerzaust und liegen unordentlich um meinen Kopf. Meine Mascara hat sich unter meinen Augen abgesetzt und ich bin froh, dass ich gestern kein Make-up benutzt habe, das mir jetzt meine Poren verstopfen würde.

Ich lasse das kühle Wasser über meine Hände rinnen, bevor ich mir einen Schwall ins Gesicht manövriere und meine warme Haut damit etwas abkühle. Mit den Fingern reibe ich mir die verschmierte Wimperntusche von meiner Haut und trockne mein Gesicht anschließend mit einem Handtuch, das neben dem Waschbecken an der Wand hängt.

Suchend sehe ich mich in dem kleinen Raum um. Hier muss doch irgendetwas sein, mit dem ich meinen Entführer überwältigen kann. Verzweifelt öffne ich den kleinen Schrank unter dem Waschbecken, doch er ist leer. Verdammt. Hier ist nichts. Nur das Handtuch und damit kann ich ihn schlecht niederschlagen. Ich könnte höchstens versuchen, den Spiegel zu zerschlagen und ihn mit einer Scherbe anzugreifen. Aber das würde er definitiv hören und mit seiner Pistole ist er klar im Vorteil. Keine gute Idee. Ich schlucke die aufkommende Enttäuschung herunter und atme noch einmal tief durch. Dann ziehe ich die Tür auf und trete wieder in das Zimmer.

Carter lehnt an der Wand neben mir und beobachtet jede meiner Bewegungen. In der einen Hand hält er wieder seine Waffe. »Hast du Durst?«

Ich nicke, als ich meinen trockenen Mund bemerke.

»Bedien dich ruhig.« Er deutet Richtung Tisch, auf dem eine Wasserflasche steht.

Langsam setze ich einen Fuß vor den anderen, bis ich den Tisch erreicht habe. Ich greife nach der Flasche und öffne sie. Als die Flüssigkeit meine Lippen benetzt, lasse ich sie gierig meinen Hals hinabrinnen. Erst jetzt spüre ich die leichten Kopfschmerzen und meine brennende Kehle. Die vergangenen Stunden ohne Wasser und der Alkohol von letzter Nacht haben mich scheinbar etwas dehydriert. Nach ein paar Sekunden habe ich meinen Durst gestillt und stelle die nun fast leere Flasche wieder zurück auf den Tisch.

»Zieh dich um.« Es ist ein Befehl.

Meine Augen huschen in seine Richtung und im letzten Moment fange ich den Stapel Kleidung auf, den er mir zuwirft. Eine simple weiße Jogginghose, ein dazu passender weißer Pulli und ein ebenfalls weißes T-Shirt. Als ob er wissen würde, dass ich gerne helle Klamotten trage. Während andere Leute sich lieber Sachen anziehen, auf denen man Flecken nicht so schnell erkennen kann, präferiere ich das genaue Gegenteil beim Malen. Ich liebe die bunten Farbkleckse auf der weißen Kleidung. Das ist eine ganz eigene Art der Kunst und ich liebe diesen Nebeneffekt, für den ich nichts weiter tun muss, als einfach zu malen.

Die Realität trifft mich mit voller Wucht wie eine umfallende Leinwand, dessen Farbe bei dem Sturz verschmiert, was entweder gut aussieht oder eine absolute Katastrophe darstellt. Bei mir ist es gerade letzteres. Denn die Kleidung ist nicht zum Malen. Ich werde hier nicht malen können. Ich weiß nicht einmal, ob ich je wieder malen werde. Die Hoffnung will ich nicht aufgeben, doch ich bin auch nicht so naiv zu glauben, dass dieser Albtraum hier bald einfach endet und ich wieder in mein normales Leben zurückgehen werde.

»S-soll ich mich … hier umziehen?« Nervös sehe ich mich nach einer Ecke in diesem Raum um, in der ich mich ungestört umziehen kann und dabei vor seinen Blicken geschützt bin. Doch so eine Ecke gibt es nicht.

»Ja.« Er fährt sich mit einer Hand durch die kurzen schwarzen Strähnen.

Ich schlucke. »Kannst du dich dann vielleicht umdrehen?«

Ein raues Lachen dringt aus seiner Kehle. »Dreh du dich um, wenn du das willst.«

Zitternd drehe ich ihm den Rücken zu. Dann zwänge ich mich aus dem viel zu freizügigen Kleid und lasse es zu Boden fallen. Ein Blick über meine Schulter und ich erschrecke. Carter ist nähergekommen und steht nur wenige Schritte von mir entfernt. Ich drehe mich um und greife nach dem T-Shirt, welches ich auf dem Tisch abgelegt habe. Dabei folge ich seinen Augen, die über meine nackte Haut gleiten. Etwas blitzt in seinen Augen auf. Ich kann nicht erkennen, was es ist. Verlangen? Gefällt ihm, was er sieht? Nein, das bilde ich mir ein. Das ist Wunschdenken. Nein! Kein Wunschdenken. Angstdenken oder so. Was auch immer. Würde er oberkörperfrei vor mir stehen, könnte ich auch nicht widerstehen, seine Muskeln zu betrachten. Er ist einfach nur neugierig.

Hastig wende ich meinen Blick ab und ziehe mir das T-Shirt über meinen Oberkörper, an dem ich nur einen BH trage. Schnell ziehe ich auch die Jogginghose an und stülpe den Pulli über meinen Kopf.

Unschlüssig stehe ich nun mitten im Raum und sehe mich unsicher um. Soll ich mich wieder auf das Bett legen? Oder lieber auf einem der Stühle Platz nehmen? Stehenbleiben? Verdammt. Diese Situation ist so absurd. Und unangenehm.

»Mache ich dich nervös?« Die tiefe Stimme jagt wie immer einen Schauer über meinen Rücken.

»Nein«, lüge ich und beiße mir im nächsten Moment auf die Zunge. Meine Stimme trieft nur so vor Angst und Nervosität, was er nicht überhören kann.

Sein tiefes Lachen lässt mich erzittern. »Setz dich aufs Bett.« Es klingt wie ein Befehl. Nicht ganz so gefährlich, wie er mir bereits zuvor Dinge befohlen hat, aber trotzdem aussagekräftig genug, dass ich seinen Worten Folge leiste. »Braves Mädchen.«

Ich schlucke einen sarkastischen Kommentar hinunter und setze mich auf die weiche Matratze. Meinen Rücken lehne ich gegen die Wand und meine Beine ziehe ich dicht an meinen Körper, sodass ich meine Knie mit den Armen umschließen kann. »Was hast du jetzt mit mir vor?« Meine Stimme ist leise, denn ich bin unsicher, ob ich die Antwort auf diese Frage überhaupt hören will. Doch die Ungewissheit ist reine Folter.

Carter nimmt sich einen Stuhl und zieht ihn ans Fußende des Bettes, wo er sich hinsetzt. Die Waffe in seiner Hand blitzt gefährlich auf. »Das wirst du noch früh genug herausfinden.«

Ich schüttle verzweifelt den Kopf. »Ich verstehe das nicht. Was willst du von mir? Wieso ich?«

Carter schweigt und beobachtet mich nur aufmerksam.

»Willst du mich foltern?« Ich ziehe meine Beine noch enger an meinen Körper.

Keine Antwort.

»Wirst du mich töten?« Panik macht sich in mir breit bei dem Gedanken daran.

Er sieht mich nur weiter an.

»Wirst du mir wehtun? Gegen meinen Willen?« Meine Stimme bricht. Ich hoffe so sehr, dass er mir nicht wehtun wird. Aber dieses Wunschdenken ist so unrealistisch, dass ich mich selbst dafür auslache. Irgendwie wird er mir wehtun. Ob es durch körperlichen oder psychischen Schmerz, Folter, Vergewaltigung oder den Tod ist, spielt keine Rolle. Er hat mich bestimmt nicht zum Spaß entführt. Zumindest nicht zu meinem. Was sein Vergnügen angeht, habe ich keine Ahnung. Ihm scheint die Situation zu gefallen. Als er sich weiter in Schweigen hüllt, lodert Wut in mir auf. »Antworte mir, du verficktes Arschloch!«

Das Lächeln auf seinem Gesicht verschwindet und weicht einem ernsten Ausdruck. Seine Kiefermuskeln spannen sich an und seine Augen verengen sich. »Vorsicht«, zischt er.

Ich muss unweigerlich an letzte Nacht denken. An die Situation, in der er mir die Luft abgeschnürt hat. »Sonst was?« Herausfordernd sehe ich ihn an. »Was tust du sonst mit mir? Mich foltern? Vergewaltigen? Töten?« Keine Ahnung, woher dieser Mut auf einmal kommt. Wahrscheinlich ist die Ungewissheit einfach zu quälend.

Carters Blick verfinstert sich und er erhebt sich von seinem Stuhl. Nach wenigen Schritten hat er die Distanz zwischen uns überwunden und beugt sich über meinen vor Angst zitternden Körper. »An deiner Stelle würde ich jetzt lieber die Klappe halten!«

»Sag mir doch einfach, was du von mir willst!« Meine Stimme fühlt sich heiser an und mein Hals schmerzt ein wenig.

»Ich will gar nichts von dir.« Er steht so dicht bei mir, dass ich den kalten Zigarettenrauch und das herbe Parfüm riechen kann und das kalte Metall seiner Waffe an meinem Hals spüre.

Verwirrt sehe ich ihn an. »Was? Aber wieso hast du mich dann entführt?«

Mit einem breiten Grinsen entfernt er sich ein Stück von mir. »Ich werde dich nicht behalten.«

»Was meinst du damit?«

»Ich meine es, wie ich es sagte. Ich werde dich nicht behalten. Ich wurde beauftragt, dich zu entführen und auszuliefern.«

Ich schlucke. Geschockt starre ich ihn an. »An wen? Wer hat dich beauftragt?«

KAPITEL 6

CARTER

Fuck. Ich muss mich zusammenreißen. Aber sie macht es mir echt nicht einfach. Die Angst in ihren blauen Augen. Und ihr Mut. Der Mut, sich mir zu widersetzen und mir zu widersprechen. Oder ist es einfach nur Dummheit und Naivität? Nein, das ist es nicht. Es ist Mut. Es ist etwas Besonderes. Sonst würde es mir nicht so sehr gefallen.

Aber bald wird sie nicht mehr mein Problem sein. Dann kann sich ein anderer um sie kümmern und ihr den Mund verbieten. Sie für ihr Fehlverhalten bestrafen. Ein bisschen schade ist das schon. Irgendwie macht es Spaß, ihr die Grenzen aufzuzeigen und ihr dabei zuzusehen, wie sie zwischen Angst und Mut wandert. Wie sie vor Angst zittert. Vor Panik zusammenzuckt. Ihren Körper beobachten. Wie vorhin, als sie sich umgezogen hat.

Sie hat einen schönen Körper, keine Frage. Und irgendetwas an ihrem Blick hat mir gesagt, dass sie es irgendwo tief in ihrem Inneren genossen hat, von mir beobachtet zu werden. Das würde sie wahrscheinlich niemals zugeben und sie kann es sich bestimmt nicht einmal selbst eingestehen, aber ich weiß, dass sie mich attraktiv findet. So wie sie meinen Schwanz zum Pulsieren bringt. Aber das hat nichts zu bedeuten. Denn es wird nicht mehr lange dauern, bis unsere Wege sich trennen.

KAPITEL 7

ROSE

Verdammt.

Das ist schlecht. Das ist mehr als nur schlecht. Das ist eine Katastrophe. Wenn er dafür bezahlt wird und das für ihn so eine Art Job ist, dann wird er ihn auch ausführen. Ich habe also keine Möglichkeit, ihn irgendwie zu überzeugen, mich gehen zu lassen. Denn warum sollte er das tun? Das wird niemals funktionieren. Außerdem läuft mir die Zeit davon, denn er wird mich bestimmt nicht mehr lange bei sich behalten.

»Verdammt, du Arsch! Wer hat dich beauftragt?« Ich spucke ihm die Worte entgegen.

»Das werde ich dir nicht sagen.« Er fährt mit einer Hand über seine Bartstoppeln, die andere umfasst den Griff seiner Waffe.

»Wieso nicht?«

»Ich verrate doch nicht einfach den Namen meines Auftraggebers. Das wäre sehr unprofessionell.«

»Spätestens wenn du mich auslieferst, werde ich es doch sowieso erfahren. Also warum sagst du es mir nicht einfach jetzt?«

»Wo bliebe denn da der Spaß?«

»Was für ein verfickter Spaß?« Ich stöhne gequält.

»Na, mein Spaß. Etwas Spaß bei der Arbeit muss doch sein. Oder siehst du das anders?«

Ich schüttle ungläubig den Kopf. »Dass das hier Arbeit für dich ist, ist schon schlimm genug. Wie kann man nur so skrupellos und krank sein?«

»Das liegt im Auge des Betrachters, würde ich sagen. Aber das ist auch für mich ein Highlight. Normalerweise entführe ich niemanden. Das ist eine sehr spannende Ausnahme.« Er setzt sich auf seinen Stuhl zurück und legt die Hand mit der Waffe auf seinem Schoß ab.

»Ach ja? Und was ist für dich normal? Sag nicht, du hast einen ganz gewöhnlichen Beruf und verdienst dir mit meiner Entführung nur etwas nebenbei dazu.«

Einen kurzen Moment scheint er zu überlegen, ob er mir meine Frage beantworten soll. Und in dem Moment, in dem er mir diese Antwort gibt, wünsche ich mir, er hätte es nicht getan. »Ich bin ein Auftragskiller.«

Verdammt. Das ist gar nicht gut. Denn das bedeutet, dass er mich, ohne mit der Wimper zu zucken, töten könnte. Wenn ich mich ihm widersetze und er keine Lust mehr hat, sich mit mir herumzuschlagen, dann wird er mich einfach töten. Denn das ist sein verfickter Job. Ein verfickt illegaler, aber trotzdem sein Job. Es wäre nicht sein erster Mord und auch nicht sein letzter. Ich wäre nur irgendeines seiner zahlreichen Opfer. Eine Zahl. Eine Kugel in meinem Kopf.

»Hätte ich gewusst, dass ich dich damit zum Schweigen bringen kann, dann hätte ich dir das schon viel früher gesagt.« Er zuckt grinsend mit den Schultern.

Ich schweige. Denn ich weiß nicht, was ich sagen soll. Es ist viel zu gefährlich. Mich zu töten wäre für ihn nichts Schlimmes. Das Töten gehört für ihn zum Leben dazu, wie das Malen zu meinem Leben gehört. Es ist etwas vollkommen Normales für ihn. Und genau das ist das Gefährliche daran.

Da kommt mir plötzlich ein Gedanke. Er kann mich nicht töten. Oder? Er hat den Auftrag, mich zu entführen und irgendwem auszuliefern. Wer auch immer das ist, will mich lebend, denn sonst hätte Carter mich schon längst getötet. Er bekommt Geld dafür, mich lebendig irgendwo abzuliefern. Tot würde ich ihm nichts mehr nützen. Zumindest gehe ich davon aus, dass, wer auch immer mich haben will, tot nichts mit mir anfangen kann. »Du wirst mich nicht töten.«

»Ach nein?« Er legt den Kopf schief.

»Nein.« Ich sehe ihm direkt in die Augen. Seinem Blick standzuhalten, verlangt mir alles ab. »Du wirst dafür bezahlt, dass du mich entführst und auslieferst. Tot würde ich dir nichts mehr bringen. Ich wäre nutzlos für dich. Und deinem Auftraggeber würde das sicherlich nicht gefallen. Der wird mich lebendig haben wollen, sonst hättest du mich längst getötet. So wie es sich für einen Auftragskiller gehört.« Der letzte Satz kommt mir nur schwer über die Lippen und meine belegte Stimme ist Zeuge meiner Unsicherheit.

»Vielleicht wäre es ihm egal.« Er zuckt mit den Schultern. »Und auf das Geld bin ich nicht angewiesen.«

Ich schlucke. »Wie viel bezahlt er denn für mich?« Meine Stimme bebt, denn ich traue mich kaum, diese Frage auszusprechen.

Das Grinsen auf seinem Gesicht wird breiter. »Das geht dich nichts an. Das ist ein individueller Preis.«

»Tausende? Zehntausende? Hunderttausende? Oder weniger? Weniger wäre beleidigend.« Ich streiche mir eine Strähne hinters Ohr.

»Das wäre auch für mich beleidigend. Unter sechsstelligen Beträgen mache ich gar nichts. Meine Zeit ist zu kostbar und meine Fähigkeiten zu gut.« Er lacht.

Mit weit aufgerissenen Augen und offenem Mund starre ich ihn an. »Sechsstellig? Hunderttausend? Wie viel? Einhunderttausend? Fünfhundert? Neunhunderttausend?«

Das raue Lachen aus seiner Kehle klingt amüsiert. »Das überlasse ich deiner Fantasie.«

Das ist unfassbar viel Geld. Kurz habe ich überlegt, ob ich ihm mehr bieten kann als sein Auftraggeber, doch das fällt jetzt definitiv weg. So viel Geld habe ich nicht. Und meine Eltern können sich so einen großen Betrag auch nicht leisten. Sie verdienen zwar gut, aber sie sind nicht reich. Ohne das Stipendium könnte ich nicht in Yale studieren, das wäre zu teuer. Ich bin froh, dass ich mir mit ihrer Hilfe überhaupt eine eigene Wohnung leisten kann.

Und sonst fällt mir niemand ein, der so viel Geld aufbringen könnte, mal davon abgesehen, dass ich mir nicht einmal sicher bin, ob er überhaupt darauf eingehen würde. Ich kenne niemanden, der so reich ist. Außer … Maddy. Ihre Familie zählt zur Oberschicht. Sie hat kein Stipendium. Ihre Eltern können die Studiengebühren locker bezahlen. Gut möglich, dass sie genug Geld hätte. Aber ich kann es nicht riskieren, ihm ihren Namen zu sagen. Nicht, dass er ihr dann etwas antut. Oder sie entführt, um Lösegeld zu erpressen. Nein, der Gefahr kann ich Maddy nicht aussetzen. Das ist viel zu unsicher. Ich weiß ja nicht einmal, ob sie überhaupt so viel Geld auftreiben könnte und ob er sich darauf einlassen würde. Ich wage es zu bezweifeln.

»Überlegst du gerade, ob du es dir leisten könntest, mich für deine Freilassung zu bezahlen?«

»Nein«, erwidere ich viel zu schnell.

Carter lacht. »Kannst du nicht. Zum einen kannst du es dir nicht leisten und zum anderen bin ich zuverlässig. Ich führe meine Aufträge gewissenhaft aus.«

»Dann sag mir doch wenigstens, wer dich beauftragt hat.«

Er schüttelt den Kopf. »Ich bin sehr diskret. Ich verrate meine Auftraggeber nicht.«

Ich seufze verzweifelt. Wer hat ihn beauftragt? Wer will etwas von mir? Und was? Mir fällt niemand ein, der mir irgendwie schaden will oder es auf mich abgesehen hat. Es gibt niemanden, dem ich so etwas zutrauen würde. Niemanden bis auf eine einzige Person. Aber das ist unmöglich. Oder? Er kann es nicht sein. Da bin ich mir sicher. Dieser Mensch hat nicht die Möglichkeit dazu. Aber wer ist es dann? Es muss jemand anderes sein. Und nicht zu wissen, wer es so sehr auf mich abgesehen hat, dass er mich entführen lässt und dafür so viel Geld zahlt, versetzt meinen Verstand in Alarmbereitschaft und lässt die Angst mit meinem Blut durch meine Venen fließen, wodurch sie sich im ganzen Körper verteilt.

»Kann ich dich hier ohne Fesseln kurz allein lassen oder machst du mir dann Probleme?«

»Was?« Ich schrecke aus meinen Gedanken hoch und entdecke Carter an der Tür. Ich bin so in meine Überlegungen vertieft gewesen, dass ich noch nicht einmal mitbekommen habe, dass er aufgestanden ist. »Wo gehst du hin?«

»Nicht, dass ich dir irgendeine Rechenschaft schuldig wäre, aber ich gehe mir eine rauchen.« Er mustert mich abwartend. »Also?«

»Was?«

»Ob ich dich ohne Fesseln hierlassen kann und du keinen Ärger machst?« Er lehnt mit der Schulter an der Wand, was extrem heiß aussieht.

Ich schüttle den Kopf, um den Gedanken abzuschütteln. So etwas darf ich nicht denken. Er ist alles andere als heiß. Er ist ein krankes Arschloch. Ein Killer. »Du brauchst mich nicht zu fesseln.«

»Natürlich nicht. Hätte mich auch gewundert, wenn du etwas anderes gesagt hättest.« Er durchbohrt mich noch einmal mit seinen grünen Augen. Dann tritt ein breites Grinsen auf sein Gesicht. »Wie gut, dass das nicht deine Entscheidung ist.« Er stößt sich von der Wand ab und kommt auf mich zu. Im Gehen greift er in eine der Taschen seiner Cargohose und holt Kabelbinder hervor. »Gib mir deine Handgelenke.«

Widerwillig strecke ich ihm meine Hände entgegen. So ein verdammtes Arschloch! Er legt die Kabelbinder um meine Unterarme und zieht sie fest. Ich ziehe scharf die Luft ein, als der brennende Schmerz durch meine geschundene Haut fährt.

Carter vergewissert sich, dass die Fesseln sitzen, und entfernt sich dann von mir. Er öffnet die Tür und wirft mir noch einen letzten Blick zu, bevor er verschwindet. Von außen höre ich einen Schlüssel, der sich im Schloss bewegt.

Ich verharre einige Sekunden auf dem Bett, ehe ich mich traue, aufzustehen. Mein Herzschlag beruhigt sich ein wenig und mit jedem Schritt fällt etwas von der Anspannung von mir ab. Als ich an der Tür ankomme, drücke ich langsam die Klinke herunter. Vorsichtig ziehe ich an der Tür, doch sie lässt sich nicht öffnen. Auch als ich sie drücke, geschieht nichts. Verdammt. Er hat mich eingeschlossen. Natürlich. Ehrlich gesagt habe ich auch nichts anderes erwartet. Es ist eher ein verzweifelter Versuch gewesen, die Tür zu öffnen, weil ich sonst keinen Ausweg sehe. Ich habe in keiner Sekunde wirklich daran geglaubt, dass die Tür sich öffnen lässt und ich so entkommen werde. Aber ich habe es wenigstens versuchen müssen.

Erschöpft sehe ich mich im Raum um. Nach irgendetwas, was mir helfen könnte. Eine Waffe, ein Smartphone oder sonst irgendetwas, das mir in meiner aussichtslosen Situation Hoffnung geben und meine Lage weniger aussichtslos machen würde. Und ich habe nicht viel Zeit. Mein Entführer kann jeden Moment wiederkommen. Eine Zigarette zu rauchen, dauert nur wenige Minuten, abhängig davon, wie lange er dafür braucht. Ich weiß es nicht. Vielleicht beeilt er sich, vielleicht lässt er sich auch Zeit. Keine Ahnung. Ich weiß nur, dass er jeden Moment wiederkommen kann. Mir läuft die Zeit davon. Denn sobald er wieder bei mir ist, stehe ich unter Beobachtung und kann nichts tun. Dann bin ich ihm wieder ausgeliefert und muss ihm gehorchen. Und er hat wieder die Kontrolle.

Mein Blick fällt auf den Tisch und ich blinzle ungläubig. Eine Waffe. Auf dem Tisch liegt tatsächlich eine Pistole. Fuck. Hat er sie etwa hier vergessen? Das ist unmöglich. So dumm ist er nicht, oder? So dumm kann er einfach nicht sein. Ich zögere kurz, doch dann gehe ich auf den Tisch zu. Mit zittrigen Fingern greife ich nach der Waffe. Das Metall wiegt schwer in meinen Händen, die durch die Kabelbinder aneinandergekettet sind, und ich schlucke. Das ist meine Chance. Ich könnte ihn überwältigen, ihn damit ausschalten, mir meinen Fluchtweg freischießen. Diese Waffe könnte meine Rettung sein. Ich muss sie nur richtig einsetzen.

Die Tür öffnet sich. Ich fahre herum und hebe die Waffe an, richte sie direkt auf ihn. Ein Lächeln formt sich auf seinen Lippen. Wieso zur Hölle lächelt er? Langsam schließt er die Tür hinter sich und kommt auf mich zu.

Ich halte die Waffe mit beiden Händen fest umklammert, mein Finger liegt auf dem Abzug und zittert. Das Plastik der Fesseln schneidet in meine Handgelenke und ich beiße die Zähne aufeinander, ignoriere den Schmerz.

»Drück ab, Rose.« Er hebt die Hände, seine Muskeln spannen sich unter dem dünnen Stoff seines Hemdes an, und kommt näher.

Mein Herz schlägt mir bis zum Hals und mein ganzer Körper zittert. Verdammt. Wieso schaffe ich es nicht, diese kleine Bewegung mit meinem Finger zu machen und damit allem ein Ende zu setzen? Er hat es verdient. Das ist meine Chance.

Ein weiterer Schritt und er steht direkt vor mir. Mit beiden Händen greift er nach der Waffe und platziert sie direkt auf seiner Brust. »Drück. Ab. Na los.« Sein Gesicht ist so dicht vor meinem, dass sein Atem meine Haut streift. Die Smaragde in seinen Augen glänzen.

Aber ich schaffe es nicht. Verdammt. Tränen sammeln sich in meinen Augen. Wieso kann ich ihn nicht erschießen? Es wäre Notwehr, das würde jeder verstehen. Ich muss einfach nur diesen dämlichen Abzug drücken. Doch mein Finger gehorcht mir nicht. Ich kann es einfach nicht. Ich will es. Aber gleichzeitig auch nicht. Zu groß ist die Angst vor dem Gefühl, das mich dann bis an mein Lebensende verfolgen würde. Das Gefühl, ein Menschenleben auf dem Gewissen zu haben. Ein richtiges Menschenleben einfach ausgelöscht zu haben. Nein. Das kann ich nicht. So sehr ich diesen kranken Wichser hasse … Aber ich schaffe es einfach nicht. Ich bin zu schwach. Zu ängstlich. Zu gut.

Plötzlich reißt er mir die Pistole aus der Hand und keine Sekunde später spüre ich den Lauf an meiner Schläfe. Ich ziehe scharf die Luft ein und mein Herzschlag beschleunigt sich. Schweiß tritt auf meine Stirn und das Zittern erfasst meinen gesamten Körper. Es ist vorbei. Ich habe meine Chance vertan. Sie nicht genutzt. Ich habe es vermasselt. Und mit dieser Chance verschwindet auch all meine Hoffnung. Mit dem Verlust der Waffe habe ich auch die Kontrolle verloren.

Carter presst die Pistole an meine Schläfe und sieht mir tief in die Augen. Seine smaragdenen Iriden blitzen gefährlich auf und sein Grinsen entblößt seine geraden weißen Zähne. Ich kann jede einzelne seiner Bartstoppeln sehen, so dicht vor mir steht er. Der Geruch nach kaltem Zigarettenrauch steigt mir in die Nase und mittlerweile finde ich ihn gar nicht mehr so schlimm. Ich habe mich daran gewöhnt und zusammen mit seinem Parfüm ist es ein angenehmer Duft. Mein Herz pocht mir bis zum Hals und meine Haut glüht vor Angst, vor allem an der Stelle, an der das kalte Metall mich berührt.

Und dann drückt er ab.

KAPITEL 8

CARTER

Angst.

Die Hoffnung in ihren Augen ist der Angst gewichen. Pure Angst. Panik. Sie blitzt in den Tiefen ihrer blauen Augen auf.

Ihre Saphire glitzern. Tränen. Verzweiflung.

Fuck. Das Gefühl ist zu geil. Es entfesselt mein Verlangen. Ich liebe es, die Angst in ihren glänzenden Saphiren zu sehen.

Zusammen mit ihrer zitternden Unterlippe und dem Klang ihres wild schlagenden Herzens, das unkontrolliert in ihrer Brust rebelliert.

Fuck. Das ist zu geil. Ich muss diesen Moment noch ein paar Sekunden auskosten. Zu gut fühlt es sich an. Viel zu gut.

Mein Verlangen wird intensiver. Ich muss es beenden. Diesen Moment. Länger kann ich es nicht ausreizen.

Ohne mit der Wimper zu zucken, betätige ich mit meinem Zeigefinger den Abzug. Den Abzug der Waffe, die auf ihren Kopf gerichtet ist. Die Waffe, die ich an ihre Schläfe drücke.

KAPITEL 9

ROSE

Ich höre ein leises Klicken, gefolgt von einem markerschütternden Schrei. Mein Herz hört auf zu schlagen. Alles ist schwarz. Das war es. Ich bin tot. Er hat mich getötet. Er hat den Abzug betätigt und mich eiskalt ermordet.

Doch irgendetwas stimmt nicht. Ich blinzle und merke erst jetzt, dass ich meine Augen zusammengekniffen habe. Das Grinsen auf seinem Gesicht ist so diabolisch, dass ein eiskalter Schauer über meinen Rücken läuft. Er lässt die Waffe sinken.

»Was…« Meine Stimme zittert. Dann verstehe ich es. »Sie war nicht geladen.« Jetzt wird es mir klar und ich starre ihn hasserfüllt an. Mein Herz klopft mir bis zum Hals und die Hitze des Schreckens hat meinen kompletten Körper erfasst.

»Natürlich nicht. Für wie dumm hältst du mich? Glaubst du wirklich, ich würde dir eine geladene Waffe geben? Ehrlich Rose, dass du mir so etwas zutraust, das verletzt mich schon ein bisschen.« Seine Augen blitzen auf. Er sieht mich tadelnd an.

Ich starre ihn fassungslos an. »Du kranker Bastard!« Ich schreie ihm die Worte so laut ins Gesicht, dass sich Heiserkeit in die Laute mischt. Ich zittere immer noch am gesamten Körper und die Tränen laufen in Strömen über mein Gesicht. »Wieso?«

Er schmunzelt. »Ich wollte wissen, wie stark dein Überlebenswille ist. Er ist da, aber nicht stark genug, um dafür jemanden zu töten.«

Verdammt. »Nächstes Mal werde ich abdrücken.« Ich bin fest entschlossen. Wird sich mir noch einmal die Gelegenheit bieten, dann werde ich ihn verdammt noch mal abknallen.

Ein raues Lachen dringt aus seiner Kehle. »Das werden wir ja sehen.« Seine tiefe Stimme erzeugt eine Gänsehaut auf meiner Haut.

Mein Herz überschlägt sich immer noch und mein Atem geht abgehackt. Das ist reine Folter. Er hat den verfickten Abzug betätigt und für ein paar Sekunden bin ich wirklich davon ausgegangen, dass ich sterben werde. Aber er hat mich reingelegt. Psychospiele mit mir gespielt und es auch noch genossen. Er hat es sichtlich genossen, mich leiden zu sehen, meine Angst. Er ist einfach krank. Ein Psychopath. Ein verfickter scheiß Killer. Er ist skrupellos. So eiskalt, dass ich fast in seiner Kälte erfriere.

Ich bin mir in meinem Leben selten zu einhundert Prozent sicher bei Dingen gewesen. Das ist zum einen, dass ich meine Kunst und das Malen über alles liebe, es meine Leidenschaft ist. Bei keiner anderen Sache bin ich mir je so sicher gewesen. Doch das hat sich geändert. Denn es gibt nun eine weitere Sache, bei der ich mir genauso sicher bin. Und das ist die Tatsache, dass Carter ein kranker Psychopath ist, der sich an meiner Angst labt. Er genießt meine Panik und meinen Schmerz. Ihm machen seine kranken Psychospiele Spaß und er empfindet nicht einen Funken Reue. Ich bin mir sogar sicher, dass er nicht einmal einen einzigen

Gedanken daran verschwendet, ob auch nur irgendetwas an seinem Verhalten falsch ist. Er ist eiskalt und skrupellos. Und genau das ist das Gefährliche an ihm.

Er wird mir nicht die Antworten auf die Fragen geben, die ich ihm stelle. Es ist egal, wie sehr ich bettle oder wie oft ich die Fragen wiederhole. Er wird mir nicht antworten, wenn er das nicht will. Ihn zu nerven wird mir nicht weiterhelfen. Er weiß genau, was er tut. Und wenn ich ihm auf die Nerven gehe, wird er mich eher knebeln, als meine Fragen zu beantworten, um mich damit zum Schweigen zu bringen.

Die einzige Möglichkeit, an Antworten zu kommen, ist, dass er sie mir geben will. Er muss es wollen. Denn er wird es nur aus freien Stücken tun, nicht aber aus Zwang. Und das bedeutet, dass ich ihn irgendwie dazu bringen muss. Ich muss es schaffen, dass er mir freiwillig antwortet. Nur habe ich leider keine Ahnung, wie ich das anstellen soll. Ich weiß nicht einmal, ob überhaupt noch genug Zeit bleibt. Zwar hat er mir bereits gesagt, dass er mich an irgendwen ausliefern wird, jedoch weiß ich nicht, wann es so weit sein wird. Es bleibt also nicht mehr viel Zeit und ich habe keinen konkreten Plan, wie ich ihn dazu bringe, mir alles zu erzählen, was ich wissen will.

Die einzige Idee, die mir in den Sinn kommt, ist, nett zu ihm zu sein. Mehr als das. Ich muss mich benehmen, so wie er es will. Damit er eine Sympathie für mich entwickelt, anfängt, mich zu mögen, und vielleicht ein kleines bisschen Mitgefühl zeigt. Möglicherweise wäre er dann bereit, mir ein paar meiner Fragen zu beantworten. Und vielleicht gibt es so eine winzige Chance, dass er mich nicht an seinen Auftraggeber übergibt. Es ist gewagt. Kein ausgereifter Plan. Keine Garantie. Eher ein verzweifelter Versuch. Aber etwas anderes bleibt mir nicht übrig.

Leise stehe ich vom Bett auf und gehe Richtung Bad. Carter hat es nicht für nötig gehalten, mich wieder zu fesseln.

Wahrscheinlich geht er davon aus, dass meine Angst so groß ist, dass ich es nicht wagen werde, irgendetwas zu tun, was ich noch bereuen könnte.

Vor der Tür bleibe ich stehen und richte meine Kleidung. Mit meinen Fingern kämme ich meine Haare, soweit es geht, und streiche sie glatt. Dann lehne ich mich am Türrahmen an und setze ein dezentes Lächeln auf.

Keine zwei Minuten später öffnet sich die Tür. Carter steht nur in Boxershorts bekleidet vor mir, seine Haare hängen ihm in nassen Strähnen in die Stirn.

Meine Kinnlade klappt herunter und meine Augen heften sich auf seinen verdammt heißen Körper. Wie Magnete ziehen seine Oberkörpermuskeln meinen Blick auf sich. Ich bestaune das ausgeprägte Sixpack und die starken Oberarme. Schwarze Tattoos ziehen sich über seine Brust und seine Arme.

Meine Mitte zieht sich zusammen und Hitze schießt in meine Wangen. Verdammt. Er sieht so unfassbar gut aus. Und ich kann meinen Blick nicht von ihm nehmen. Das darf ich nicht. Ich darf ihn nicht so attraktiv finden. Er ist ein Psychopath. Aber wieso spüre ich dann dieses leise Verlangen danach, seine Muskeln zu berühren? Verdammt. Wie soll ich mich so richtig konzentrieren? Mein Herz pocht viel zu schnell und pumpt eine Mischung aus Angst und Aufregung durch meinen Körper.

Plötzlich spüre ich etwas an meinem Kinn. Seine Hand hat sich sanft auf meine Haut gelegt und hebt meinen Kopf, bis ich ihm direkt in die Augen sehe. Meine Haut kribbelt unter seiner Berührung und ich blicke in seine grünen Iriden.

»Mach dir keine Hoffnungen.« Seine Stimme klingt rau. Der Duft von seinem Parfüm schwingt zu mir herüber.

»Was?«, hauche ich. Mein Gehirn hat ausgesetzt, genauso wie mein Atem. Ich kann keinen klaren Gedanken fassen. Mein Kopf ist voll mit seinem Körper und ich fühle nur seine Haut auf meiner.

»Ich werde dich nicht ficken.« Sein Grinsen entblößt seine perfekten Zähne. In seinen Augen blitzt etwas auf.

»Was?« Ich kann noch immer nicht klar denken. »Das ... das will ich auch gar nicht!« Die Worte stolpern unkontrolliert aus meinem Mund.

»Und warum starrst du mich dann so an?« Seine Stimme ist kaum mehr als ein Raunen.

»Mach ich doch gar nicht«, lüge ich. Verdammt. Das klingt alles andere als überzeugend.

Er hebt eine Augenbraue. »Meine Haare sind fast getrocknet, während du mich angestarrt hast.« Ein Schmunzeln umspielt seine Lippen.

»Ich ...« Ich habe keine Ahnung, was ich sagen soll. Seine Muskeln, seine Augen, seine Berührung, sein Duft. Alles an ihm bringt mich aus dem Konzept. Und ich kann mir nicht erklären, warum. Ich hasse ihn. Dafür, dass er mich entführt hat und seine kranken Psychospielchen mit mir spielt. Nur leider sieht er so verdammt gut aus. Sein Körper ist so attraktiv, dass ich nicht rational denken kann, sondern meine triebgesteuerte Seite übernommen hat. Aber das darf nicht sein. Ich darf mich nicht von diesen gestählten Muskeln ablenken lassen. Und noch viel weniger von seinen tiefgrünen Augen, die mich gefangen halten.

Carter beugt sie näher zu mir. »Ich kenne meinen Körper.« Sein Atem streift meine Haut. »Ich weiß, wie meine Muskeln auf Frauen wirken.« Seine Stimme ist nur ein raues Flüstern. »Und die Tattoos ...«

Ich schlucke und versuche, meinen Atem unter Kontrolle zu bringen. Zitternd schließe ich die Augen.

»Aber so intensiv wie du hat noch keine reagiert.«

Ich halte die Luft an. Mein Herz setzt aus. Ich öffne die Augen. Und sehe in seine.

»Und trotzdem werde ich dich nicht ficken. Auch wenn dein Körper es will.« Sein Gesicht schwebt wenige Zentimeter vor meinem.

Ich schüttle langsam den Kopf. »Ich will nicht mit dir schlafen.« Ist das die Wahrheit? Natürlich ist es das. Ich werde niemals mit ihm schlafen. Dafür hasse ich ihn zu sehr. Dafür hat er mir bereits jetzt zu viel angetan.

»Dann ist ja gut.« Er tritt einen Schritt zurück und seine Hand entfernt sich von meinem Kinn.

Ich atme erleichtert auf. Verdammt. Das ist intensiver gewesen, als es hätte sein dürfen. Ich muss mich zusammenreißen. Ich muss meinen Körper unter Kontrolle kriegen. Ich darf ihn nicht so attraktiv finden.

Ich kann es nicht verhindern, ihn dabei zu beobachten, wie er sich eine schwarze Hose und ein enges schwarzes T-Shirt anzieht. Verdammt. Selbst mit Klamotten sieht er immer noch viel zu gut aus.

»Wie lange bleiben wir noch hier?« Ich sehe ihn vorsichtig an, bevor ich mich auf die Bettkante setze.

»Nicht mehr lange.« Auch er hat sich wieder auf den Sessel sinken lassen. Die Pistole an seinem Hosenbund bereitet mir ein unwohles Gefühl.

Ich nicke. Nett sein. Ich muss mich benehmen. Nur so wird er vielleicht nicht mehr ganz so schrecklich sein. Und nur so habe ich eine kleine Chance auf Antworten. »Wann hast du eigentlich das letzte Mal geschlafen?«

Er kneift fragend die Augen zusammen. »Wann ich das letzte Mal geschlafen habe?«

Ich nicke und lächle.

»Vor deiner Entführung. Und zwischendurch, als du geschlafen hast, auch ein bisschen.« Seine Miene zeigt keine Regung. Nichts. Er spricht von meiner Entführung, als wäre es das Normalste der Welt.

»Du kannst gerne das Bett haben. Ich kann auch auf dem Boden schlafen.« Ich fahre mit den Fingern durch meine langen Haare.

Carter legt den Kopf schief. »Damit du mir im Schlaf meine Waffe klaust und mich erschießen kannst, um zu fliehen?«

»Nein! Natürlich nicht.« Ich schüttle heftig den Kopf und reiße die Augen auf. »Ich dachte nur … na ja … dass du vielleicht müde bist und etwas Schlaf brauchst.«

Ein raues Lachen dringt aus seiner Kehle. »Kein Bedarf. Außer du möchtest wieder gefesselt werden?« Er hebt seine Augenbrauen.

»Nein!« Mein Puls beschleunigt sich. »Bitte nicht.« Ich schüttle den Kopf.

Carter seufzt. »Na dann werde ich wohl keinen Schlaf bekommen.«

»Wieso nicht?« Ich versuche, ruhig zu atmen. Mir ist klar, was er antworten wird.

»Ich glaube, du bist intelligent genug und kennst die Antwort.« Er fährt sich durch die dunklen Haare. »Wenn ich hier schlafen sollte, dann würde ich dich vorher fesseln und am anderen Ende des Raumes festbinden. Damit du mir nicht meine Waffe klaust und mich auch nicht im Schlaf umbringst. Reiner Überlebenswille.«

Ich schlucke. »Wie lange hältst du es denn ohne Schlaf aus?« Etwas unsicher sehe ich zu ihm.

»Lange genug.«

Ich nicke.

Ein Klingeln lässt mich erschrocken zusammenzucken. Als ich zu Carter sehe, erkenne ich, wie er sich erhebt und ein Smartphone aus seiner Hosentasche holt. Er nimmt das Telefonat an und verschwindet im Bad. Ich versuche angestrengt zu lauschen und herauszufinden, worum es geht. Auf Zehenspitzen laufe ich in seine Richtung und lausche an der Tür.

»Ja, ich habe sie … In Ordnung. Kein Problem.« Seine Stimme klingt selbstsicher.

Mit wem spricht er? Ist das der mysteriöse Auftraggeber? Geht es bei dem Gespräch um mich? Ich kann die Stimme am anderen Ende der Leitung nicht hören. Aber mit wem soll er sonst telefonieren? Und dabei den Raum verlassen. Na ja, ein privates Gespräch geht mich nichts an. Doch ich gehe nicht davon aus, dass er eine private Unterhaltung mit irgendwem führt, während er mit einer entführten Frau in einem Motel hockt.

»Na?« Die Stimme ist zu nah.

Ich schrecke zusammen und starre entsetzt in sein Gesicht.

»Spannend?«

»Was?«

»Mein Telefonat, das du belauscht hast?«

»Ich habe nicht …«

»Lüg nicht.«

»Tut mir leid.« Ich senke den Blick und sehe ertappt zu Boden. Verdammt. Wieso habe ich mich so blöd anstellen müssen?

»Mir war klar, dass du zuhören würdest.« Er grinst. »Hätte ich ungestört telefonieren wollen, dann hätte ich dieses Zimmer ganz verlassen.«

Natürlich. Meine Neugier ist nichts Ungewöhnliches und er hat davon ausgehen können, dass ich nicht einfach tatenlos herumsitze, während er vielleicht mit jemandem über mich redet.

»Wer war das?«, traue ich mich leise zu fragen.

»Mein Auftraggeber.«

»Und wer ist das?«

Er schüttelt lachend den Kopf. »Das werde ich dir immer noch nicht verraten.«

Ich schlucke. »Und wann …« Ich wage nicht, den Satz zu Ende zu sprechen. Zu groß sind die Angst und die Unsicherheit.

»Heute Nacht. Er wird noch einmal anrufen, wenn es losgeht.«

Übelkeit breitet sich in meinem Magen aus und Hitze steigt in mir hoch. Ich habe Angst. Schreckliche Angst vor dem, was auf mich zukommen wird. Ich habe noch immer keine Ahnung, wer dieser Auftraggeber ist. Ich weiß nicht, was er von mir will. Ich weiß nicht, was mich erwartet. Und diese Ungewissheit ist unerträglich.

Langsam gehe ich auf das Bett zu. Mein Körper fühlt sich irgendwie fremd an, meine Bewegungen motorisch. Zitternd lasse ich mich auf die weiche Matratze sinken. Die Übelkeit ebbt ein wenig ab, doch dafür wird die Angst umso intensiver.

Mit einem Mal ist alles ein wenig realer geworden. Bis jetzt habe ich es einigermaßen verdrängen können, dass irgendjemand mich hat entführen lassen. Doch jetzt ist das anders. Diese Person wird mir schon bald gegenüberstehen und ich habe keine Ahnung, wer es ist und was sie mit mir machen wird.

Ich will nicht, dass Carter mich ausliefert. Aber ich habe keine Kontrolle darüber. Die Zeit läuft mir davon und ich sehe keine Möglichkeit, wie ich ihn davon überzeugen soll, mich nicht seinem Auftraggeber auszuliefern, wer auch immer das ist. Außerdem wäre das sowieso keine Lösung, denn dann wäre ich immer noch gefangen. Und Carter ist ein Killer. Wenn er mich nicht mehr braucht, wird er mich einfach umbringen. Bei ihm zu bleiben ist keine Option. Fakt ist, dass beides scheiße ist und ich ein riesiges Problem habe. Und ich bin mir unsicher, was besser ist. Und diese ganze Situation, diese Ungewissheit, jagt mir schreckliche Angst ein.

KAPITEL 10

CARTER

E s hat mir gefallen, wie sie mich angeschaut hat, als ich halb nackt vor ihr gestanden habe. Wie sie meinen Körper betrachtet hat. Meine Muskeln. Meine Tattoos. Noch nie hat eine Frau so reagiert. Ich habe es spüren können, wie sehr ihr mein Körper gefällt. Konnte es in ihren Augen sehen. Das verlangende Auflodern. Und fuck, ist das geil gewesen.

Aber ich muss dem leisen Verlangen widerstehen, diesem Gefühl nachzugehen. Denn das ist viel zu gefährlich. Ein Spiel mit dem Feuer. Der Einsatz ist zu hoch. Ich bin nicht bereit, alles aufs Spiel zu setzen, nur für einen flüchtigen Moment. Nein. Ich muss mich auf das Wesentliche fokussieren. Keine Ablenkung. Dem Gefühl zu widerstehen, ist nicht allzu schwierig. Und das wird auch so bleiben, wenn ich die Kontrolle behalte. Und das werde ich. Denn alles andere wäre dumm. Einfach nur fucking dumm. Und ich bin nicht ansatzweise dumm.

Ich nehme einen tiefen Zug von meiner Zigarette und inhaliere den giftigen Rauch. Das Klingeln meines Smartphones lässt mich innehalten und ich fische es aus meiner Hosentasche. »Hallo?«

»Ich habe dir die Adresse geschickt. Wenn du sie abgeliefert hast, überweise ich den Rest des Geldes«, ertönt die Stimme am anderen Ende der Leitung.

Ich nehme das Telefon vom Ohr und sehe auf den aufleuchtenden Bildschirm. Die Nachricht mit der Adresse ist angekommen. »In Ordnung. Ich bin bereit.«

»Gut. Ich brauche noch etwas Zeit. Aber spätestens in ein paar Stunden ist alles fertig. Ich melde mich dann noch mal. Wie lange brauchst du bis zu der Adresse?«

Die Zigarette zwischen meine Lippen geklemmt, nehme ich das Smartphone vom Ohr. Ich gebe die Adresse ein und lasse mir die Route anzeigen. »Knapp zwei Stunden«, sage ich, nachdem ich das Smartphone wieder an mein Ohr geführt und die Zigarette zwischen Zeige- und Mittelfinger geklemmt habe.

»Okay. Und ich will sie unversehrt, verstanden?«

»Natürlich.«

»Und sie soll bei Bewusstsein sein, wenn sie bei mir ankommt. Ich will ihre Reaktion sehen.« Das boshafte Grinsen ist in seiner Stimme zu hören.

»Verstanden.«

»Hat sie Verletzungen?«, will er wissen.

»Nur ein paar Fesselmale an den Handgelenken.«

Er seufzt. »Das ist nicht schlimm.«

Ich ziehe an meiner Zigarette und schnipse den Stummel von mir weg. »Keine Sorge, ich weiß, was ich tue. Sie wird unversehrt ankommen.«

»Gut. Denn sie gehört mir! Ich werde mich angemessen um sie kümmern«, sagt er. Er wird sie foltern. Ganz bestimmt. Aber das ist nicht mein Problem. Es geht mich nichts an.

»Alles klar. Ich halte mich bereit und warte auf deinen Anruf. Bis später.« Ich warte noch darauf, dass er sich verabschiedet, dann lege ich auf und lasse das Smartphone zurück in meine

Hosentasche gleiten. Aus der Tasche meiner Lederjacke hole ich eine Schachtel Zigaretten hervor und zünde mir eine an. Ich lehne mich mit dem Rücken gegen die graue Steinwand. In der Dämmerung wirkt die Gasse hinter dem Motel durch das fehlende Licht fast unheimlich.

Zufrieden rauche ich meine Zigarette zu Ende, bevor ich mich von der Wand abstoße und wieder hineingehe. Zu ihr. Damit wir die wenigen Stunden, die uns noch bleiben, genießen können. Ich lache leise auf und schüttle den Kopf. Zugegeben, mir macht das Ganze hier eindeutig mehr Spaß als ihr.

KAPITEL 11

ROSE

Das Klingeln seines Smartphones lässt mich zusammenzucken. Ängstlich setze ich mich auf der Matratze auf und sehe unsicher in Carters Richtung, dessen Gesichtsausdruck ernst wird. Er erhebt sich von seinem Platz und hält das Telefon an sein Ohr. Mit der Waffe in seiner Hand dreht er sich zur Seite, beobachtet mich aber trotzdem noch aus den Augenwinkeln. Da er keine Anstalten macht, den Raum zu verlassen oder leiser zu reden, kann ich jedes seiner Worte hören.

»Hallo? … Ja. Geht klar … Okay.« Er lässt die Hand mit seinem Smartphone sinken und es in die Hosentasche gleiten.

Ängstlich sehe ich ihn an. Ich will etwas sagen, doch meine Lippen sind erstarrt und lassen sich nicht bewegen.

»Tja, Rose … So wie es aussieht, wirst du mich schon bald wieder los sein.« Sein bedauernder Blick ist aufgesetzt, nicht echt, und trotzdem bilde ich mir ein, dass eine winzige Zelle davon es ernst meint.

Ich nicke langsam und steif, unfähig, auf ihn einzugehen.

»Das freut dich doch bestimmt, oder?«

Mein Nicken kommt zögerlich. Natürlich will ich nicht bei ihm bleiben. Doch vielleicht wird es nur schlimmer werden. Auch wenn das schwer vorstellbar ist.

»Was bist du denn auf einmal so ruhig?« Langsam kommt er auf mich zu. »Hat es dir etwa die Sprache verschlagen?«

Ich schüttle den Kopf.

»Oh, und ich soll dich grüßen.« Ein undefinierbarer Ausdruck liegt auf seinem Gesicht.

»Von wem? Deinem Auftraggeber?« Ich lege den Kopf schief, meine Stimme zittert.

Carter nickt und fährt sich über die dunklen Bartstoppeln. »Ja, Aiden lässt dich grüßen.«

Stille.

Schock.

Nein. Nein, das kann nicht sein. Ich muss mich verhört haben.

»Wie war das?« Meine Stimme ist nur ein zerbrechliches Hauchen. »Hast du gerade … Aiden gesagt?« Ich traue mich kaum, den Namen auszusprechen.

»Ja, wieso? Sagt dir der Name etwas?« Interesse liegt in seinem Blick, ein wenig Neugier.

Mein Herz setzt für einige Sekunden aus und Hitze umhüllt meinen gesamten Körper. Die Übelkeit steigt durch meine Speiseröhre hoch und ich versuche, sie herunterzuschlucken. Mein Blick verschwimmt, meine Hände zittern so sehr, dass ich sie nicht einmal mehr aneinanderpressen kann. Tränen sammeln sich in meinen Augen und mein Atem geht immer schneller. Mein Körper ist nicht mehr unter meiner Kontrolle. Es fühlt sich so an, als würde er mir nicht mehr gehören.

Und in diesem Moment wünsche ich mir, dass ich diesen Körper einfach verlassen und meine Seele hinfort fliegen könnte. Weg von all dem. Der schrecklichen Wahrheit, dem Schmerz, der Angst. Denn mit einem Mal verstehe ich, was hier passiert. Mir wird alles klar. Es ergibt plötzlich alles einen Sinn. Der Name. Ich hätte es wissen müssen, doch ich bin davon ausgegangen, dass das unmöglich ist.

Ich bin fest davon überzeugt gewesen, dass er es nicht ist. Dass er es nicht sein kann, auch wenn er der einzige Mensch ist, dem ich so etwas zutraue und der ein Motiv dazu hat. Doch ich bin mir so sicher gewesen, dass er nicht die Möglichkeit hat. Das ist unmöglich. Er ist nicht in der Lage dazu, einen Auftragskiller auf mich anzusetzen und mich entführen zu lassen. Und schon gar nicht hat er die Möglichkeit, mich zu sich bringen zu lassen. Im Gefängnis geht das nicht. Das ist unmöglich. Und meines Wissens sitzt er in diesem Moment hinter Gittern.

Er sollte verdammt noch mal im verfickten Knast sein und nicht auf freiem Fuß einen scheiß Auftragskiller mit meiner Entführung beauftragen. Das darf nicht wahr sein. Die Tatsache, dass er anscheinend nicht mehr im Knast sitzt und Carter mich zu ihm bringen wird, flutet jede Zelle meines Körpers mit unbändiger Panik.

Ich spüre Hände an meinen Armen und blinzle. Mit jedem Blinzeln wird meine Sicht wieder etwas klarer, bis ich meine Umgebung bewusst wahrnehme. Carter hat mich an den Armen gepackt und sieht mich mit einem durchdringenden Blick an. Als ich die Kabelbinder in seiner Hand sehe, versuche ich, mich aus seinem Griff zu befreien.

Ich schreie, während ich wild zapple und strample. Meine Beine treten nach ihm und ich spüre, wie ich sein Bein treffe. Doch sein Griff ist stark. Mit aller Kraft versuche ich, meine Arme zu befreien, lasse mich nach hinten fallen und trete nach ihm.

Als all das nicht funktioniert, hebe ich meinen Kopf zu seinen Händen und grabe meine Zähne in sein Fleisch. Ein erschrockenes Stöhnen ertönt aus seinem Mund und sein Griff öffnet sich.

Ich winde mich aus seinen Armen und krabble rückwärts über das Bett. Am Ende angekommen, rolle ich mich über die Bettkante und lande unsanft auf dem harten Boden. Schnell rapple ich mich auf und bleibe vor dem Bett stehen.

Wut liegt in Carters Blick, seine Augen haben sich verengt. »Was zur Hölle sollte das?« Seine Stimme ist nicht mehr als ein Zischen.

»Du darfst mich nicht zu ihm bringen.« Ich schüttle heftig den Kopf und beobachte aufmerksam seine Bewegungen.

Er legt den Kopf schief. »Und warum nicht?«

»Er wird mich umbringen!«

»Das ist nicht mein Problem.«

»Er wird mich foltern, vergewaltigen und töten.« Tränen bahnen sich ihren Weg aus meinen Augen hinaus über meine glühenden Wangen.

»Auch nicht mein Problem.«

»Fick dich! Du scheiß Arschloch!« Ich schreie ihm die Worte entgegen.

Carters Kiefer spannt sich an und seine Augen verdunkeln sich. »Du solltest vorsichtig sein, was du sagst.«

»Bitte.« Meine Stimme klingt so verzweifelt. »Bitte liefere mich nicht aus.«

Er lacht. »Und wieso sollte ich es nicht tun?«

»Das habe ich doch schon gesagt. Er wird mich foltern, vergewaltigen und irgendwann töten.«

»Und ich habe dir bereits gesagt, dass das nicht mein Problem ist.« Seine tiefe Stimme klingt gefährlich.

»Bitte! Ich tue alles …« Meine Stimme bricht.

»Du kannst mir nur leider nichts bieten.« Er geht langsam um das Bett herum.

»Bitte … Ich meine es ernst. Ich tue alles. Wirklich alles.« Panisch suche ich nach einem Ausweg, ihm zu entkommen, doch der Raum bietet keinen geeigneten Platz zur Flucht.

»Nein.« Er kommt immer näher.

»Bitte. Carter …« Aus irgendeinem Grund habe ich die schwache Hoffnung, dass, wenn ich seinen Namen ausspreche, er irgendeine Gefühlsregung zeigen würde und seinen Standpunkt überdenkt.

»Nein, Rose.« Seine raue Stimme ist so leise, dass mir seine Worte eine Gänsehaut bereiten.

Ich schlucke. Langsam stolpere ich rückwärts. Als ich die Wand in meinem Rücken spüre, schluchze ich verzweifelt auf. Nur wenige Sekunden später ist er bei mir und packt mich am Arm. Doch ich kann nicht zulassen, dass er mich zu ihm bringt. Schreiend schlage und trete ich auf ihn ein und beiße ihm in den Arm. Ich schubse ihn von mir weg und schaffe es irgendwie, mich aus seinem Griff zu befreien und an ihm vorbeizulaufen.

Panisch laufe ich auf die Tür zu und rüttle an ihr. Doch sie bewegt sich nicht. Sie ist von innen verschlossen und den Schlüssel habe ich nicht, sondern er. Verzweifelt weiche ich zurück, um Abstand zwischen mich und Carter zu bringen.

»Fuck, Rose!« Er klingt unfassbar wütend. Sein Gesichtsausdruck ist ernst, viel ernster als zuvor. Und entschlossen. Ein weiteres Mal wird er nicht zulassen, dass ich ihm wehtue. Ohne zu zögern, hebt er die Waffe und richtet sie auf mich.

Mein Atem stockt und ich sehe ihn schockiert an. Blicke entsetzt in den Lauf der Waffe.

»Wenn du dich nicht benimmst, dann werde ich auf dich schießen, hast du das verstanden?« Der gefährliche Unterton in seiner zischenden Stimme jagt mir einen Schauer über den Rücken.

Verdammt. Was soll ich jetzt tun? Gegen seine Pistole habe ich keine Chance. Er hat die Kontrolle. Er kann mich einfach erschießen. Es wäre für ihn so leicht wie für mich das Malen, etwas ganz Normales.

Zitternd stehe ich ein paar Meter von ihm entfernt und starre auf die tödliche Waffe in seiner Hand, die direkt auf mich gerichtet ist. Es gibt kein Entkommen. Selbst wenn die Tür sich öffnen würde, was ausgeschlossen ist, würde ich es nicht hindurch schaffen, bevor er mich erwischt. Und auch wenn ich auf ihn zurennen und versuchen würde, ihm die Waffe zu entreißen, wäre ich zu langsam. Und zu unerfahren. Er weiß mit der Pistole umzugehen. Und er wird nicht zögern, abzudrücken und auf mich zu schießen. Ich mag meine Zweifel haben, doch er hat nichts dergleichen. Er hat keine Skrupel, eine Pistole auf eine Person zu richten und abzudrücken. Für ihn ist das der Alltag. Nichts, was er nicht schon oft genug gemacht hat. Nichts, was für ihn eine Herausforderung darstellt. Verdammt.

Es gibt keinen Ausweg. Wenn ich lebend aus dieser Situation entkommen will, dann ist jetzt definitiv der falsche Zeitpunkt. Auch wenn ich nicht weiß, ob es den richtigen Zeitpunkt noch geben wird, denn es ist mehr als fraglich, ob ich überhaupt auch nur die geringste Chance habe, ihm zu entkommen. Es gibt keine Möglichkeit zu entkommen. Er ist zu gut. Er ist einfach zu gut in dem, was er tut. Zu skrupellos. Zu kalt. Zu krank. Zu abgefuckt. Verdammt. Ich werde hier niemals lebend rauskommen.

Carters Augen sind wachsam auf mich gerichtet. Die Waffe liegt perfekt in seiner Hand, so als gehöre sie da hin.

Das Zittern wird nicht besser und die heißen Tränen müssen meine Augen bereits gerötet haben. »Erschieß mich doch«, bringe ich schwach über die Lippen. Ich will nicht sterben. Das will ich nicht. Ich bin noch nicht bereit. Ich will noch so viel erleben. Ich will noch so viel Kunst erschaffen. Ich will verdammt noch mal nicht sterben. Aber das liegt nicht in meiner Macht.

Wenn Carter mich hier und jetzt erschießt, dann ist alles vorbei. Ich würde sterben. Das versetzt mich in fürchterliche Angst. Aber diese Angst ist nichts im Vergleich zu der Panik, die bei dem Gedanken an das hochkommt, was Aiden mit mir tun wird. Denn ich weiß ganz genau, dass er mich foltern wird. Und diese Folter wird schlimmer sein als der Tod, barbarisch. Und ich weiß nicht, ob ich diese Schmerzen aushalten werde. Noch dazu wird er mich am Ende sowieso töten, da bin ich mir sicher. Und selbst wenn nicht, wird er mich so lange foltern, bis ich nicht mehr ich selbst bin. Bis mein Leben nicht mehr meins ist. Bis mein Leben nicht mehr lebenswert ist. Er wird Spuren hinterlassen, die ich niemals überwinden könnte. Und das wäre so viel schlimmer als der Tod. Also ja, wenn Carter mich jetzt erschießt, dann wäre das definitiv besser als das, was mich bei Aiden erwarten wird. Mein Tod wäre einigermaßen human. Und ich würde keine Höllenqualen durchleiden müssen.

»Das wäre zu einfach.« Ein leichtes Schmunzeln umspielt seine Lippen.

Ich verdrehe die Augen. »Ich werde mich wehren. Ich werde mich nicht kampflos ergeben. Es wird nicht einfach, mich zu ihm zu bringen.«

Sein Lächeln wird breiter. »Einfach ist langweilig.«

Verzweifelt sehe ich ihn an. Verdammt. Natürlich wird er mich nicht einfach erschießen. Er wird mich ausliefern, weil er das will. Ich muss seinen Willen ändern, wenn ich mich retten will, aber das ist so gut wie unmöglich.

Ich habe kein Druckmittel oder sonst etwas, das ich ihm anbieten kann. Ich habe nur mich selbst. Verdammt. Vielleicht will er meinen Körper. Auch wenn er mir bereits gesagt hat, dass er nicht mit mir schlafen wird. Aber möglicherweise kann ich seine Meinung irgendwie ändern. Ich muss mich nur richtig anstellen. Alles in mir sträubt sich dagegen, mich wie eine billige Nutte an ihn heranzuschmeißen, mich ihm anzubieten. Bei dem Gedanken schüttle ich mich. Aber es ist das Einzige, was mir einfällt. Die einzige Waffe, die ich besitze. Mein Körper.

Und ich bin so verzweifelt, dass ich nach jedem Strohhalm greife, egal wie klein oder unbedeutend er auch erscheinen mag. Mir fällt beim besten Willen nichts anderes ein. Und mein Überlebenswille ist zu groß, um es nicht wenigstens zu versuchen. Und wenn man Carter eines nicht unterstellen kann, dann, dass er nicht gut aussieht. Denn er ist verdammt heiß und ich kann mir definitiv Schlimmeres vorstellen, als mit einem heißen Männerkörper zu schlafen. Von Aiden gefoltert zu werden ist definitiv schlimmer.

Mit dem Handrücken fahre ich über meine feuchten Wangen und trockne sie mit meinem Ärmel. Dann ziehe ich mir meinen Pulli über den Kopf und lasse ihn neben mir zu Boden fallen. Ich greife nach dem Stoff meines T-Shirts und ziehe es ebenfalls aus.

»Was zur Hölle machst du da?« Carter kneift die Augen zusammen und beobachtet meinen erbärmlichen Versuch, ihn zu verführen.

»Ich habe doch gesagt, ich tue alles. Alles, was du willst.« Ich ziehe die weiße Hose über meine Hüften und schlüpfe heraus. Nur in BH und Slip bekleidet, stehe ich im Raum und fühle mich so unendlich verloren.

»Zieh dich sofort wieder an.« Das Zischen seiner Stimme hat etwas Bedrohliches und seine Kiefermuskulatur ist sichtlich angespannt.

Ich schüttle den Kopf. Langsam gehe ich auf ihn zu, am ganzen Körper zitternd und voller Angst. Ich versuche, nicht auf die Pistole zu schauen, die noch immer auf mich gerichtet ist. Ich schaue ihm direkt in die dunkelgrünen Augen, die mich unergründlich mustern. »Mein Körper gehört dir, wenn du willst.« Verdammt.

Sein Blick verfinstert sich. Sein Körper versteift sich. Was wohl in seinem Kopf abgeht? Ob er abwägt, ob er mich ficken soll? Sich meinen Körper nehmen soll? »Ich werde dich nicht ficken. Zieh deine verdammten Klamotten wieder an.«

Ich bin bei ihm angekommen und stehe nun direkt vor ihm. »Ich weiß, dass dir mein Körper gefällt«, flüstere ich. Die Angst in meiner Stimme ist nicht zu überhören. »Also nimm dir, was du willst.«

In seinen Smaragden blitzt etwas auf. Plötzlich zieht er mich mit der freien Hand zu sich heran und presst mich dicht an seinen Körper.

Adrenalin schießt durch meine Adern und ich keuche erschrocken auf. Er steht so dicht hinter mir, einen Arm um meinen Oberkörper geschlungen, die Hand an meinem Hals. Ich spüre etwas Hartes in meinem Rücken, kann aber nicht sagen, ob das die Waffe ist oder er tatsächlich erregt ist. Eine Gänsehaut zieht sich über meine Haut und mein Atem geht unregelmäßig und schnell.

Verdammt. Dieses Gefühl ist aufregend. Ich bin mir nicht sicher, ob es die Angst ist oder es mich tatsächlich geil macht, seinen Körper so dicht an meinem zu spüren. Und der Gedanke daran, wie es wäre, würde er mich ficken. Es ist Angst, doch das ist nicht das Einzige, was ich dabei fühle. Der Gedanke löst auch eine merkwürdige Aufregung aus und Lust. Ich finde die Vorstellung tatsächlich nicht komplett abstoßend, sondern tief in meinem Innern sehne ich mich nach seinem Körper, seinen Berührungen. Tief in meinem Inneren bin ich neugierig, wie es sich anfühlen würde, würde Carter mich mit seinem muskulösen Körper ficken. Verdammt.

Sein Atem streift die empfindliche Haut an meinem Hals und er steht so dicht bei mir, dass ich sein Parfüm riechen kann. Ich schließe schwer atmend die Augen, mein Herzschlag rast unkontrolliert.

»Wenn ich mit meiner Hand jetzt unter deinen Slip fahren würde, wie feucht wäre deine Pussy?« Das tiefe Raunen entlockt mir ein leises Keuchen.

Meine Lider flattern und ich versuche, die richtigen Worte zu finden. »Ich …« Verdammt.

»Wenn ich dich ficke …«, sein Mund schwebt direkt vor meinem Ohr. »Dann würdest du deinen Verstand verlieren.«

Fuck. Ich atme hörbar aus und spüre, wie sich meine Mitte zusammenzieht. Verdammt, wieso klingt seine Stimme so sexy? Und wieso reagiert mein Körper so stark auf seine Worte?

»Und deswegen werde ich dich nicht ficken.« Mit einer schnellen Bewegung dreht er mich zu sich um und geht einen Schritt zurück.

Perplex starre ich ihn an. Starre in seine dunklen Augen, seinen unergründlichen Blick, und in den Lauf der Pistole, die direkt vor meinem Gesicht schwebt. Die Hitze in meiner Brust flacht etwas ab und verwandelt sich in Scham. Ich schlucke die aufkommende Enttäuschung herunter.

»Und jetzt … zieh dich verdammt noch mal wieder an.«

Zitternd trete ich ein paar Schritte zurück, bis ich die Stelle erreiche, an der meine Kleidung auf dem Boden liegt. Den Blick auf ihn gerichtet, ziehe ich mir den weißen Stoff über.

Verzweiflung macht sich in mir breit. Ich habe alles versucht. Mehr fällt mir nicht ein. Ich weiß nicht, was ich sonst noch tun kann, um ihn davon zu überzeugen, mir zu helfen und mich nicht auszuliefern. Ich habe keinen blassen Schimmer, ob er irgendeine Schwäche hat. Irgendetwas, was ich ihm geben könnte, was er haben will.

Die Waffe auf mich gerichtet, kommt er auf mich zu und hält mir die Kabelbinder hin. Er bedeutet mir, meine Hände auszustrecken und ich tue es. Weil ich keine andere Möglichkeit sehe. Ich kann mich ihm nicht widersetzen, denn das bringt sowieso nichts. Er hat die Kontrolle. Ich habe gar nichts. Er legt die Kabelbinder um meine Handgelenke und zieht sie fest. So fest, dass es wehtut und ich scharf die Luft einsauge.

Das wars. Ich bin geliefert. Das ist mein Ende. Es gibt keine Möglichkeit mehr, mich irgendwie zu befreien. Ich habe alles versucht. Carter wird mich nicht gehen lassen. Er wird seinen Auftrag zu Ende bringen und mich in den Fängen von Aiden lassen. Dort, wo mich Höllenqualen erwarten. Und ich bin mir sicher, dass ich das nicht überleben werde.

Ein Blick in seine grünen Augen nimmt mir auch noch den allerletzten Funken Hoffnung. Denn in seinen Augen finde ich kein bisschen Empathie. Nichts. Nur tiefe Dunkelheit. Und Entschlossenheit. Er ist fest entschlossen, mich auszuliefern. Ich kann tun, was ich will, doch sein Wille ist zu stark. Er wird sich niemals von mir überzeugen lassen.

KAPITEL 12

CARTER

F uck. Diese Panik. Diese grenzenlose Panik in ihren Augen. Das ist ein Anblick gewesen. Einer, den ich so schnell nicht vergessen werde. So viel Angst habe ich noch nie in ihren Augen gesehen. Fuck, ist das geil gewesen. Wie sie sich gegen mich gewehrt hat!

Ich würde lügen, wenn ich behaupten würde, dass mich ihr Versuch, mich zu verführen, kalt gelassen hat. Denn das hat er nicht. Ich bewundere sie für ihren Mut. Auch wenn ich ihr Zittern gespürt habe. Und ihr Körper ist heiß, keine Frage. Aber ich kann sie nicht ficken. Fuck.

Ich muss mich auf meinen Job konzentrieren. Das ist alles, was zählt. Ich darf sie nicht ficken. Denn wenn ich es tue und es mir gefällt, dann würde ich sie nicht mehr gehen lassen können. Und das wäre gefährlich. Viel zu gefährlich. Für sie. Und auch wenn ich es nicht zugeben möchte, auch für mich. Und ich habe das Gefühl, dass es mir gefallen würde, wenn ich es tue. Und das darf unter keinen Umständen geschehen.

KAPITEL 13

ROSE

Die klare Nachtluft kühlt meine erhitzte Haut. Meine Beine zittern so sehr, dass ich befürchte, einfach hinzufallen, so wenig Kontrolle habe ich. Meine High Heels, die Carter mir wiedergegeben hat, tun ihr Übriges. Die Kabelbinder drücken tief in mein Fleisch und hinterlassen ein unangenehmes Brennen.

Ich atme die frische Luft ein, in der Hoffnung, meine Gedanken werden dadurch etwas klarer. Der Geruch nach Abgasen und Müll steigt mir in die Nase und ich lausche den Verkehrsgeräuschen, die ich in der Ferne vernehme.

Die Straße vor mir liegt dunkel da und weit und breit ist niemand zu sehen. Es gibt keine Gebäude und bis auf ein dunkles Auto ist die Straße komplett leer. Kein Wunder, dass Carter mich einfach so nach draußen laufen lässt, die Waffe fest in meinen Rücken gedrückt. Er braucht sich keine Sorgen machen, dass uns jemand sieht, denn hier ist niemand. Wir sind allein, wo auch immer wir sind. Es ist zu dunkel, um irgendetwas zu erkennen.

Carter führt mich zu dem dunklen Auto, das am Straßenrand steht. Als er den Kofferraum öffnet und mich auffordernd ansieht, schüttle ich den Kopf.

Ich sehe ihn entsetzt an. »Nein. Bitte nicht.«

»Leg dich da rein.«

»Nein.«

»Soll ich dich wieder betäuben?«

Ich reiße panisch meine Augen auf und schüttle den Kopf. »Bitte lass mich einfach auf der Rückbank sitzen. Ich werde mich benehmen.«

Carter legt den Kopf schief und grinst dann. »Gut. Wie du meinst.« Er schließt den Kofferraum wieder und geht dann zu einer der hinteren Türen, die er öffnet. »Steig ein.«

Ich gehorche und lasse mich auf den dunklen Sitz sinken.

Carter holt aus der Tasche seiner schwarzen Anzughose Kabelbinder, die er in die Fesseln um mein Handgelenk einfädelt. Dann hebt er meine Hände nach oben und befestigt sie mithilfe der Kabelbinder an einem der Haltegriffe, der über mir an der Decke des Autos angebracht ist. Anschließend greift er nach dem Anschnallgurt und beugt sich über mich, um mich anzuschnallen. Sein herber Duft weht mir entgegen und ich erzittere, als seine Hand mich streift.

Grinsend sieht er mir in die Augen. »Der Kofferraum wäre bequemer gewesen.« Er fährt sich mit einer Hand durch die schwarzen Haare.

Die Hände in die Höhe zu halten, ist in der Tat nicht angenehm. Ich habe keine Ahnung, wie lange wir fahren werden und ich somit auch meine Arme nach oben strecken muss. Aber das ist nichts im Vergleich zu dem, was mich noch erwarten wird.

Carter schubst die Tür zu und ich beobachte durch die Scheibe, wie er sich eine Zigarette ansteckt. Für wenige Minuten bleibt er draußen vor dem Auto stehen und raucht seine Zigarette.

Als er einsteigt und sich hinters Steuer setzt, beschleunigt sich mein Herzschlag. Kalter Zigarettenrauch weht mir entgegen. Als er das Auto startet, breitet sich das mulmige Gefühl noch weiter in mir aus. Er sieht noch einmal in den Rückspiegel und unsere Blicke treffen sich, was mir einen Schauer über den Rücken jagt. Dann wendet er den Blick nach vorne auf die Straße und fährt los.

Meine Umgebung zieht an mir vorbei – wie mein Leben, das sich so plötzlich komplett geändert hat. Bereits nach wenigen Minuten kann ich die Tränen nicht mehr zurückhalten. Sie fließen unaufhörlich über meine Wangen. Ich spüre seinen Blick auf mir, doch es ist mir egal. Er hat sowieso kein Mitgefühl und er wird mir auch nicht helfen. Die Verzweiflung zerfrisst mich innerlich.

Fieberhaft gehe ich alles noch einmal in meinem Kopf durch. Vielleicht habe ich irgendetwas übersehen. Vielleicht gibt es doch noch irgendeine Möglichkeit, dem Ganzen zu entkommen. Irgendetwas, an das ich nicht gedacht habe. Irgendeine Sache, die mir helfen und mich befreien könnte. Ein letzter Hoffnungsschimmer, um der mir nahenden Hölle zu entkommen. Doch was soll das sein? Carter wird mir nicht helfen, ich habe alles versucht. Ich bin nett zu ihm gewesen und habe sogar versucht, ihn zu verführen. Doch das hat nicht funktioniert. Und ich kann auch nicht vor ihm fliehen. Er ist schneller und stärker als ich und die Kugel seiner Waffe würde mich sofort einholen. Durch seine Skrupellosigkeit und Kälte habe ich keine Chance.

Und deswegen werde ich mich bald wieder in Aidens Fängen befinden. Er wird mir unvorstellbare Dinge antun, an die ich nicht einmal zu denken wage. Denn jedes Mal, wenn ich daran denke, was er mir antun wird, breitet sich diese unsägliche Panik in mir aus, die mir fast den Verstand raubt. Meine Angst steigt allein bei dem Gedanken an ihn ins Unermessliche. Denn ich weiß, wozu er fähig ist. Ich kenne ihn gut. Zu gut. Ich weiß ganz genau, was für ein krankes Arschloch er ist. Wie bösartig und brutal. Ich habe ihn in allen seinen Facetten erlebt. Und wenn ich an die Vergangenheit und die Dinge denke, die er getan hat, breitet sich eine beklemmende Kälte in mir aus.

Ich habe nicht damit gerechnet, je wieder damit konfrontiert zu werden. Zumindest nicht so. Ich habe gehofft, dass er ein für alle Mal weg ist. Dass ich ihn nie wieder sehen werde. Damit er mir nie wieder wehtun kann. Doch jetzt kommt alles anders.

Ich habe keine Ahnung, wie er mich gefunden hat und wieso er es nicht einfach dabei belassen hat. Seine Rache ist viel zu teuer und das macht mir Angst. Wenn er so viel Geld dafür ausgibt, dann muss seine Wut immens sein. Und dann wird er seine Rache bis ins kleinste Detail auskosten. Und für mich bedeutet das die Hölle auf Erden. Und vor diesen Höllenqualen habe ich panische Angst.

Die Erinnerungen an die Vergangenheit sind schmerzhaft. Ich will mich nicht daran erinnern. Es ist zu schmerzhaft, zu traumatisch. Ich will diese Zeit einfach nur vergessen. Das habe ich in den letzten Jahren auch ziemlich gut geschafft, doch jetzt wirft er mich wieder zurück in den eiskalten See aus Erinnerungen. So kalt, dass es sich wie kleine Nadelstiche auf meiner Haut anfühlt, die sich tief in mein Fleisch bohren.

Als das Auto plötzlich stehen bleibt, breitet sich Hitze in meinem Körper aus und mein Herzschlag beschleunigt sich. Ich habe keine Ahnung, wie lange wir gefahren sind, meine Konzentration ist einfach katastrophal. Die Panik kriecht durch mein Inneres und ich versuche, nicht zu hyperventilieren.

Carter steigt aus und wenige Sekunden später öffnet sich meine Autotür. Er schnallt mich ab und zieht ein Messer aus seiner Hosentasche hervor, mit dem er die Kabelbinder an dem

Haltegriff löst. Meine Hände sind jedoch nach wie vor zusammengebunden. Er tritt zurück und sieht mich auffordernd an.

Doch ich bin wie eingefroren. Ich kann mich nicht bewegen. Zu groß ist die Angst vor dem, was mich jetzt erwartet. Ich schaffe es nicht, aus diesem verdammten Auto auszusteigen. Auch wenn ich weiß, dass es nichts bringen wird. Doch ich will noch ein paar Sekunden Zeit schinden. Auch wenn diese Zeit schrecklich ist und meine Angst mit jeder Sekunde größer wird. Aber mein Körper gehorcht mir einfach nicht. Ich kann mich nicht bewegen.

»Aussteigen. Na los.« Er sieht mich ungeduldig an, sein Kiefer mahlt.

Mein Körper ist immer noch wie erstarrt, das Zittern ist die einzige Bewegung. »Ich kann nicht.« Meine Stimme ist so leise, dass ich mich selbst kaum höre.

Carter packt meine Arme und zerrt mich von meinem Sitz. Ich stolpere aus dem Auto und kann mich gerade noch rechtzeitig an der Autotür festhalten, um nicht auf den Boden zu fallen. Der kalte Lauf der Pistole drückt sich in meinen Rücken und treibt mich ein paar Meter vom Auto weg. Ich höre, wie die Autotür zufällt und Carters Schritte hinter mir.

Wir stehen in einer großen Einfahrt, hinter uns liegt ein Tor, das verschlossen ist. Vor uns erstreckt sich ein breites Anwesen. Ein großes Haus, daneben zwei kleinere Gebäude. Carter treibt mich vor sich her, direkt auf das Haus zu.

Wir sind nur noch wenige Meter entfernt, als sich die Tür öffnet und mir der Atem stockt. Eine Person tritt nach draußen und als ich ihn erkenne, schnürt sich mir die Kehle zu.

»Hallo Rose.« In Aidens Stimme schwingt Freude mit.

Ich taumle rückwärts und stoße gegen Carter, der mich festhält. Mein Herz pocht unnatürlich schnell und mir wird so übel, dass mir für einen kurzen Moment schwarz vor Augen wird.

»Na, na. Das ist aber keine nette Begrüßung.« Aiden schüttelt tadelnd den Kopf und kommt auf mich zu.

Ich bin wie gelähmt und kann nur zusehen, wie er immer näherkommt. Er hat sich kaum verändert und sieht so aus wie früher. Die kurzen dunkelblonden Haare, die grauen Augen. Er ist gut gebaut, hat aber deutlich weniger Muskeln als Carter.

Als er mich erreicht, streckt er seine Hand nach mir aus und fährt mit seinen Fingern über meine Wange. Eine unangenehme Gänsehaut bildet sich unter seiner Berührung und ich erschaudere. Panisch schließe ich die Augen und versuche, die Tränen zurückzuhalten. Als er nach meinen Armen greift und mich zu sich zieht, zucke ich zurück und versuche, mich zu befreien, doch ich bin viel zu schwach und ängstlich. Hilfesuchend sehe ich zu Carter, sehe ihm direkt in die Augen. Doch er zeigt keinerlei Rührung. Innerlich schreie und weine ich, doch äußerlich wird mein Körper nur von einem unkontrollierbaren Zittern durchgeschüttelt.

»Hat sie dir Probleme gemacht?« Aiden sieht grinsend zu Carter.

»Als ich ihr deinen Namen gesagt habe, ist sie ausgerastet und hat sich ganz schön gewehrt.«

»Ja, das kann ich mir gut vorstellen.« Aidens Grinsen jagt einen ekelhaften Schauer über meinen Körper. »Hättest du vielleicht trotzdem Interesse daran, noch für ein paar Tage hierzubleiben? Ich bräuchte noch jemanden, der sie bewacht, wenn ich mal nicht da bin.«

Carters Blick huscht zu mir und ich glaube, kurz etwas in seinen Augen aufblitzen zu sehen. Doch es ist so schnell wieder verschwunden, wie es gekommen ist. Ein Grinsen legt sich auf Carters Lippen. »Das klingt sehr gut. Für dieses Theater hat sie es verdient zu leiden und ich sehe gerne dabei zu.«

Ich schüttle verzweifelt den Kopf. Wieso ist er so ein verdammtes Arschloch?

»Sehr gut.« Aiden nickt zufrieden und zieht mich hinter sich in das Haus. Er bringt mich in ein leeres Zimmer, in das er mich lieblos hineinschubst. »Mach es dir gemütlich.« Die Ironie ist nicht zu überhören. Bevor er die Tür schließt, erhasche ich einen Blick auf Carter, der mich grinsend ansieht und die Arme vor seiner Brust verschränkt hat. Dann fällt die Tür zu und ich höre einen Schlüssel im Schloss. Schritte entfernen sich. Dann ist alles still.

Und ich bin allein. Allein in diesem Raum, allein mit meinen Gedanken, meiner Angst. Verdammt, ich habe solche Angst. Ich zittere noch immer am ganzen Körper und die Tränen bahnen sich nun ihren Weg über meine Wangen. Ich weiß nicht, wann Aiden wiederkommen wird und allein diese Ungewissheit ist schon reine Folter.

Und warum Carter hierbleibt, verstehe ich auch nicht. Will er sich an meiner Angst ergötzen? Oder soll er mich foltern? Fuck. Er wird meinen Schmerz genießen. Und er wird dabei zusehen, wie ich gefoltert und gebrochen werde. Und wahrscheinlich wird ihm das sogar gefallen.

KAPITEL 14

CARTER

F uck, Rose. Wieso gefällt mir die Angst in deinen Augen so sehr? Irgendetwas hast du an dir. Irgendetwas, das ein tiefes Verlangen in mir weckt. Eine tiefe Sehnsucht. Ich will dich leiden sehen. Aber das ist nicht der einzige Grund, weshalb ich hier bei dir bleibe. Ich will dich noch nicht verlassen. Irgendwie hast du es geschafft, mein Interesse zu wecken. Und das ist nicht nur die Angst in deinen Augen gewesen.

Für den Bruchteil einer Sekunde habe ich überlegt, wie es wäre, wenn du bei mir bleibst. Wenn ich dich einfach behalten und nicht ausgeliefert hätte. Aber das geht nicht. Das hätte nur unangenehme Folgen gehabt. Wir hätten zusammen verschwinden können. Es sogar müssen. Aber fuck, das geht nicht. Die Dinge, die ich mit dir machen würde ... Das wäre viel zu riskant. Und das alles wäre viel zu aufwendig. Denn ich könnte dich nie wieder gehen lassen. Und das geht einfach nicht.

KAPITEL 15

ROSE

Man sagt immer, was dich nicht tötet, macht dich stärker. Früher habe ich daran geglaubt, war überzeugt davon, dass es stimmt. Doch jetzt bin ich mir da nicht mehr so sicher. Denn die schlimmste Folter hinterlässt tiefe Wunden in der Seele, die nie ganz verheilen. Und selbst wenn man lernt, damit zu leben, dann ist man dadurch nicht automatisch stärker. Ganz im Gegenteil, denn das Trauma macht einen schwächer, zumindest in bestimmten Situationen. Und die Angst, die aus diesem Trauma resultiert, tut das gleiche.

Was einen nicht tötet, erschafft Traumata, die einen in bestimmten Teilen des Lebens einschränken. Und diese Einschränkung ist eine Schwäche. Auch wenn man nichts dafür kann, doch diese Erfahrungen sorgen dafür, dass man in diesen bestimmten Situationen nicht stark ist, sondern mit Angst und traumatischen Erinnerungen konfrontiert wird, die es einem unnötig schwer machen.

Das überhebliche Grinsen, das auf Aidens Gesicht liegt, als er die Tür zu meinem Gefängnis öffnet, jagt mir einen unangenehmen Schauer über den Rücken. Als ich Carter sehe, zieht sich mein Magen zusammen. Übelkeit steigt in mir hoch, als die beiden auf mich zukommen. Carter hat sich einen Stuhl mitgebracht, auf den er sich an einer Seite des Raumes hinsetzt.

Als Aiden auf mich zusteuert, weiche ich zurück und sehe Hilfe suchend zu Carter. Doch dieser macht keine Anstalten, sich zu bewegen. Natürlich nicht. Wieso sollte er auch? Ich gehe weiter nach hinten, bis ich die Wand in meinem Rücken spüre. Panisch laufe ich daran entlang zur Seite und renne an ihm vorbei.

Aiden lacht nur und bleibt gelassen stehen. »Komm her.«

Ich denke gar nicht daran. Niemals werde ich ihm gehorchen.

Er gibt Carter ein Zeichen, woraufhin dieser seine Waffe zieht und auf mich zielt.

Ein Zittern durchfährt mich und ich schlucke die Nervosität herunter.

»Schieß ihr ins Bein, wenn sie nicht in den nächsten fünf Sekunden stehen bleibt und aufhört wegzulaufen.« Aiden verschränkt amüsiert die Arme vor der Brust.

Ein Blick zu Carter, der die Waffe entsichert und auf mein Bein zielt, und ich erstarre. Ich bleibe stehen, aber nicht, weil ich es will, sondern weil mein Körper mir nicht mehr gehorcht. Und die Angst vor dem Schmerz, den eine Kugel in meinem Fleisch verursachen würde, lähmt mich.

Aiden schlendert gelassen auf mich zu und grinst mich gehässig an. Als er mich erreicht hat, greift er nach meinem Arm, was mich zusammenzucken lässt. Ich weiche seinem Blick aus, denn ich kann ihm nicht in die Augen sehen, es ist zu schmerzhaft und versetzt mich in noch größere Panik.

»Ach komm schon, Rose. Sieh mich an.« Er lacht und fährt mir mit einer Hand über die Wange.

Ich muss würgen, mir ist speiübel von seiner Berührung.

Ruckartig zieht er mich zu sich, sodass mein Körper dicht an seinem liegt. Ich höre ihn an meinem Ohr atmen. Sein stechendes Parfüm lässt mich erneut würgen. »O Rose, ich habe dich so sehr vermisst«, flüstert er.

Tränen sammeln sich in meinen Augen und ich kämpfe dagegen an.

»Ich bin so froh, dich wieder bei mir zu haben.« Er lacht. »Wir werden so viel Spaß miteinander haben.«

Ich schüttle den Kopf. Es ist ein absoluter Albtraum und Spaß werde ich mit ihm ganz sicher nicht haben. Er ist ein Monster und hat mein Vertrauen verspielt. Ich werde ihm niemals verzeihen können.

Aiden lacht nur und schleift mich hinter sich her. An der hinteren Wand des Raumes ist eine schwere Metallkette in der Wand befestigt, an dessen Ende eine Fessel ist. Als Aiden mich loslässt und nach unten beugt, hole ich aus und ramme ihm mein Knie von unten in sein Kinn. Er schreit schmerzerfüllt auf und packt mich am Knöchel. Mit einem Ruck zieht er mich zu sich, sodass ich das Gleichgewicht verliere und rückwärts zu Boden krache. Mein Kopf schlägt auf dem harten Boden auf und ich schreie voller Qual auf. Ein stechender Schmerz zieht sich durch meinen Hinterkopf und ich muss die Augen schließen, da sich vor Schwindel alles dreht. Ich spüre, wie sich die Magensäure ihren Weg meine Speiseröhre hocharbeitet.

»Du verschissene Hure!« Aidens Stimme ist voller Wut. Ein Blick in sein Gesicht bestätigt meine Annahme und ich muss schlucken, angesichts seines hasserfüllten Ausdrucks. Verdammt. Ihn wütend zu machen, ist das denkbar Schlechteste, was ich tun kann.

Ich taste mit der Hand zu der Stelle meines Kopfes, die noch immer schmerzhaft pocht, und betrachte dann meine leicht blutigen Finger. Verdammt. Aiden hat noch nicht einmal richtig angefangen und ich bin schon am Bluten.

Als ich etwas Kaltes an meinem Bein spüre, keuche ich erschrocken auf. Aiden befestigt die Fessel an meinem Knöchel. Verdammt. Jetzt bin ich geliefert. Das Metall um mein Gelenk sitzt bombenfest und auch in der Wand scheint es einwandfrei verankert zu sein.

»Aufstehen!« Aiden steht vor mir und sieht auf mich herunter.

Ich versuche, mich aufzurappeln, doch der stechende Schmerz, der durch meinen Kopf zieht, lässt mich zusammenzucken und ich falle in mich zusammen.

»Ich sagte aufstehen!«, brüllt er mich an. Seine Hand vergräbt sich in meinen Haaren, an denen er unsanft zerrt.

Ich schreie und versuche aufzustehen. Meine Beine zittern unter meinem Gewicht und durch den Schwindel wanke ich unsicher hin und her. Alles dreht sich und ich habe Mühe, mein Gleichgewicht zu halten. Wieso muss ausgerechnet zuerst mein Kopf verletzt werden? Das ist ein wahrer Albtraum. Der Schwindel und die Kopfschmerzen sind die schlimmste Folter, die ich mir im Moment vorstellen kann. Nur langsam lässt der Schmerz etwas nach, bis ich schließlich wieder einigermaßen normal sehen kann und sich meine Welt nicht mehr so schnell dreht.

»So, meine liebe Rose …« Seine Stimme ist wieder leiser geworden. Seine Wut ist der Freude gewichen, die ihm meine Situation bereitet. »Was mache ich jetzt Schönes mit dir?«

»Fick dich, Aiden.« Ich sehe ihn hasserfüllt an. Ich hasse ihn abgrundtief. Aus tiefster Seele.

Ein breites Grinsen tritt auf sein Gesicht. Er hebt seine rechte Hand und holt aus. Seine Handfläche landet auf meiner Wange und ich ächze erschrocken auf.

Ein starkes Brennen breitet sich auf meiner Wange aus. Mit weit geöffneten Augen starre ich ihn an. Verdammt.

»Na, na! Nicht so frech!« Er greift in die Hosentasche seiner dunklen Jeans und holt ein Klappmesser hervor. Als er es aufschnappen lässt, blitzt die Klinge in seinen Augen auf.

Ich weiche panisch zurück. Hitze breitet sich in meinem Körper aus und mein Atem beschleunigt sich. Ich versuche, die Fesseln an meinen Handgelenken zu lösen. Vergeblich.

»Ach Rose … Es hätte alles anders kommen können. Wir hätten ein schönes Leben führen können. Zusammen. Aber du musstest ja alles kaputtmachen.« Er führt die Klinge an meinen Hals und drückt sie fest auf meine Haut.

Ich wage es kaum zu atmen, geschweige denn mich zu bewegen. Mein Puls pocht wild gegen meinen Hals.

»Wieso hast du mich hintergangen, Rose? Hm?« Er schüttelt tadelnd den Kopf.

Ich schweige. Schweiß steht auf meiner Stirn. Ich zittere am ganzen Körper.

»Du hast mein Vertrauen missbraucht und mich verraten. Nicht wahr, Rose?«

Ich neige den Kopf leicht zur Seite, deute ein Kopfschütteln an.

Aidens Grinsen verschwindet. Auf einmal hebt er meinen Pulli samt T-Shirt an und drückt das Messer auf meinen Bauch. Dann zieht er es in einer schnellen Bewegung über meine nackte Haut, während er fest zudrückt.

Ein brennender Schmerz. Ich reiße meine Augen weit auf und keuche. Mein Blick findet Carters, in dessen grünen Augen etwas aufblitzt. Übelkeit steigt in mir hoch und treibt mir den Schweiß auf die Stirn. Ich sehe an mir herunter. Blut fließt aus der Wunde und tränkt meine weiße Kleidung. Kraftlos und geschockt geben meine Beine unter mir nach und ich gehe zu Boden. Mit den Händen stütze ich mich auf dem kalten Stein ab. Schwärze durchkreuzt mein Blickfeld und ich blinzle ein paar Mal.

»Du kleine Schlampe! Willst du etwa leugnen, dass du mich verraten hast?«, knurrt Aiden, der sich über mich gebeugt hat.

»Du bist krank«, presse ich unter Schmerzen hervor, während ich mich hinsetze und meine Hände auf meinen Bauch presse.

»Ach ja? Du hast mich doch hintergangen und damit alles zerstört.«

Ich lache auf. »Glaub doch, was du willst. Aber du bist selbst schuld, dass es so weit gekommen ist.«

»Wie bitte?!« Seine Stimme bebt vor Zorn. »Ich hätte dich niemals verraten. Aber du verschissene Schlampe hast uns kaputtgemacht. Du hast alles zerstört. Es ist alles deine Schuld!«

Ich schüttle schwach den Kopf. »Du bist immer noch das gleiche Arschloch wie damals.«

»Du hast mich hintergangen, du Hure. Ich wäre dir niemals so in den Rücken gefallen.« Die Selbstsicherheit in seiner Stimme zeugt von einer sehr verzerrten Realität.

Ich schüttle fassungslos den Kopf, was einen stechenden Schmerz hindurchjagt. Für wenige Sekunden wird mir schwarz vor Augen und alles dreht sich. »Du bist so verdammt gestört. Ich habe das Richtige getan, im Gegensatz zu dir.«

»Du hast mich verraten!«

»Ja, weil es verdammt noch mal das Richtige war!«

»Du scheiß Schlampe«, knurrt er und tritt mit seinem Fuß in meine Richtung, trifft dabei meinen Bauch.

Ich stöhne schmerzerfüllt auf und halte mir keuchend die brennende Stelle an meinem Bauch.

»Du wirst für deinen Verrat bezahlen, Rose.« Er sieht mich ernst an.

»Ich habe das Richtige getan«, murmle ich.

»Nein, du hast mich verraten und damit in den Knast gebracht. Und dafür wirst du bezahlen.« Seine Augen verengen sich zu Schlitzen und er ballt seine Hände zu Fäusten.

»Du bist selbst schuld daran. Deine Taten haben dich ins Gefängnis gebracht. Das ist nicht meine Schuld.«

»Ohne dich wäre ich dafür aber nicht in den Knast gegangen. Das ist allein deine Schuld, weil du deine scheiß Klappe nicht halten konntest und zur Polizei gerannt bist.«

»Verdammt, du warst gewalttätig. Du hättest fast jemanden umgebracht und mir hast du auch wehgetan. Was hast du denn erwartet?«

»Du warst selbst schuld daran, dass ich dir wehtun musste. Hättest du auf mich gehört, dann wäre es niemals so weit gekommen.«

Ich schüttle fassungslos den Kopf. Mein Körper zittert vor Angst und Kälte. »Du bist krank. Verdammt noch mal krank! Du bist ein gewalttätiges Arschloch und hätte ich nicht gegen dich ausgesagt, dann hättest du immer so weitergemacht und irgendwann hättest du jemanden umgebracht. Und ich wollte weder diese Person sein noch dafür verantwortlich sein, weil ich geschwiegen habe. Ich habe das Richtige getan, du scheiß Arschloch!«

Seine Kiefermuskeln spannen sich an und in seinen Augen lodert der Zorn auf. Ein Knurren dringt aus seiner Kehle und er holt mit seinem Bein aus. Der Tritt trifft mich so heftig in meiner Brust, dass ich nach hinten geschleudert werde.

Für ein paar Sekunden bleibt mir die Luft weg und ich kann mich nicht bewegen. Schwärze tritt in mein Sichtfeld und ich glaube, für einen Augenblick das Bewusstsein zu verlieren. Ein Hustenanfall erfasst mich und ich ringe nach Luft. Übelkeit steigt in mir auf und Tränen steigen mir in die Augen, die ich geschlossen habe.

Verzweiflung, Schmerz und Angst breiten sich in meinen Adern aus. Die Schmerzen in meinem Bauch und meinem Kopf rauben mir zu viel Kraft. Ich weiß nicht, wie viel mehr Schmerz ich noch aushalten werde. Doch ich bin mir sicher, dass das erst der Anfang ist. Aiden wird mir noch viel mehr Wunden und Schmerz zufügen. Und er wird es genießen. Ich habe keine Chance. Ich bin ihm schutzlos ausgeliefert und habe keine Fluchtmöglichkeit.

Er wird mich so lange foltern, bis mein Körper zu schwach ist und aufhört zu arbeiten. Er wird sich an meinem Schmerz laben. Meinen Schreien. Meiner Angst. Meinen Wunden. Meiner Erschöpfung. Meiner Verzweiflung. Sein Rachedurst ist gewaltig und er wird nicht ruhen, bis er ihn gestillt hat. Und die Panik erfasst jede Zelle meines Körpers bei dem Gedanken daran, dass sein Verlangen nach Rache womöglich unstillbar ist.

»Du bist eine scheiß Schlampe, hörst du? Eine verachtenswerte Hure, die es verdient hat, für ihre Taten zu leiden. Du hast es dir selbst zuzuschreiben. Du hättest einfach die Klappe halten können und alles wäre gut gewesen. Wir hätten zusammen glücklich werden können. Aber du hast es zerstört. Du hast mir meine Freiheit gestohlen und mich hintergangen. Und dafür wirst du bluten. Und ich werde es genießen.« Ein diabolisches Grinsen macht sich auf seinem Gesicht breit. »Ich werde jede einzelne deiner Qualen genießen. Als Wiedergutmachung für das, was du mir eingebrockt hast.«

Ich schlucke und sehe ihn durch halb geöffnete Lider an. »Du hast deine Strafe verdient und du hättest noch eine viel längere Strafe bekommen müssen.« Ich atme schwer.

Aiden schüttelt nur lachend den Kopf. Dann wendet er sich an Carter. »Bleib bei ihr, bis ich wiederkomme, und bewach sie.«

Carter nickt, woraufhin Aiden zur Tür geht und sie öffnet. Er wirft mir noch einen selbstgefälligen Blick zu, bevor er den Raum verlässt und die Tür hinter ihm ins Schloss fällt.

Ich atme erleichtert auf. Auch wenn mir noch Schlimmes bevorsteht, so bin ich für den Moment vor ihm sicher und kann mich etwas ausruhen und wieder zu Kräften kommen. Energie sammeln, die ich dringend benötigen werde, sobald er wiederkommen und dort weitermachen wird, wo er aufgehört hat.

Tränen rinnen mir über meine erhitzten Wangen, mein Körper zittert erschöpft. Ich hebe vorsichtig den Stoff meines Shirts an, der in der brennenden Wunde klebt. Sie ist tief und weit aufgeklafft. Mein ganzer Bauch ist mit Blut verschmiert und die rote Flüssigkeit hat einen großen Teil des weißen Stoffes gefärbt.

Übelkeit breitet sich in meinem Bauch aus. Der Anblick ist schlimm und führt mir vor Augen, wie brutal Aiden ist. Und das ist gerade mal ein Bruchteil von dem gewesen, was hier auf mich zukommen wird. Es ist nur ein Schnitt mit dem Messer gewesen. Es hat keine zwei Sekunden gedauert. Und trotzdem ist die Wunde groß und schmerzhaft. Doch ich werde sie überleben. So schnell wird er mich nicht sterben lassen. Denn tot nütze ich ihm nichts. Wenn ich tot bin, habe ich keine Schmerzen mehr und ich werde nicht leiden. Aber genau das will er schließlich: mich leiden sehen. Und er wird es so lange durchziehen, wie er kann.

»Du scheinst ihn wirklich wütend gemacht zu haben.« Die tiefe Stimme lässt mich zusammenzucken.

Ich hebe meinen Blick und sehe in tiefgrüne Augen. »Fick dich, du Arschloch!« Es ist mir egal, ob er wütend wird. Ich bin sowieso schon in der Hölle. Ob ich von einem Teufel gefoltert werde oder von zweien, macht auch keinen Unterschied mehr.

»Vorsicht«, zischt er. »Oder willst du, dass ich deine Wunde weiter aufreiße?«

Ich schüttle schwach den Kopf. »Mach doch, was du willst. Wenn er zurückkommt, wird er mich sowieso weiter foltern. Da macht es auch keinen Unterschied mehr, ob du mir jetzt ein bisschen Schmerz zufügst.«

Carter fährt sich mit einer Hand lächelnd über seinen Dreitagebart. »Wie du meinst.«

Schwäche überkommt meinen Körper und ich habe das Bedürfnis, mich irgendwo anzulehnen. Also lasse ich mich zu Boden sinken und robbe auf die Wand zu. Jede Bewegung erzeugt ein schmerzhaftes Ziehen in meinem Bauch und es kostet mich einiges an Kraft.

Als ich die Wand erreicht habe, richte ich mich mit schmerzverzerrtem Gesicht auf und lehne mich mit dem Rücken gegen die Wand. Ich lasse meinen Kopf gegen die harte Mauer sinken und schließe die Augen. Ich atme ein paar Mal tief ein und aus und verlangsame meinen Herzschlag.

Die Angst ist immer noch präsent und mein Körper wird immer wieder von einem Zittern durchzogen, doch ich bin viel zu ausgelaugt, um irgendetwas zu tun. Mein Körper schmerzt, ich habe kaum noch Kraft. Ich bin vollkommen wehrlos und die Erschöpfung zerrt an mir.

Als ich die Augen wieder öffne, erblicke ich Carter, der mich ansieht. »Macht dich das etwa an?« Ich kann mich nicht zurückhalten. Sein Verhalten macht mich wütend.

Er hebt eine Augenbraue. »Wie bitte?«

»Ob dich das anmacht. Frauen leiden zu sehen.«

Seine Augen verengen sich und sein Kiefer spannt sich an. »Selbst wenn, das geht dich gar nichts an.«

Ich schlucke. »Also ja. Du bist so krank. Wie kann man so skrupellos und eiskalt sein?«

Carter erhebt sich von seinem Stuhl und kommt auf mich zu. »Du weißt gar nichts über mich. Also tu nicht so, als würdest du mich kennen.« Er baut sich bedrohlich vor mir auf.

»Du bist ein verficktes Arschloch, das weiß ich. Du bist ein scheiß Killer! Und es geilt dich offenbar auf, eine Frau zu foltern, ihr Angst zu machen und sie leiden zu sehen. Wie krank ist das denn?«

Sein Blick verfinstert sich und er geht vor mir in die Hocke. »Vorsicht, Rose.« Seine raue Stimme erzeugt eine Gänsehaut auf meinem Körper und ich ziehe scharf die Luft ein. Carter beugt sich dicht zu mir, so nah, dass ich sein herbes Parfüm riechen kann und seinen Atem auf meiner Haut spüre. »Mach mich nicht wütend.«

»Wieso nicht? Hm? Was tust du dann? Mich foltern so wie er?« Mein Herz klopft wild in meiner Brust und ich schlucke meine Nervosität herunter.

»Nein, nicht wie er.« Ein Lächeln umspielt seine Lippen.

Ich versuche, meinen Atem unter Kontrolle zu bringen, doch die Spannung, die zwischen uns liegt, lässt mich für einen kurzen Moment meinen Schmerz vergessen. »Sondern?«, hauche ich konzentriert.

Sein Lächeln wird breiter, als er seine Pistole an meinen Hals drückt, was mich scharf einatmen lässt. Er sieht mir direkt in die Augen. »Ich werde schlimmere Dinge mit dir anstellen. Viel schlimmer.« Seine Stimme ist so leise, dass mir ein Schauer über den Rücken läuft.

Verdammt. Ich blinzle und versuche, einen klaren Gedanken zu fassen. »Das … Das glaube ich dir nicht …« Ist das die Wahrheit? Glaube ich ihm wirklich nicht oder will ich einfach nicht glauben, dass er zu so viel Grausamkeit in der Lage ist?

»Glaub, was du willst. Aber an deiner Stelle würde ich es lieber nicht herausfinden wollen.« Grinsend steht er auf und geht zu seinem Platz zurück.

Ich ringe nach Luft und versuche, die Situation zu verarbeiten. Seinen Körper so nah an meinem zu spüren, wie sie sich fast berühren. Das ist krank. Er ist krank. Ein Psychopath. Ich darf nicht so etwas fühlen. Verdammt.

Carter beobachtet mich amüsiert.

»Vielleicht sollte ich Aiden davon erzählen, dass du dich an mir aufgeilst. Dann wird er dich mit Sicherheit umbringen.« Ich schlucke die Anspannung herunter und sehe ihn vorsichtig an.

»Oh, mach dir darum mal keine Sorgen. Er würde gar nicht so weit kommen, denn ich würde ihn zuerst kaltmachen. Ich habe Übung darin, wie du weißt.« Er grinst und in seinen Augen blitzt etwas auf.

Verdammt. Natürlich weiß ich das. Er ist ein Auftragskiller. Und egal, was für ein Arschloch Aiden ist, ich kann mir nicht vorstellen, dass er gegen einen Auftragskiller eine Chance hat. Schon gar nicht gegen Carter, der ganz bestimmt intelligent genug ist, nicht unkonzentriert zu sein, während er hier ist. Und irgendetwas in mir zieht sich bei der Vorstellung zusammen, Carter würde Aiden erschießen. Fuck. Die Vorstellung ist so angsteinflößend und verlockend in einem. Wenn Aiden tot ist, dann wäre mein größtes Problem beseitigt. Aber dann hätte ich ein anderes Problem, nämlich Carter, der mich ganz bestimmt nicht einfach gehen lassen würde. Das ist also auch keine Lösung.

Während ich versuche, ein wenig zu entspannen, soweit das in meiner Situation möglich ist, schließe ich die Augen und versuche, meinen Herzschlag zu verlangsamen und meinen Atem unter Kontrolle zu bringen. Der Schmerz in meinem Körper verschwindet nicht, doch solange ich mich nicht bewege, ist er einigermaßen auszuhalten. Trotzdem raubt mir diese Wunde und die ganze Situation eine Menge Kraft.

Plötzlich öffnet sich die Tür. Ich starre auf Aiden, der mit einem Grinsen im Gesicht den Raum betritt. »Na, hast du mich vermisst?« Er schließt die Tür hinter sich.

Ich schlucke und starre ihn mit großen Augen erstarrt an. Und mit einem Mal ist die Panik wieder da, die sich durch mein wild pochendes Herz, den unruhigen Atmen, meinen zitternden

Körper und die Übelkeit äußert, die sich ihren Weg durch meinen Körper bahnt.

KAPITEL 16

ROSE

Aiden kommt langsam auf mich zu. Das überhebliche Grinsen liegt wie festgewachsen auf seinem Gesicht. »Wie geht es deinem Bauch?« Er greift nach meinen Armen und zieht mich nach oben, sodass ich vor ihm stehe. Dann nimmt er den Stoff meines Shirts in die Hand und zieht es hoch, legt damit die Wunde frei, die er mir zugefügt hat. Ein diabolisches Lächeln liegt auf seinem Gesicht, als er seine Finger in die Wunde presst und die aufklaffenden Seiten auseinanderzieht.

Ich schreie vor Schmerz auf. Die Wunde pocht und brennt höllisch und ich verdrehe die Augen, sinke in mich zusammen, unfähig, meinen Körper zu kontrollieren.

Er lacht zufrieden und genießt meine Qualen sichtlich, während er mich hochzieht, ohne dabei seine dreckigen Finger aus der Wunde zu entfernen.

Der Schmerz treibt mir Tränen in die Augen und ich schwebe am Rande der Ohnmacht. Es fehlt nicht mehr viel, bis ich mein Bewusstsein verliere. Wie betäubt flattern meine Augenlider und ich atme unregelmäßig und abgehackt. Ich flehe innerlich darum, in Ohnmacht zu fallen. Damit diesem Schmerz zu entkommen. Etwas Ruhe zu finden. Meinen Körper zu entlasten. Doch er lässt es nicht zu. Seine Hand zieht er zurück und lässt mich auf den Boden sinken. Zitternd kauere ich mich zusammen, erschöpft schließe ich die Augen und versuche, zu Kräften zu kommen.

»Vergiss nicht, dass du selbst schuld bist.« Er sieht mich selbstgefällig an und beugt sich über mich. »Du hast deine Entscheidung getroffen und jetzt musst du mit den Konsequenzen leben.«

Zitternd versuche ich, den Schmerz wegzuatmen, woran ich kläglich scheitere. Die Schnittwunde verursacht solche Qualen, dass ich am liebsten laut schreien würde. Doch noch schaffe ich es gerade so, dies zu vermeiden.

Plötzlich zerrt er mich wieder nach oben, nur um mich in der darauffolgenden Sekunde so hart zu ohrfeigen, dass ich wieder zurücksinke. Für einen Moment fühle ich nur das Brennen auf meiner Wange, dann nehme ich den weitaus heftigeren Schmerz an meinem Bauch wieder wahr.

Ich stöhne gequält auf. Verdammt. Zitternd versuche ich, mich aufzusetzen. Ich will ihm die Stirn bieten, ihn anschreien, ihm die Meinung sagen. Doch ich habe weder die Kraft dazu noch den Mut, zu groß ist die Angst davor, dass die Qualen noch schlimmer werden.

»Früher warst du gesprächiger. Was ist in der Zeit passiert, als ich weg war?« Er zieht die Augenbrauen hoch.

Ich lache innerlich auf. »Als du weg warst?« Das Sprechen kostet mich viel Kraft und meine Stimme hört sich heiser an. »Du warst im Gefängnis. Und das zu Recht. Wieso bist du überhaupt frei? Bist du ausgebrochen?«

Seine Miene verfinstert sich. »Nein, ich bin nicht ausgebrochen. Ich bin auf Bewährung vorzeitig entlassen worden.«

Entsetzt starre ich ihn an. »Aber … warum?« Wieso lässt man so einen Gewalttäter vorzeitig frei? Das ist vollkommen dumm und unverantwortlich. Er hätte seine Strafe komplett absitzen müssen. Wenn es nach mir geht, dann hätte er noch viel länger hinter Gittern verbringen müssen. Aber ich habe dabei kein Mitspracherecht.

»Wieso ich vorzeitig entlassen wurde?« Er sieht mich amüsiert an. »Wie du siehst, haben die eingesehen, dass ich nicht so schlimm bin, wie du mich darstellst, und mich wegen guter Führung auf Bewährung frei gelassen.«

Ich schüttle kaum merklich den Kopf. Das darf nicht wahr sein. Wie hat er die Justiz so täuschen können? Hätten die angenommen, dass er wieder straffällig wird, dann hätten sie ihn niemals freigelassen. Aber irgendwie hat er sie manipuliert und jetzt ist er zu früh draußen und ist gerade dabei, sich an mir zu rächen. Verdammte Scheiße. Dieses verfluchte Arschloch.

»Aber es wurde auch echt Zeit, dass wir uns wiedersehen.« Sein ekelhaftes Grinsen wird breiter. Dann wendet er seinen Blick ab und dreht sich zu Carter, der noch immer auf seinem Stuhl sitzt und uns beobachtet. »Lass uns allein. Du kannst eine Pause machen.«

Carter nickt und steht auf. Bevor er durch die Tür geht, sieht er noch einmal zu mir. Dann verlässt er den Raum und die Tür schließt sich hinter ihm.

Schadenfroh starre ich auf die Tür. Ich fühle Genugtuung, dass er sich nun nicht mehr an meinem Leid aufgeilen kann. Endlich ist er weg. Doch im gleichen Moment breitet sich auch die Angst in mir aus. Die Angst vor dem, was Aiden tun wird, wenn wir allein sind. Was, wenn er sich bis jetzt zurückgehalten und nur darauf gewartet hat, mit mir allein zu sein, um mir noch viel schlimmere Dinge anzutun? Verdammt. Mein Herz schlägt immer schneller und ich sehe unsicher zu meinem Peiniger.

Das diabolische Grinsen in seinem Gesicht wird mit jedem Schlag, den er mir verpasst, breiter. Mit jedem Tritt in meine Magengrube, gegen meine Brust. Mit jedem Keuchen, das ich von mir gebe. Mit jedem Schrei, den ich vor Schmerz ausstoße. Er genießt mein Leid, meine höllischen Qualen.

Der Schmerz ist so groß, dass ich immer wieder abdrifte. Doch mit jedem Schlag holt er mich in die Realität zurück. Mein ganzer Körper schreit vor Schmerz, zittert unkontrolliert. Kraftlos kauere ich auf dem Boden, unfähig, mich zu bewegen. Ich kann mich nicht wehren. Ich bin machtlos. Ich bin ihm vollkommen ausgeliefert.

Nur am Rande bekomme ich mit, wie Aiden meine Hose samt Slip auszieht. Verschwommen sehe ich, wie er auch seine Hose herunterzieht. Seine Unterhose folgt und mein Zittern wird stärker, als ich verstehe.

Ich versuche, mich zu wehren und ihm zu entkommen, doch ich bin viel zu schwach. »Nein, bitte nicht«, bringe ich mühsam hervor. Doch es ist zwecklos.

»Aber Rose, das haben wir doch früher so oft gemacht. Und es hat dir immer gut gefallen.« Er lacht amüsiert und fährt mit seiner Hand über meine Wange.

Ich schüttle den Kopf und versuche, seiner Berührung zu entkommen. Beim Gedanken an das, was mir bevorsteht, wird mir schlecht und Ekel macht sich in mir breit. Mit letzter Kraft trete ich nach ihm, presse meine Oberschenkel zusammen. Er drückt meine Beine unsanft auseinander und platziert sich zwischen mir. Ich schreie. So laut ich kann. Voller Verzweiflung und Panik.

Erinnerungen flammen vor meinem inneren Auge auf.

Ein dreckiges Grinsen lag auf seinem Gesicht, als er unsanft in mich eindrang. Ich schrie vor Schmerz auf, während er vor Lust stöhnte. Tränen liefen ungehemmt aus meinen Augen, während er sich immer härter in mich stieß. Am Anfang schrie ich noch bei jedem Stoß auf, doch nach einigen Sekunden hatte ich keine Kraft mehr.

Reglos lag ich auf dem kalten Boden, Tränen liefen über mein Gesicht und ich schaltete ab. Ließ mich ins unendliche Nichts fallen. Ließ es über mich ergehen. Bis ich nichts mehr spürte. Bis ich ihn nicht mehr spürte. Bis ich nicht mehr spürte, wie er mich vergewaltigte. Ich koppelte meine Seele ab, damit ich meinen Körper nicht mehr fühlen musste. Ich war wie betäubt und bekam kaum noch etwas mit.

Er rammte sich brutal in mich. Sein Stöhnen ekelte mich an. Und als er sein Sperma in mir entlud, fraß sich Übelkeit meine Speiseröhre hinauf. Ich fühlte mich dreckig. Und wie jedes Mal zerbrach etwas in mir.

Auf einmal öffnet sich die Tür. Die Erinnerung verblasst und ich bin wieder im Hier und Jetzt. Ich kann ihn nicht sehen, doch aus irgendeinem Grund weiß ich, dass es Carter ist, der den Raum betritt. Doch ich bin schon viel zu weggetreten, um Genaueres zu erkennen.

Wie durch einen Schleier nehme ich wahr, wie Aiden auf mir zusammensackt. Sein Körper rollt von mir runter, jemand macht sich an meiner Fußfessel zu schaffen. Erleichterung flutet mich. Ich weiß nicht, ob ich es überlebt hätte, wenn Aiden mich jetzt hier vergewaltigt hätte. Starke Arme legen sich um mich. Und dann drifte ich endgültig in die Ohnmacht ab und alles um mich herum wird schwarz.

KAPITEL 17

CARTER

Die Geräusche aus dem Raum versetzen mich in Alarmbereitschaft. Es hört sich nicht mehr nach der klassischen Folter an. Aus irgendeinem Grund gehe ich davon aus, dass etwas nicht stimmt. Ich höre ihren Schrei, der sich so anders anhört als zuvor. Er kommt tief aus ihrer Seele und ist voller Schmerz und Verzweiflung. Ohne lange darüber nachzudenken, gehe ich auf die Tür zu und öffne sie.

Ich sehe Aiden, der auf Rose liegt und offensichtlich gerade versucht, sie zu vergewaltigen. Sie liegt nur reglos da, in ihren blauen Augen stehen Tränen. Fuck. *Dieser verdammte Wichser!*

Ich laufe auf die beiden zu. Als ich bei ihnen ankomme, hebe ich meine Waffe und schlage Aiden damit heftig auf den Hinterkopf, bevor er seinen mickrigen Schwanz in sie stecken kann. Er sackt in sich zusammen und ich rolle seinen reglosen Körper von ihr herunter. Ich fische die Schlüssel für die Fußfessel aus seiner Hosentasche und löse sie. Behutsam lege ich meine Arme um ihren Körper und hebe Rose hoch. Schnell ziehe ich sie wieder an. Ihre Augen sind geschlossen, ihr Körper hat vor Erschöpfung das Bewusstsein verloren.

Fuck. Was zur Hölle tue ich hier? Ich hätte mich niemals einmischen dürfen. Das wird nur Ärger geben. Aber bei Vergewaltigungen sehe ich einfach rot. Das ist für mich das Niederträchtigste, was man tun kann. Männer, die Frauen vergewaltigen, haben einen verdammt kleinen Schwanz und sind Abschaum.

Außerdem ist es viel reizvoller, eine Frau zu verführen. Und wer es nicht schafft, eine Frau geil zu machen, sie dazu zu bringen, dass sie freiwillig Sex haben will, der hat es auch nicht verdient, sie zu ficken. Jemand, der eine Frau gegen ihren Willen fickt, ist einfach nur ein feiger Bastard ohne Ehre.

Und ich kann nicht zulassen, dass dieser Arsch sie vergewaltigt. Die Folter ist eine andere Sache, aber bei einer Vergewaltigung kann ich nicht tatenlos zusehen. Das geht für mich einfach zu weit. Fuck.

Ich halte Rose im Arm und gehe mit ihr durch das Haus, bis ich die Haustür erreicht habe. Ich laufe nach draußen und steuere meinen Wagen an, der ein paar Meter entfernt steht. Ich öffne das Auto und dann eine der hinteren Türen. Behutsam setze ich sie auf den Sitz und schnalle sie an. Dann schließe ich die Tür und steige auf der Fahrerseite ein. Am liebsten würde ich mir vorher noch in Ruhe eine rauchen, doch das ist zu riskant. Ich muss so schnell wie möglich weg von hier. Also starte ich den Motor und fahre die Einfahrt hinunter.

Als ich bereits einige Minuten auf dem Highway fahre, stecke ich mir eine Zigarette an und lasse mein Fenster ein Stück weit herunter. Ich nehme einen tiefen Zug und lasse den Rauch in die Abenddämmerung entweichen.

Fuck. Was ich tue, ist riskant. Und ich kann mir nicht wirklich erklären, warum ich das überhaupt tue. Ich hätte sie einfach dalassen sollen. Ich hätte verschwinden können, sie ihrem Schicksal überlassen. Dann wäre alles gut. Ich hätte sie einfach zurücklassen sollen. Aber das habe ich nicht. Fuck, ich wollte sie nicht bei ihm lassen. Ich will sie bei mir haben. Aber warum? Das wird verdammt kompliziert werden. Denn ich kann sie nicht einfach freilassen. Das ist unmöglich.

Ich nehme einen Zug von meiner Kippe und ein Lächeln breitet sich auf meinen Lippen aus. Wenn ich es richtig anstelle, dann könnte ich sie für mich gewinnen. Und dann könnte ich all meine dunklen Fantasien mit ihr ausleben. Fuck, allein bei dem Gedanken stellt sich mein Schwanz auf. Vielleicht habe ich tatsächlich eine Chance, sie für mich zu gewinnen. Und wenn nicht, dann kann ich sie immer noch töten.

KAPITEL 18

ROSE

B enommen blinzle ich ein paar Mal und öffne meine Augen ein Stück. Ich schaffe es kaum, mich zu orientieren, weiß nicht, wo ich bin. Ich spüre, wie sich starke Arme um mich legen und mich jemand hochhebt. Ich blinzle noch ein paar Mal und mit jedem Wimpernschlag öffnen sich meine Augen ein Stückchen mehr. Bis ich in der Dunkelheit etwas erkenne.

Carter hält mich im Arm, mein Kopf liegt an seine Brust gelehnt. Am liebsten würde ich ihn wegziehen, denn die Nähe zu ihm jagt Hitze durch meinen Körper. Aber ich bin zu schwach. Also belasse ich es dabei und rühre mich nicht.

Carter trägt mich einen schlecht beleuchteten Weg entlang zu einem Haus. Es scheint ziemlich abgelegen zu sein, zumindest erkenne ich sonst keine Gebäude. Aber ich bin auch immer noch etwas benommen und bekomme nicht alles um mich herum mit. Er trägt mich hinein und geht mit mir durch verschiedene Zimmer. Ich spüre, wie er mich langsam ablegt. Die weiche Matratze unter mir fühlt sich so entspannend an, dass ich erschöpft die

Augen schließe. Ohne etwas dagegen tun zu können, drifte ich in einen tiefen Schlaf ab, als meine Erschöpfung mich einholt.

Als ich aufwache, habe ich für einen winzigen Augenblick alles vergessen, was seit meiner Entführung geschehen ist. Aber nur ganz kurz. Und dann kommt die riesige Welle an Erinnerungen mit solcher Wucht auf mich zu, dass sie mich gänzlich unter sich begräbt und mir die Luft zum Atmen nimmt, ich fast in ihr ertrinke. Und direkt danach erfasst mich die nächste Welle bestehend aus Schmerz. Ein qualvoller, brennender Schmerz, der mir die Tränen in die Augen treibt.

Ich kneife die Augen zusammen und gebe schmerzverzerrte Laute von mir, presse meine Hände, die nicht mehr gefesselt sind, auf die pochende Stelle an meinem Bauch und wälze mich auf der Suche nach einer erträglicheren Position auf der weichen Unterfläche herum. Vergebens. Der Schmerz lässt nicht nach.

Minuten vergehen, in denen ich versuche, meinen Atem zu kontrollieren, und mich langsam an den Schmerz gewöhne, bis ich nicht mehr schreie, sondern nur noch erschöpft halb liegend, halb sitzend in dem großen Bett zittere. Als ich meine Umgebung erforsche, sehe ich Carter, der in einer Ecke des Raumes auf einem dunkelroten Sofa sitzt. Sein Blick trifft meinen und ich erstarre. Fast erwarte ich, ein amüsiertes Grinsen auf seinem Gesicht zu entdecken, doch Fehlanzeige. Er sieht mich ernst an.

»Du bist wach, sehr gut.« Mit einem leichten Lächeln erhebt er sich von seinem Platz und kommt auf mich zu.

Als ich die roten Flecken sehe, die sein weißes Hemd tränken, weiche ich keuchend zurück, was ein fürchterliches Ziehen in meinem Bauch verursacht. Mit weit aufgerissenen Augen starre ich auf das getrocknete Blut. Panik breitet sich in mir aus,

Schweiß tritt auf meine Stirn und ich atme hektisch ein und aus, verschlucke mich fast daran.

»Ganz ruhig.« Seine tiefe Stimme vibriert.

Ich schüttle den Kopf. »Was hast du getan?«, bringe ich keuchend hervor. Mein zitternder Finger deutet auf sein blutgetränktes Hemd. »Hast du jemanden umgebracht?« Bei dem letzten Wort bricht meine Stimme.

Carter schüttelt lachend den Kopf. »Alles ist gut, Rose. Das ist dein Blut.«

Ich brauche ein paar Sekunden, um seine Worte zu verstehen. »Meins? Mein … Blut …?«, stottere ich überfordert. Als mein Blick an meinem Körper hinuntergleitet, erschrecke ich. Meine weiße Kleidung ist ebenfalls mit Blut getränkt und jetzt rieche ich es auch, diesen penetranten metallischen Geruch nach Blut.

»Ja, keine Sorge, ich habe niemanden umgebracht.« Seine Stimme klingt fast sanft. »Na ja, zumindest nicht in den letzten Stunden und Tagen.« Ein tiefes Lachen dringt aus seiner Kehle und in seinen grünen Augen blitzt etwas auf.

Ich schlucke. Verdammt. Was ist hier los? Wo bin ich überhaupt? Und warum hat Carter mich hierhingebracht? Unsicher sehe ich ihn an. »Was ist passiert? Wieso bin ich hier?« Mein schneller Herzschlag hat sich wieder ein bisschen beruhigt, doch trotzdem zittert mein Körper vor Anspannung und Angst.

Carter lässt sich auf die Bettkante sinken und fährt sich mit einer Hand über den Dreitagebart. »Ich habe Aiden niedergeschlagen, dich befreit und hierhergebracht.«

»Aber wieso?« Ich schüttle verwirrt den Kopf. Wieso zur Hölle hat er das gemacht?

Er hebt eine Augenbraue. »Hätte ich dich lieber bei ihm lassen sollen?«

»Nein!« Meine Stimme zittert bei dem Gedanken an Aiden und was er mit mir gemacht hat. »Aber wieso hast du mich befreit? Wieso hast du mich nicht einfach dagelassen?«

»Der Wichser hat dich fast vergewaltigt und hätte es definitiv getan, wenn ich nicht dazwischengegangen wäre.« Sein Blick verfinstert sich.

Mir wird heiß und ich muss schlucken. Wenn ich daran zurückdenke, wird mir schlecht. »Und was geht dich das an?«

»Vergewaltigungen sind das Letzte. Männer, die so etwas tun, sind feige und haben ein gewaltiges Egoproblem. So was macht man nicht, das ist abscheulich.«

»Ach, mich zu foltern ist okay, aber eine Vergewaltigung geht zu weit?« Ich lache angesichts dieser Absurdität.

»Folter ist etwas anderes. Sex ist etwas, das zwei Seelen verbindet. Folter nicht. Und ein Mann, der es nicht schafft, eine Frau zu verführen, damit sie freiwillig mit ihm schläft, hat es nicht verdient, mit dieser Frau Sex zu haben.«

»Was das Thema Sex angeht, stimme ich dir zu. Aber wieso zur Hölle hast du diese Meinung zu dem Thema, findest aber gleichzeitig Folter geil?«

»Tja, ich bin eben anders als du.«

»Du bist ein verficktes Arschloch. Jemanden zu foltern ist in Ordnung und sogar Menschen umzubringen, findest du vollkommen okay. Aber wenn ein Mann eine Frau vergewaltigt, spielst du plötzlich den Moralapostel und verurteilst dieses Verhalten? Das ist eine verfickt bescheuerte Doppelmoral. Das ist krank.« Ich schüttle verständnislos den Kopf. Wie kann man so grundverschiedene Einstellungen zu zwei so schrecklichen Dingen haben?

»Du musst das nicht verstehen, Rose.« Er lächelt. »Aber ein wenig Dankbarkeit wäre angebracht, findest du nicht?«

Ich schlucke. Da hat er nicht ganz unrecht. »Danke«, flüstere ich und wende den Blick ab, die Tränen in meinen Augen werden immer mehr. Verdammt. Ich bin ihm so dankbar dafür, dass er mich aus dieser Hölle gerettet hat. Dass er mich aus Aidens Fängen befreit hat. Dass er mir weitere Folter erspart und die Vergewaltigung verhindert hat. Aber gleichzeitig habe ich auch Angst, denn ich weiß nicht, was Carter mit mir machen wird.

Ich bin immer noch nicht frei. Ich bin immer noch in den Fängen eines skrupellosen Mannes. Er ist ein eiskalter Killer. Und ich habe keine Ahnung, was er mit mir vorhat. Ich weiß nicht, was mich erwartet. Was, wenn es noch viel schlimmer wird? Wenn das, was Aiden mir angetan hat, nichts im Vergleich zu dem ist, was Carter mit mir anstellen wird? Was, wenn er viel schlimmer ist? Bei dem Gedanken zieht sich alles in mir zusammen.

Und dann kommt mir ein weiterer Gedanke. Was wird Aiden jetzt tun? Er will sich an mir rächen und ist dabei unterbrochen worden. Seine Wut muss sich in unbändigen Zorn verwandelt haben. Er wird niemals aufgeben. Er will sich immer noch an mir rächen. Verdammt. »Aiden wird das nicht zulassen.« Ich schlucke.

Carter zieht eine Augenbraue hoch. »Was meinst du?«

»Er wird mich suchen, um sich an mir zu rächen. Und an dir auch. Er wird nicht lockerlassen, bis er mich gefunden hat. Und dann wird alles noch viel schlimmer, weil er jetzt bestimmt noch viel wütender ist.« Ich habe Angst vor Carter, aber meine Angst vor Aiden ist viel größer.

»Lass das mal meine Sorge sein. Gegen mich hat er keine Chance.«

In dem Moment wird mir klar, dass ich keine Chance haben würde, wäre ich in Freiheit. Verdammt. Bei Carter bin ich viel sicherer vor Aiden als zu Hause. Denn dort würde er mich sofort finden. Und er könnte mich ohne Probleme schnappen. Ich würde gar keine Chance haben, mich zu wehren oder ihm zu entkommen. Er ist viel stärker als ich.

Bei Carter hingegen bin ich einigermaßen sicher. Es ist schwieriger, mich hier zu finden, und mich zu entführen ist auch komplizierter. Denn dafür muss er erst an Carter vorbei, der ein verdammter Killer ist. Alles in mir sträubt sich dagegen, doch ich muss zugeben, dass Carter mich beschützen kann. Bei ihm bin ich vorerst sicher. Verdammt.

Ich sehe in die tiefgründigen Smaragde und frage mich, was für Geheimnisse sich dahinter verbergen. »Warum hast du mich gerettet?«

Carter schweigt für einige Sekunden und sieht mir tief in die Augen. »Weil es um deine Seele zu schade gewesen wäre.«

KAPITEL 19

ROSE

Ich weiß nicht genau, was er damit gemeint hat. *Weil es um deine Seele zu schade gewesen wäre*. Aber seine Antwort fasziniert mich. Aus irgendeinem Grund habe ich das Gefühl, ihn dadurch ein wenig besser zu kennen. Als hätte er seine eigene Seele damit offenbart, zumindest einen Teil davon.

Bis jetzt bin ich davon ausgegangen, dass seine Seele tiefschwarz ist, ohne irgendwelche Farbnuancen. Aber vielleicht gibt es ja irgendwo doch einen grauen Fleck und er ist nicht komplett böse. Vielleicht ist seine Seele nicht komplett verloren und er hat einen kleinen Teil seiner Seele behalten, als er sie dem Teufel verkauft hat. Und das fasziniert mich. Dieser winzige Fleck seiner Seele, der nicht tiefschwarz ist, weckt eine Faszination und Neugier und ich will mehr darüber wissen.

Trotzdem werde ich ihm niemals vertrauen können, geschweige denn meine Angst vor ihm verlieren. Aber ich könnte ihn ein kleines bisschen weniger hassen. Ein kleiner Teil meiner Seele, so groß wie sein nicht schwarzer Teil, könnte aufhören, ihn zu hassen.

»Kann ich vielleicht ...« Ich sehe unsicher zu ihm. »Kann ich mich sauber machen? Und hast du vielleicht frische Klamotten?« Die blutige Kleidung erinnert mich an die Qualen, die ich habe durchleben müssen. Meine brennende Schnittwunde erinnert mich mit jedem Atemzug daran.

Carter scheint zu überlegen. »Ich habe noch einmal die gleiche Kleidung, die du schon anhast. Ich hol sie kurz, danach kannst du duschen.« Er steht auf und geht auf die Tür zu. Er wirft einen kurzen Blick über die Schulter, bevor er sie öffnet und dahinter verschwindet. Ich höre einen Schlüssel im Schloss und Schritte, die sich entfernen. Natürlich hat er mich eingeschlossen.

Ich nutze die Zeit allein, um mich in dem Zimmer umzusehen. Das große Kingsize-Bett ist mit schwarzer Bettwäsche bezogen und steht an einer Wand. Am anderen Ende des Raumes befindet sich auf einer Seite ein Sofa, auf der anderen ist vor einem großen Fenster mit langen schlichten Gardinen noch reichlich Platz neben einem kleinen Tisch. Ein überschaubarer Schrank steht an der einen Seite des Bettes, auf der anderen ein Nachtschrank. Außerdem gibt es neben der Zimmertür noch eine weitere Tür, die, wie ich annehme, in ein Badezimmer führt.

Wehmütig denke ich an meine Wohnung. An die vielen selbstgemalten Bilder, Gemälde, Portraits und Zeichnungen, die überall an den Wänden hängen. In einer Ecke steht eine Staffelei und daneben ein großes Regal mit Pinseln, Farben, Leinwänden, Stiften und sonstigem Malzeug. Bei dem Gedanken an meine Kunst und die ganzen Materialien steigt mir der Duft nach Holz und frischer Farbe in die Nase. Sehnsüchtig schließe ich meine Augen und denke an mein Zuhause. Wie sehr ich es doch vermisse. Am meisten vermisse ich das Malen.

Seufzend setze ich mich im Bett auf. Der pochende Schmerz lässt mich zusammenzucken und ich stütze mich mit einer Hand auf der weichen Matratze ab. Vorsichtig ziehe ich den Pulli über meinen Kopf, der mittlerweile viel zu warm ist. Vielleicht bilde ich mir die Hitze auch nur ein, doch ich schwitze unter dem dicken Stoff und Schweißperlen haben sich auf meiner Stirn gebildet. Vielleicht sind das auch die Vorboten einer Entzündung, die sich von der Schnittwunde ausgehend entwickelt, aber das ist mir in dem Moment egal. Ich bin nur erleichtert, dass mein Körper sich nicht mehr ganz so heiß anfühlt und ein wenig abkühlen kann.

Ein Schlüssel dreht sich im Schlüsselloch und die Tür schwingt auf. Carter betritt das Zimmer und schließt die Tür hinter sich. Mit einem Stapel Kleidung samt Unterwäsche kommt er auf mich zu. »Hier.« Er hält mir den weißen Stoff hin.

Mit zittrigen Händen greife ich danach. »Danke.«

»Kann ich dich allein duschen lassen, ohne dass du irgendetwas anstellst?« Er hebt eine Augenbraue und verschränkt seine muskulösen Arme vor der Brust.

Ich nicke. Dass er mir beim Duschen zusieht und meinen komplett nackten Körper zu Gesicht bekommt, ist das Letzte, was ich in diesem Moment will.

Vorsichtig stehe ich auf. Auf wackeligen Beinen wanke ich hinter Carter her, der auf die Tür zusteuert, hinter der ich das Bad vermute. Als er sie öffnet, bestätigt sich mein Verdacht. Ich luge in den großen Raum hinein, in dem sich eine riesige bodentiefe Dusche, ein Waschbecken und eine Toilette befinden. Ich versuche, mich zusammenzureißen und möglichst sicher zu laufen, als er zu mir sieht. Wenn er bemerkt, dass ich mich kaum auf meinen Beinen halten kann, dann wird er mich wahrscheinlich nicht allein duschen lassen und das will ich nicht riskieren.

Langsam laufe ich an ihm vorbei auf eine Kommode zu, die neben dem Waschbecken platziert ist. Ich lege die frische Kleidung neben ein Handtuch und drehe mich Richtung Tür.

Carter steht direkt davor und mustert mich. »Beeil dich und versuch gar nicht erst, irgendeinen Ausweg zu finden, denn den gibt es nicht.« Da ist es wieder. Sein amüsiertes Grinsen.

Ich nicke nur schwach und drücke die Tür zu. Erleichterung durchströmt mich, als ich ganz allein in diesem Raum bin. Es ist ruhig und ich kann für einen Moment abschalten.

Nachdem ich auf Toilette gegangen bin, ziehe ich mich aus. In einer Geschwindigkeit, die rekordverdächtig langsam ist. Für ein paar Sekunden setze ich mich auf den zugeklappten Toilettendeckel, um wieder etwas zu Kräften zu kommen.

Als ich jetzt aufstehe und einen flüchtigen Blick in den großen Spiegel werfe, der über dem Waschbecken montiert ist, erschrecke ich. Meine zerzausten schwarzen Haare hängen in verschwitzten Strähnen in meinem Gesicht, meine Haut ist blass. Mein Oberkörper ist blutverschmiert und glücklicherweise kann ich die Wunde an meinem Bauch aus dieser Position nicht im Spiegel sehen. Meine blauen Augen sehen so unendlich müde und kaputt aus, sie haben ihr Strahlen verloren und ich würde am liebsten heulen. Ich sehe schrecklich aus. Die traumatischen Ereignisse haben mich gezeichnet, vor allem meine Augen sind Zeugen dieser schrecklichen Dinge.

Ich wende meinen Blick ab und betrete die Dusche. Ich greife nach der Brause, drehe vorsichtig das Wasser auf und warte, bis es warm wird. Als es die richtige Temperatur erreicht hat, befestige ich die Brause und stelle mich unter den heißen Wasserstrahl. Im ersten Moment fühlt es sich so gut an, wie das warme Wasser über meinen Kopf und meinen Rücken läuft. Es entspannt meine Muskeln und ich schließe die Augen.

Ich drehe mich um, sodass das Wasser über mein Gesicht läuft. Als es meinen Bauch erreicht, schreie ich auf. Das heiße Wasser trifft auf die offene Wunde. Als wäre das Wasser nicht schon schmerzhaft genug, ist auch der Strahl viel zu hart für diese Verletzung. Es brennt höllisch und der Schmerz ist kaum zu ertragen.

Das qualvolle Schreien aus meiner Kehle verstummt erst, als ich unter dem Schmerz zusammenbreche und zusammengekauert auf dem Boden sitzen bleibe. Zitternd und erschöpft bleibe ich einfach sitzen, unfähig, mich zu bewegen. Was für eine unfassbar dumme Idee, mit dieser klaffenden Wunde unter die Dusche zu gehen.

Ich höre, wie die Tür aufgerissen wird und Carter hineinstürmt. Kraftlos lasse ich meinen Kopf hinter mir an die Wand sinken und sehe ihn schwach an.

»Was ist passiert?« Er kommt auf mich zu.

»Wasser … Wunde …« Mehr Worte kommen mir nicht über die Lippen, es ist zu anstrengend.

Carter versteht offenbar. Er zieht seine Schuhe aus und steigt zu mir unter die Dusche. Als er mich zu sich hochzieht, keuche ich vor Schmerz auf. Mit einem Arm verdecke ich meine Brüste. Ich will nicht, dass er mich so sieht. Nackt. Und schwach.

Mein Körper zittert, während er mich festhält. Als meine Beine ein wenig nachgeben und ich drohe wieder nach unten zu sinken, legt Carter einen Arm um meine Taille und hält mich fest. Mit der anderen Hand hebt er mein Kinn an, um mich anzusehen.

Ich versinke in seinen smaragdgrünen Augen, lasse mich von ihnen davontragen, verliere mich in ihnen. Überall, wo sein Körper meinen berührt, spüre ich ein heißes Prickeln. Mein Herzschlag geht viel zu schnell, doch sein Gesicht ist viel zu nah an meinem. Nur wenige Zentimeter trennen uns voneinander.

Er ist ein Stück größer als ich, sodass ich zu ihm aufsehen muss. Ich kann sein Parfüm riechen und spüre seinen Herzschlag an meiner Brust. Sein Kiefer ist angespannt, während wir so dicht beieinanderstehen.

Verdammt. Da ist dieses Verlangen tief in mir drin. Dieses Verlangen nach mehr. Seine Berührung lässt mich innerlich erzittern und ich kann meinen Atem unter seinem Blick und seinem Körper, der meinen berührt, nicht kontrollieren. Unsere Lippen sind so nah, er könnte einfach die Distanz überwinden und seine Lippen auf meine pressen und ich könnte mich nicht einmal wehren. Aber ich bin mir nicht einmal mehr sicher, ob ich das überhaupt will. Ob ich mich widersetzen würde oder es genießen und erwidern würde. Verdammt. Allein die Vorstellung erzeugt ein lustvolles Ziehen in meinem Bauch. Fuck. Daran darf ich nicht einmal denken. Das ist krank. Ich hasse ihn. Wieso empfinde ich dann so etwas?

Das Wasser rinnt über unsere Körper, spült das Blut von meiner Haut. Durchnässt sein Hemd und seine Hose. Seine Haare liegen in nassen Strähnen in seiner Stirn, Wasser tropft an ihm herunter. Sein Blick liegt immer noch auf mir und ich habe Mühe, meinen Atem unter Kontrolle zu bringen.

Der Schmerz ist in diesem Moment erträglich. Seine Berührung tut so gut und weckt in mir den Wunsch nach mehr. Ich sollte nicht so empfinden. Nicht nach dem, was er mir angetan hat. Er hat mich an Aiden ausgeliefert. Aber er hat mich auch gerettet. Er hat die Vergewaltigung verhindert und dafür bin ich ihm dankbar. Aber trotzdem sollte es sich nicht so gut anfühlen.

Nach einer Weile lässt er mein Gesicht los und hebt mich mit einem Ruck hoch. Ich verschränke meine Beine und verdecke mit meinem Arm meine Brüste. Die Scham ist zu groß, ich will nicht, dass er meinen nackten Körper sieht, nicht so. Dass er mich so berührt, reicht schon aus. Er dreht das Wasser ab und trägt mich aus der Dusche raus, nimmt sich ein Handtuch und hält es mir hin. Ich greife danach und platziere es auf meinem Körper.

Er bringt mich zum Bett und legt mich sanft auf die Decke. Dankbar bleibe ich für ein paar Sekunden liegen, bevor ich mich mit dem Handtuch abtrockne. Carter kommt mit meiner Kleidung wieder und legt sie neben mich. Dann entfernt er sich ein paar Meter von mir und lässt mir damit wenigstens etwas Privatsphäre.

Es kostet mich einiges an Kraft und Zeit, bis ich mich angezogen habe. Erschöpft lehne ich mich an das Kopfteil des Bettes und schließe für einige Sekunden die Augen. Dieser Moment zwischen uns in der Dusche ist so intensiv gewesen. Viel zu intim. Auch wenn nichts weiter passiert ist. Aber verdammt, tief in meinem Innersten habe ich dieses Verlangen gespürt, ihm noch näher zu kommen. Aber das darf niemals passieren. Er ist ein eiskalter Killer und ich darf ihm auf gar keinen Fall näherkommen und das will ich auch gar nicht.

Als ich meine Augen wieder öffne und zu ihm sehe, stockt mir für eine Sekunde der Atem. Sein Hemd ist komplett durchnässt und der weiße Stoff damit durchsichtig geworden. Unter dieser dünnen Schicht zeichnen sich seine Bauchmuskeln und der breite Bizeps ab. Auch seine Tattoos kann ich teilweise erkennen. Verdammt. Er sieht so gut aus. Diese Muskeln. Dieser verdammt trainierte Körper. Er sieht verboten gut aus. Und ich hasse mich dafür, dass ich ihn so attraktiv finde. Aber trotz allem überwiegt noch immer die Angst vor ihm. Er ist unberechenbar und er wird mir noch wehtun, da bin ich mir sicher. Ich darf ihn nicht so heiß finden. Ich darf seinen Körper nicht begehren. Ich darf nicht dieses Verlangen spüren.

Ohne ein Wort zu sagen, wendet sich Carter schließlich ab und verlässt das Zimmer. Die Tür schließt er natürlich von außen ab. Für ein paar Minuten bleibe ich auf dem Bett sitzen, bis mich die Neugier packt. Ich habe keine Ahnung, wo wir sind. Ob wir noch in New York sind oder sonst wo in Amerika, ich habe keine Ahnung, denn ich weiß nicht, wie lange ich weggetreten gewesen bin und wie lange die Fahrt gedauert hat.

Vorsichtig tapse ich über den kalten Parkettboden zu dem großen Fenster. Behutsam schiebe ich den Vorhang beiseite und luge durch die Glasscheibe nach draußen. Vor mir erstreckt sich eine große Wiese, gefolgt von einem Wald. Die Dämmerung taucht die Bäume in warmes Licht. Weit und breit sind keine anderen Häuser oder Menschen zu sehen. Auch sonst erkenne ich nichts, was mir irgendwie bekannt vorkommt.

Ich habe absolut keine Ahnung, wo wir sind. Und da hier sonst kein einziger Mensch zu sein scheint, wird mich hier auch so schnell niemand finden. Ich bin vollkommen von der Zivilisation abgeschottet. Um mich herum ist weit und breit nichts und ich habe keine Chance zu fliehen. Das Fenster ist viel zu hoch, um hinauszuklettern, vorausgesetzt, es lässt sich überhaupt öffnen. Und selbst wenn ich irgendwie aus diesem Haus entkommen könnte, habe ich keine Ahnung, in welche Richtung ich laufen müsste oder wie weit die nächsten Menschen entfernt sind. Ich bin also völlig auf mich allein gestellt und es gibt kein Entkommen für mich.

Erschöpft lege ich mich zurück in mein Bett und schließe die Augen. Der Schmerz ist erträglich, solange ich mich nicht bewege. Trotzdem ist mein Körper noch immer ausgelaugt und mein Energielevel ist so gering wie noch nie zuvor in meinem Leben. Ich kauere mich unter der Decke zusammen und drifte in einen unruhigen Schlaf ab.

Der kurze Schlaf hat mir gutgetan und mich wenigstens etwas zu Kräften kommen lassen. Als Carter das Zimmer betritt, hat er seine nassen Klamotten gegen ein weißes T-Shirt und eine schwarze Hose getauscht. In einer Hand hält er eine Papptüte, in der anderen einen großen Stapel Klamotten.

Ich hieve mich hoch und setze mich auf die Bettkante. Interessiert beobachte ich ihn.

»Hier sind noch mehr Klamotten, das sollte vorerst reichen.« Er legt den Stapel auf dem Tisch ab. »Zumindest wenn du dich benimmst und keine weiteren Verletzungen erleidest.« Grinsend fährt er sich durch die trockenen Haare und kommt auf mich zu. »Leg dich hin und mach deinen Bauch frei.«

»Was?« Ich reiße meine Augen auf.

»Dein T-Shirt ist schon wieder rot.« Er deutet auf meinen Oberkörper. »Wenn du willst, dass das in Zukunft nicht mehr passiert und dass die Wunde einigermaßen gut verheilt, ohne sich zu entzünden, dann mach deinen Bauch frei, damit ich sie versorgen kann.«

Ich schlucke. Röte steigt mir in die Wangen. Leicht zitternd ziehe ich den dünnen Stoff weit genug nach oben und lege mich mit dem Rücken auf die weiche Matratze.

Carter nimmt etwas von dem Klamottenstapel und kommt dann auf mich zu. Er setzt sich neben mich auf die Bettkante. Dann nimmt er sich ein paar von den medizinischen Klebestreifen und platziert sie auf meiner Haut. Es brennt, aber ich beiße die Zähne zusammen. Seine Finger erzeugen ein Kribbeln auf meiner empfindlichen Haut. Als er endlich fertig ist und die Wunde nicht mehr aufklafft, sondern durch die Streifen zusammengehalten wird, steht er wieder auf.

Ich ziehe das T-Shirt wieder runter und setze mich auf. »Danke«, sage ich leise.

Carter nickt nur knapp und fischt aus der Papptüte etwas heraus. »Hunger?« Er hält einen Pizzakarton hoch.

Meine Augen weiten sich und meine Miene erhellt sich. Der Duft nach frischer Pizza bringt meinen Magen zum Knurren und ich nicke begeistert. Ich habe schon zu lange nichts mehr gegessen, weshalb ich mich so sehr wie noch nie in meinem Leben auf etwas zu essen freue.

Carter stellt den Karton auf dem Tisch ab und geht Richtung Tür.

»Wohin gehst du?«

Er hält inne und dreht sich in meine Richtung. »Geht dich zwar nichts an, aber ich gehe schlafen.«

»Okay.« Ich nicke.

Ein Grinsen breitet sich auf seinem Gesicht aus. »Mach dir keine Hoffnungen. Du kommst hier nicht raus. Die Tür ist verschlossen und das Fenster lässt sich auch nicht öffnen. Also versuch gar nicht erst zu fliehen, denn das wird sowieso nicht funktionieren.«

Ich schlucke, bevor ich zögerlich nicke.

Carter wirft mir noch einen letzten Blick zu, bevor er mein Zimmer verlässt und die Tür hinter sich verschließt.

Kurz sehe ich ihm nach, dann stehe ich auf und gehe zum Tisch, auf dem die Pizza steht. Ich öffne den Karton und eine Wolke aus Pizzaduft empfängt mich. Ich atme tief ein, bevor ich mir ein Stück nehme und davon abbeiße. Es schmeckt himmlisch. Und mein Körper braucht diese Energie dringend. Ich versuche, so langsam zu essen, wie ich kann, um es zu genießen und meinen leeren Magen nicht zu überfordern. Als ich aufgegessen habe, trinke ich aus der Wasserflasche, die ebenfalls auf dem Tisch steht. Mir ist ein wenig schlecht, aber ich bin auch satt und habe wieder etwas Energie.

Ich lege mich wieder ins Bett und mache es mir gemütlich. Auch wenn ich heute bereits viel geschlafen habe, bin ich immer noch müde und erschöpft. Daher kann ich den Schlaf gut gebrauchen. Außerdem habe ich im Moment sowieso nichts Besseres zu tun. Und ich werde meine Energie bestimmt noch irgendwann brauchen. Es wäre dumm, mir diesen Schlaf entgehen zu lassen.

Vor allem, da ich nicht weiß, was noch alles auf mich zukommen wird. Deswegen ist es umso wichtiger, so viel Kraft wie möglich zu sammeln. Mein Körper muss sich erholen.

Plötzlich sammeln sich Tränen in meinen Augen. Ich versuche, sie wegzublinzeln, doch es sind zu viele. Also gebe ich mich dem Gefühl hin und lasse sie fließen. Der Schmerz der Schnittwunde hat die anderen Gefühle ein wenig betäubt, doch jetzt brechen sie aus mir heraus. Angst, Wut, Verzweiflung. Ich weiß nicht, ob ich jemals wieder hier wegkommen werde. Ich habe keine Ahnung, was Carter mit mir vorhat. Ich weiß nur, dass er ein Auftragskiller und damit sehr gefährlich ist. Und mit so jemandem will ich eigentlich nichts zu tun haben.

Aber ich habe keine Wahl. Ich habe es mir nicht ausgesucht, was passiert ist. Doch ich kann auch nichts dagegen tun. Carter hat die Macht und die Kontrolle über mich und kann machen, was er will. Und ich weiß nicht, wie ich ihm jemals entkommen kann. Verdammt. Er ist ein skrupelloser Killer und irgendwann wird er auch mich umbringen. Denn er kann mich nicht ewig gefangen halten. Und freilassen kann er mich auch nicht mehr. Also wird er mich töten, wenn es ihm zu viel wird und er keine Lust mehr hat, sich um mich zu kümmern. Oder?

Was wird er tun? Wie wird meine Zukunft aussehen? Habe ich überhaupt eine Zukunft oder bin ich schon bald tot? Diese Ungewissheit ist unerträglich.

KAPITEL 20

CARTER

Fuck. Wieso hat diese Frau so eine Wirkung auf mich? Ihre Angst, ihr Schmerz, ich kann es spüren. Es ist, als könne ich ihre Seele fühlen. Es fühlt sich so an, als würde ich ihre Seele kennen. Das klingt komplett krank, aber irgendetwas hat sie an sich. Etwas Besonderes. Das mich fasziniert. Sie ist die einzige Person, die es jemals geschafft hat, meine Seele zu berühren.

Mein Blick gleitet über die Seiten des Notizbuchs, das ich in der Hand halte. Rose' Notizbuch. Es ist voller Zeichnungen. Ich betrachte eine einzelne Rose, die mit so viel Detail gearbeitet ist, dass es sich auch um ein Schwarz-Weiß-Foto handeln könnte. Auf einem anderen Bild ist ein Gesicht zu erkennen. Ich entdecke eine Seite, auf der sie das Meer gemalt hat, und schließlich bleibt mein Blick an der Zeichnung eines nackten Frauenkörpers hängen.

Ich muss an den Moment in der Dusche zurückdenken. Ihren Schrei zu hören, voller Schmerz. Ich mag diesen Klang. Aber gleichzeitig will ich ihr auch irgendwie helfen und ihr den Schmerz nehmen. Fuck, was ist nur mit mir los? Das ist nicht normal. Aber ihren nackten Körper an meinen zu pressen, fuck. Das ist zu geil gewesen.

Es hat mich einiges an Disziplin gekostet, sie nicht noch intensiver zu berühren. Ihr nicht meine Zunge in den Rachen zu rammen. Aber wenn ich das getan hätte, dann hätte ich nicht mehr aufhören können. Ich hätte mehr gebraucht. So viel mehr. Und wenn ich diesen einen Punkt erst einmal überschreite, dann gibt es kein Zurück mehr. Dann ist es zu spät. Und das ist riskant. Dieser Schritt ist viel zu gefährlich. Für uns beide.

Außerdem ist sie viel zu schwach gewesen. Sie hätte sich nicht wehren können und das wäre langweilig gewesen. Zudem ist sie in ihrer momentanen Verfassung viel zu schwach, um die Dinge mitzumachen, die ich mit ihr anstellen würde, wenn es so weit kommen sollte. Und ich will nicht den ersten Schritt machen. Es ist viel reizvoller, sie zu verführen, so lange, bis sie die Distanz überwindet. Fuck, die Vorstellung ist zu geil.

In der Dusche habe ich fast die Kontrolle verloren, aber in ihrem Zustand wäre es langweilig gewesen. Und trotzdem habe ich diese körperliche Spannung zwischen uns gespürt. Ich habe kurz überlegt, wie es wäre, sie noch näher an mir zu spüren. Doch ich habe diesen Moment unterbrechen müssen. Zum einen, damit ich nicht die Kontrolle verliere, und zum anderen, weil mich ihr nackter Körper verdammt angemacht hat und sie es gespürt hätte, hätten sich unsere Körper noch länger so berührt.

Fuck, ihr Blick. Ihre Augen. Diese saphirblauen Augen, durch die ich direkt in ihre Seele sehen kann. Eine wunderschöne Seele. Wahre Schönheit. Eine reine Seele. Keine Ahnung, warum mich das so fasziniert. Wahrscheinlich weil meine Seele so tiefschwarz ist. Das komplette Gegenteil, denn ihre leuchtet strahlend hell.

Ihre Kunst hat es geschafft, mich zu berühren, meine Seele. Ich habe etwas dabei gefühlt. Nicht nur die Zeichnungen in dem Notizbuch, das sie bei sich gehabt hat. Auch die Kunstwerke, die ich

schon vorher von ihr gesehen habe, haben mich zutiefst faszi-
niert und meine Seele berührt. Ich habe das Gefühl, durch ihre
Bilder direkt in ihre Seele blicken zu können. Ihre Kunst ist ein
Fenster zu ihrer Seele. Tief in meiner dunklen Seele begehre ich
sie. Nicht nur ihren Körper, sondern auch ihr Herz und ihre
Seele.

KAPITEL 21

AIDEN

Unbändige Wut brodelt in meiner Brust. Ich balle meine Hände zu Fäusten und gehe aufgebracht im Raum hin und her. Mein Schädel tut noch immer weh von dem Schlag, den mir dieser Wichser verpasst hat. Das wird er bereuen! Wie kann er es wagen, mich anzugreifen und mir mein Eigentum zu entwenden? Rose gehört mir! Mir allein. Ich werde ihn töten. Ich werde ihn verdammt noch mal dafür kaltmachen! Diesen Verrat werde ich nicht dulden.

»Findet sie!«, schreie ich dem bewaffneten Mann zu, der soeben den Raum betreten hat und neben der Tür stehen geblieben ist. »Sie gehört mir! Ich will sie verdammt noch mal wiederhaben!« Meine Stimme bebt vor Wut und ich muss mich zusammenreißen, um nicht komplett an die Decke zu gehen.

»Das wird nicht leicht werden. Dieser Auftragskiller wird sich gut verstecken können«, erwidert er und steckt die Waffe hinten in seinen Hosenbund.

Ich gehe mit großen Schritten auf ihn zu und baue mich vor ihm auf. »Es ist mir scheißegal, ob er sich gut verstecken kann oder nicht! Findet ihn! Findet sie! Ich will sie wiederhaben. Sie gehört mir! Dieser Bastard hat sie gestohlen! Er hat mich verraten und dafür wird er bezahlen!«, brülle ich.

Der Mann nickt. »Sollen wir ihn töten, wenn wir ihn finden?«

»Nein! Ich werde ihn töten! Ich will ihm dabei in die Augen sehen!« Hass pumpt durch meine Venen und ich hole mit der Faust aus. Meine Fingerknöchel treffen mit voller Wucht auf die Wand neben dem Kerl und ein stechender Schmerz fährt hindurch. Doch das ist mir egal. Die Wut betäubt alles andere. »Fuck!«, brülle ich. Meine Finger färben sich rot. Die helle Wand wird ebenfalls von dem Blut befleckt.

»Alles klar. Und das Mädchen?«

Ich verenge die Augen. »Ich will sie unversehrt. Sie darf unter keinen Umständen sterben. Wenn sie sich wehrt und es wirklich nötig ist, dann darf sie verletzt werden. Aber nur im Notfall. Verstanden? Ich brauche sie lebend!«

»Okay, Boss. Wir fangen sofort an zu suchen.« Er nickt und setzt sich in Bewegung. »Aber es kann dauern, bis wir sie finden. Das wird nicht einfach. Dieser Kerl ist verdammt gut und wird sicher nicht leicht zu finden sein.«

Ich reibe mir über meine blutende Faust. »Ist mir egal, wie leicht es wird«, presse ich mit zusammengebissenen Zähnen hervor. »Findet sie verdammt noch mal! Und das schnell! Strengt euch an. Ich will sie zurück! Sie gehört mir!«

»Wir geben unser Bestes!« Er nickt und verlässt dann den Raum.

Ich beiße die Zähne aufeinander und gehe wieder im Zimmer auf und ab. Hoffentlich findet er sie. Er hat schon öfter Dinge für mich erledigt. Meistens waren es kleinere Aufgaben, bei denen er allein oder mit seinem Team ein paar Leute besucht hat, die mir Geld schuldeten oder mich sonst irgendwie verärgert hatten.

Ich hätte ihn und die anderen auch auf Rose ansetzen können, doch da sie eher darauf spezialisiert sind, Leuten wehzutun und ihnen Angst zu machen, wollte ich das Risiko nicht eingehen. Es war zu riskant und ich hatte meine Zweifel, dass sie diskret genug vorgehen oder unaufmerksam sind. Das konnte ich mir nicht leisten.

Ich wollte sie unversehrt. Ihre Entführung musste sauber vonstattengehen und dafür sind diese Männer nicht geeignet. Ich brauchte einen absoluten Profi, um sicherzugehen, dass alles glatt läuft. Das war es ja auch. Zumindest so lange, bis dieser verdammte Bastard mich hintergangen hat. Allein der Gedanke lässt mich sämtliche Muskeln in meinem Körper anspannen und ich knurre frustriert. Ich hätte ihn nicht mit hereinbeten dürfen. Verdammte Scheiße. Er hätte sich einfach verpissen sollen. Dann wäre Rose noch hier. Da wo sie hingehört. Bei mir.

Ich werde sie wieder zu mir holen. Und dann wird sie bei mir bleiben. Für immer! Sie wird mir nicht noch einmal entkommen. Das werde ich nicht zulassen. Diese kleine Schlampe wird zu mir zurückkehren und für den Rest ihres Lebens an meiner Seite bleiben. Und wie lange dieses Leben noch geht, werde ich entscheiden. Ich werde sie foltern. Qualvoll. Sie wird für all ihre Fehler bezahlen! Sie ist selbst schuld daran. Ich werde meinen Spaß mit ihr haben. Ich werde sie so oft ficken, wie ich will. Ihr Körper gehört mir. Sie ist mein. Alles von ihr.

Und Carter werde ich verdammt noch mal umlegen! Dieser Bastard nimmt mir nicht einfach meine Rose und kommt damit davon. Nein. Er wird dafür mit seinem verfickten Leben bezahlen. Ich werde diesen Wichser töten. Rose gehört mir! Und niemand wird sich zwischen uns drängen.

KAPITEL 22

ROSE

Wenn es eines gibt, was ich abgrundtief hasse, ist es Langeweile. Nichts zu tun zu haben und nicht zu wissen, wie ich meine Zeit totschlagen kann, ist noch schlimmer als ein überteuerter Eiskaffee. Ich liebe Eiskaffee so sehr, dass ich fast täglich mehrere Dollar dafür ausgebe, da es meinen ganzen Tag versaut, wenn ich morgens nicht meine übliche Dosis genießen kann. Auch wenn ich bereit bin, auch mal ein paar Dollar mehr dafür auszugeben, ärgere ich mich immer darüber, wenn der Preis viel zu hoch ist.

Aber noch viel schlimmer ist Langeweile. Normalerweise finde ich immer irgendetwas zu tun. Meistens male ich in jeder freien Sekunde oder zeichne in meinem Notizbuch. So habe ich nie die Qual, nichts zu tun zu haben. Doch jetzt ist das anders. Ich habe weder die Möglichkeit, etwas zu malen noch zu zeichnen. Wo mein Notizbuch ist, kann ich nicht sagen.

Es macht mich wahnsinnig, nur in diesem riesigen fremden Bett zu liegen und an die Decke zu starren. Ich brauche wirklich nicht viel, um zufrieden zu sein, mein Notizbuch würde mir schon ausreichen. Doch statt mit meinem Bleistift Linien und Schattierungen auf das weiße Papier zu malen, muss ich mich nun damit zufriedengeben, in meinen Gedanken die Decke über mir zu bemalen.

Der Schlüssel in der Tür lässt mich zusammenzucken. Ich fahre überrascht hoch und starre zu der sich öffnenden Tür. Ein wenig Erleichterung macht sich in mir breit und ich schäme mich selbst dafür, dass ich mich über ihn freue. Aber so verfliegt wenigstens die unerträgliche Langeweile.

Carter betritt mein Zimmer und kommt auf mich zu. Er stellt eine Wasserflasche, einen Kaffeebecher und einen Teller mit einem Bagel auf den Tisch und wendet sich dann an mich. »Hier, dein Frühstück.«

Ich zögere, bevor ich aufstehe und auf ihn zugehe. »Danke«, sage ich leise und setze mich auf einen der Stühle. Der Duft nach Kaffee und Gebäck steigt mir in die Nase.

Carter setzt sich neben mich und lehnt sich zurück.

Unsicher nehme ich den Bagel und beiße hinein. Als ich nach dem Pappbecher greife, spüre ich Carters Blick auf mir. Der Eiskaffee schmeckt hervorragend und ich trinke mehrere Schlucke auf einmal, bevor ich den Becher wieder abstelle und weiter meinen Bagel esse.

»Und?« Carter beugt sich leicht nach vorne. »Schmeckt´s?«

Unsicher drehe ich meinen Kopf in seine Richtung und nicke. Ein breites Grinsen tritt auf sein Gesicht. Ob er gewusst hat, wie sehr ich Eiskaffee liebe? Oder hat er ihn einfach so auf gut Glück besorgt? Eigentlich kann er nicht wissen, dass ich gerne Kaffee trinke und noch weniger, welche Art davon ich am meisten mag. Andererseits hat er sich wahrscheinlich vor meiner Entführung über mich informiert und ich habe keine Ahnung, wie viel er wirklich über mich weiß.

Als ich aufgegessen habe, steht Carter auf und geht auf die Couch zu. Nachdem er sich gesetzt hat, sieht er mich aufmerksam an. »Komm her.« Er fährt sich durch die schwarzen Haare.

Mein Herzschlag beschleunigt sich und ich sehe unsicher zu ihm. Verdammt. Warum will er, dass ich zu ihm gehe? Was hat er vor? Langsam stehe ich auf und setze einen Fuß vor den anderen. Mit jedem Schritt, den ich auf ihn zutrete, zittern meine Hände ein wenig mehr. Als ich vor ihm stehe, sehe ich unsicher zu ihm herunter.

»Setz dich auf meinen Schoß.« Er grinst mich versaut an.

»Was?«, entfährt es mir. Geschockt reiße ich meine Augen auf. Das ist nicht sein Ernst. Das kann er nicht ernst meinen. Mein Herz wummert gegen meine Brust.

Carter lacht. Ein tiefes, raues Lachen. »Ich mach nur Spaß. Setz dich.« Er deutet auf den freien Platz neben sich.

Ich schlucke und mein Herz schlägt wieder etwas langsamer. »Du verficktes Arschloch«, murmle ich.

»Wie war das?« Er zieht eine Augenbraue nach oben.

Ich schweige und setze mich ans andere Ende des Sofas, möglichst weit weg von ihm.

»Also Rose …« Er sieht mir direkt in die Augen. Einen seiner muskulösen Arme hat er auf der Sofalehne abgelegt. »Was mache ich jetzt mit dir?«

Ich schlucke. Was soll das? Ist das irgendein Spiel? Versucht er, mir irgendwie Angst einzujagen oder mich zu verunsichern? Wird er mir gleich wehtun? Ich knete nervös meine zittrigen Hände.

»Hast du Angst vor mir?« Seine Stimme ist noch tiefer als zuvor und strahlt Gefahr aus. Lebensgefahr. »Und wenn du mich anlügst …« Er schmunzelt. »Na ja, das überlasse ich deiner Fantasie.«

Ich schlucke und weiche seinem Blick aus. »Ja.« Meine Stimme ist so leise, nur ein leichtes Hauchen, und zittert.

»Wie war das?«

»Ja«, sage ich etwas lauter, aber immer noch so leise, dass es kaum zu hören ist.

»Sag es lauter.«

»Ja, verdammt.« Diesmal ist meine Stimme laut und fest. Ich sehe ihn an. »Ja, ich habe Angst vor dir. Bist du jetzt zufrieden?« Jetzt schreie ich ihn an.

Sein Grinsen wird breiter. »Das ist gut. Das solltest du auch.«

»Macht dich das geil?«

»Was genau?«

»Wenn jemand Angst vor dir hat?«

Er schmunzelt. »Vielleicht«, raunt er kaum hörbar.

»Also ja.« Verdammt.

»Na ja, verallgemeinern kannst du das schon mal nicht.«

Ich runzle die Stirn. »Ach nein? Macht dich das nur bei manchen an?«

»Prinzipiell machen mich sowieso nur Frauen an und keine Männer.«

»Ach so. Also wenn Männer vor dir Angst haben, pusht das dein Ego. Aber wenn eine Frau vor dir Angst hat, macht dich das geil?«

Er grinst. In seinen Augen blitzt etwas auf. »Selbst wenn, würde ich es dir nicht sagen.«

»Fick dich, du krankes Arschloch!« Ich bin mir sicher, dass meine Angst ihn erregt. Verdammt. Das ist gar nicht gut.

»Vorsicht.« Ein gefährlicher Unterton schwingt in seiner Stimme mit.

»Sonst was? Bedrohst du mich dann mit einer Waffe, bis meine Angst so groß und dein Schwanz hart wird und du mich vergewaltigst?« Meine Stimme zittert und ich beiße mir auf die Zunge. Verdammt, das hätte ich nicht sagen sollen.

Sein Blick verfinstert sich. »Vorsicht. Sonst tue ich noch viel schlimmere Dinge mit dir.«

Ich schüttle den Kopf.

»Überleg dir gut, was du sagst.« Er sieht mich warnend an. »Und provozier mich nicht. Wenn du mich wütend machst, wird das für dich nicht gut enden.«

»Wieso?« Ich streiche mir eine Haarsträhne hinters Ohr. »Tötest du mich dann?«

»Im Gegensatz zu dir würde ich nicht zögern und den Abzug drücken.« Ein Schmunzeln zieht an seinen Mundwinkeln.

»Das würde ich jetzt auch machen.«

»Tja, aber jetzt ist es zu spät. Du hattest deine Chance.«

»Hätte ich gewusst, dass du mich zu ihm bringen wirst, hätte ich abgedrückt.«

Für einen kurzen Moment schweigt er. »Er ist also deine größte Angst?«

Ich wage es nicht zu antworten. Aber das ist auch nicht nötig, denn er kennt die Antwort bereits.

»Das werde ich ändern.« Er sieht mich intensiv an. Dann beugt er sich zu mir. »Ich will nicht, dass du wegen ihm abdrückst. Wenn du abdrückst, dann wegen mir. Weil deine Angst vor mir zu groß ist. Größer als die Angst vor ihm.« Seine Augen blitzen gefährlich auf. »Ich werde deine größte Angst sein.«

Mein Herz klopft wild und ich atme hörbar aus. Unfähig, etwas zu sagen, sitze ich einfach nur wie erstarrt da.

»Sehr gut. So gefällt mir das.« Er rückt näher zu mir. Der Geruch nach kaltem Zigarettenrauch schwingt zu mir rüber.

»Warum?« Meine Stimme zittert. »Warum tust du das alles?«

Er kommt mir noch näher, sodass unsere Beine sich berühren. Seine Augen durchbohren mich. »Ach Rose …« Er streckt seine

Hand aus und greift nach einer Haarsträhne, die vor meinem Gesicht hängt. »Weil ich halt so bin.« Er streicht die schwarze Strähne hinter mein Ohr. »Ich bin ein Killer.« Seine Finger streifen meine Wange. »Ein Sadist.«

Die leichte Berührung seiner Fingerkuppen erzeugt ein Kribbeln auf meiner zarten Haut. Meine Wange glüht und mein Herz schlägt viel zu schnell. Zitternd halte ich seinem intensiven Blick stand. Meine Gedanken kreisen wild umher, verheddern sich miteinander, sodass ich überhaupt nichts mehr verstehe. Seine Nähe, seine Berührung. Das ist zu viel. Ich reagiere darauf, obwohl ich es nicht will. Und es auch nicht sollte.

Er hat mich gerade eben noch bedroht, mir schreckliche Angst gemacht und doch reagiert mein Körper so sehr auf seine Berührung. Das darf einfach nicht sein. Das macht absolut keinen Sinn. Ihn mag meine Angst anmachen, aber ich darf nicht so etwas dabei empfinden. Angst vor ihm zu haben, ist das einzig Richtige. Eine körperliche Anziehung zu ihm zu spüren, ist das Falsche. Es ist so falsch, dass es verboten sein sollte. Ich muss es mir selbst verbieten. Ich bin nicht so krank wie er. Ich muss die Kontrolle über meinen eigenen Körper behalten und darf mich nicht von seiner Attraktivität blenden lassen. Denn das ist nur sein Äußeres. Doch sein Inneres ist von Bedeutung. Und das ist nur böse. Ich kann nichts Gutes erkennen und genau deswegen darf ich nicht so auf seinen Körper reagieren.

Er lächelt zufrieden, als er seine Hand wegzieht und ein Stück von mir wegrutscht.

Ich atme erleichtert aus und mein Herz kann sich wieder etwas beruhigen. Nachdem ich wieder einigermaßen normal atme und das Zittern nachgelassen hat, sehe ich zu ihm. Er beobachtet mich amüsiert und ich spüre die Anspannung, die sich in meinem Körper ausbreitet.

Ich knete nervös meine Hände. Seinen Blick auf mir zu spüren, erzeugt eine unangenehme Hitze, die sich in mir ausbreitet. »Was hast du jetzt mit mir vor?« Ich sehe ihn unsicher an.

Er legt den Kopf schief. »Was denkst du denn?«

Ich schüttle den Kopf. »Ich habe keine Ahnung. Mir Angst machen? Mich foltern?« Bei dem Gedanken breitet sich ein unwohles Gefühl in meinem Magen aus.

Er lacht, sagt aber nichts.

»Wie lange soll das denn so weitergehen?« Ich schlucke. »Wie lange willst du mich hier gefangen halten?«

»So lange, wie ich will.« Er grinst.

Meine Hände zittern, als ich mir durch die Haare fahre. »Und wie lange ist das? Tage? Wochen? Monate?« Ich senke meine Stimme und sehe ängstlich zu ihm. »Jahre?«

Sein Grinsen wird breiter. »Wir werden sehen, wie lange wir unseren Spaß miteinander haben werden.«

Ich schlucke. »Und was geschieht danach?« Ich traue mich kaum, die Worte auszusprechen, geschweige denn daran zu denken. »Was passiert, wenn du fertig mit mir bist?«

Seine grünen Augen leuchten gefährlich. »Dann werde ich dich wohl töten müssen.«

Panik wallt in meiner Brust auf. »Du könntest mich auch einfach gehen lassen.« Ein schwacher Versuch, das weiß ich selbst.

Er lacht. »Natürlich. Damit du zur Polizei gehst und mich anzeigst? Sicher nicht. So dumm bin ich nicht.«

»Wenn du mich gehen lässt, dann werde ich niemandem etwas erzählen.«

»Das würde jeder sagen, um seinen Arsch zu retten.«

»Ich meine es ernst.«

»Ach ja?« Er hebt eine Augenbraue. »So wie ich das mitbekommen habe, hast du schon einmal gegen jemanden ausgesagt. Wieso solltest du das dieses Mal nicht tun?«

»Das war etwas anderes«, murmle ich.

»Inwiefern? Er hat dir auch gedroht und es hat dich nicht interessiert. Also warum sollten meine Drohungen etwas anderes bewirken?«

Ich schlucke. »Weil ich solche Angst vor dir habe, dass ich mich niemals trauen würde, mich dir zu widersetzen.« Ich senke meinen Blick. »Und weil ich viel mehr Angst vor dir habe als vor ihm.«

In seinen Augen blitzt etwas auf und seine Kiefermuskeln zucken. »Netter Versuch. Aber ich weiß genau, dass du vor ihm mehr Angst hast. Oder wärst du jetzt lieber bei ihm?«

Ich schweige. Nein, ich bin definitiv lieber hier als bei ihm. Auch wenn ich hier ebenfalls gefangen bin und nicht hier sein will. Aber es ist immer noch besser als bei Aiden, der mich foltern und vergewaltigen würde.

»Das habe ich mir gedacht.« Er erhebt sich vom Sofa.

Verdammt. Er wird mich niemals frei lassen. Ich werde hier für immer gefangen sein. So lange, bis er mich als Belastung sieht. Und dann wird er mich töten. Und ich habe keine Möglichkeit, ihm zu entkommen. Es gibt keinen Fluchtweg. Und er ist ein Profi. Kein Anfänger. Niemand, der impulsiv handelt und ohne nachzudenken. Niemand, der Fehler macht. Er weiß genau, was er tut und was er will. Wie er mir Angst macht. Er weiß ganz genau, dass er die Kontrolle hat und ich ihm schutzlos ausgeliefert bin. Ich habe keine Chance gegen ihn. Mich ihm zu widersetzen, würde alles nur noch schlimmer machen. Er wird mich bestrafen, wenn ich nicht gehorche oder irgendetwas tue, was ihm nicht gefällt. Ich bin seine Gefangene. Und er ist ein sadistischer Killer.

»Wir werden viel Spaß miteinander haben.« Carter sieht mich intensiv an. Die Muskeln zeichnen sich unter seinem weißen T-Shirt ab. »Und wenn du dich mir widersetzt oder versuchst zu fliehen, dann werde ich dich bestrafen. So sehr, dass du es bereust und mich anflehen wirst, aufzuhören.« Er grinst diabolisch. »Und wenn du für mich ein zu hohes Risiko wirst, mich zu sehr nervst oder ich aus irgendwelchen Gründen keine Lust mehr auf dich habe, dann werde ich dich töten.«

KAPITEL 23

CARTER

Ich will, dass sie Angst vor mir hat. Sie soll Angst vor mir haben und sich trotzdem von mir verführen lassen. Sie soll mich trotz ihrer Angst wollen. Ihre Angst gefällt mir so sehr, dass ich mich jedes Mal zusammenreißen muss, wenn ich die Panik in ihren Augen auflodern sehe.

Und wie sie auf körperliche Nähe reagiert! Wie sie auf meinen Körper reagiert, wenn er dicht an ihrem ist. Wenn ich sie berühre. Wie sie auf meine Berührungen reagiert ... Fuck.

Es kostet mich jedes Mal so viel Kraft, die Kontrolle zu behalten und nicht dem Verlangen nachzugehen. Dem Verlangen, welches tief in mir schlummert und mit jeder Berührung ein Stück weiter nach oben Richtung Oberfläche aufsteigt. Und mit jeder Berührung wird es schwieriger, mich zurückzuhalten. Nicht dem Bedürfnis nachzugeben. Dem Drang, sie noch intensiver zu berühren. Unsere Körper noch näher aneinander zu bringen. Und fuck, diese Sehnsucht ist so groß.

Und es ist jedes Mal ein verfickter Kampf, zu widerstehen. Und niemals weiß ich, ob ich diesen Kampf gewinnen werde. Jedes einzelne Mal bin ich mir nicht sicher, ob ich in der Lage bin, mich zurückzuhalten. Und jedes einzelne Mal kostet es mich mehr Beherrschung, dem nicht nachzugeben. Und mit jedem Mal wächst dieses Verlangen und es wird mit jedem Mal knapper. Und ich weiß nicht, wie lange ich das noch aushalten werde, bevor ich dem Drang einfach nicht mehr standhalten kann.

KAPITEL 24

ROSE

Warmes Wasser rinnt über meine Haut. In der Wunde auf meinem Bauch brennt es ein wenig, aber der Schmerz ist gut auszuhalten, seit Carter die Wunde geklebt hat. Ich spüle das Duschgel und Shampoo von meinem Körper, bevor ich aus der Dusche steige und mich abtrockne. Dann ziehe ich BH und Slip an, meine restliche Kleidung habe ich auf meinem Bett bereitgelegt.

Wenn ich so darüber nachdenke, hätte es mich schlimmer treffen können. Immerhin bin ich nicht in einem dreckigen Loch eingesperrt, in dem es stinkt und ich auf dem Boden schlafen muss. Hier habe ich wenigstens ein Zimmer mit einem gemütlichen Bett und ein Bad, in dem ich meiner Hygiene nachgehen und regelmäßig duschen kann. So muss ich nicht in meinen eigenen Fäkalien baden. Und ich bin nicht gefesselt.

Meine Handgelenke tun kaum noch weh und ich bin froh, dass ich mich frei in dem Raum bewegen kann. Auch wenn ich hier gefangen bin, diesen Raum nicht verlassen kann und hinter der Tür ein kranker Psychopath auf mich wartet und mich bewacht.

Natürlich will ich trotzdem hier weg. Meine Wohnung ist zwar nicht viel größer, aber da kann ich mich wenigstens frei bewegen und habe meine Malsachen.

Es ist erstaunlich, wie man ein einziges Zimmer und dessen Einrichtung so sehr schätzen und gleichzeitig hassen kann. Aber so ist es. Ich schätze es sehr, ein ordentliches Bett und eine Dusche zu haben. Und im selben Atemzug hasse ich es, eingesperrt zu sein und diesen Raum nicht verlassen zu können.

Ich trockne mit dem Handtuch meine Haare, während ich das Badezimmer verlasse und mein Bett ansteuere. Wie erstarrt bleibe ich mitten im Raum stehen, als sich die Tür öffnet.

Carter hält in seiner Bewegung inne und scannt mich mit seinen Augen. Jeden Zentimeter meines Körpers. Meines halb nackten Körpers. Außer eines Slips und BHs trage ich nämlich nichts.

Nachdem ich mich aus meiner Erstarrung gelöst habe, laufe ich schnell zu meinem Bett und ziehe mir hastig die Jogginghose und das Top an. Eigentlich ist es egal, ob er mich so leicht bekleidet sieht. Immerhin hat er mich bereits nackt gesehen, da macht es auch keinen Unterschied mehr, wenn er mich erneut so sieht. Aber trotzdem gönne ich ihm diesen Anblick nicht. Er hat es nicht verdient, mich so zu sehen. Denn ich schulde ihm rein gar nichts. Schließlich hat er mich entführt und hält mich gefangen. Auch wenn ich zugeben muss, dass er mich vor Aiden gerettet hat. Aber in diese Lage hat er mich selbst gebracht. Ohne ihn hätte ich nicht gerettet werden müssen. Und er hat es auch nicht aus Gutherzigkeit getan, sondern verfolgt eigene Ziele. Ich darf ihn hassen und muss ihm nichts zurückgeben. Mit seiner Rettung hat er, wenn überhaupt, nur den Teil wiedergutgemacht, in dem er mich ausgeliefert hat. Und das reicht bei weitem nicht aus.

Als ich vollständig angezogen bin, drehe ich mich zu Carter, der mittlerweile die Tür geschlossen und sich lässig an die Wand gelehnt hat. Mit verschränkten Armen mustert er mich, ein leicht anzügliches Lächeln auf den Lippen.

Ich sammle meine Gedanken und atme ein paar Mal tief ein und aus, um mir selbst Mut zu machen. »Hast du meine Handtasche mitgenommen?«

Carter zieht eine Augenbraue hoch. »Deine Handtasche?«

Ich nicke zögerlich.

»Wozu willst du deine Handtasche?«

»Nicht direkt die Handtasche … Ich will etwas, was da drin ist …«

»Und was? Ich werde dir bestimmt nicht dein Smartphone geben, damit du die Polizei rufen oder irgendjemandem deinen Standort und einen Hilferuf senden kannst.«

Ich schüttle den Kopf. »Nein, das will ich auch nicht …«

»Was willst du dann?« Er sieht mich amüsiert an.

Meine Hände sind ein wenig schwitzig. Wieso kostet es mich so viel Überwindung? Mehr als nein sagen kann er nicht. Na ja, er könnte mir sonst was antun, aber warum sollte er, wenn ich ihn lediglich um eine Kleinigkeit bitte? »Mein Notizbuch. Ich hätte einfach nur gerne etwas, womit ich mich beschäftigen kann, und ich würde einfach gerne malen oder besser gesagt zeichnen können.«

Er schmunzelt. »Du möchtest malen?«

»Ja.« Ich nicke. »Das wäre wirklich nett.«

»Nett?« Er hebt die Brauen. »Sehe ich etwa nett aus?«

»Nein … Ich meine ja … Ich …«

»Und was brauchst du dafür?« Ihn scheint mein Gestammel zu amüsieren.

»Zum Malen? Oder zum Zeichnen?«

»Zum Malen.«

»Also das kommt darauf an. Farbe natürlich, vorzugsweise Acrylfarbe, Pinsel, eine Leinwand. Aber es würde auch ausreichen, wenn du mir einfach mein Notizbuch und meinen Stift gibst, dann kann ich wenigstens zeichnen.«

»Du scheinst zu wissen, wovon du redest.«

»Ja, ich male schon ewig. Und ich studiere Kunst in Yale ...« Ich beiße mir auf die Lippe und bringe mich damit zum Schweigen. Ich will ihm nicht so viel über mich erzählen. Mein Leben geht ihn nichts an.

»In Yale. Wow. Das ist beeindruckend.« Er nickt anerkennend und ich glaube, in seiner Stimme echte Bewunderung zu hören. Aber vielleicht täusche ich mich auch.

»Danke.« Vielleicht kann ich ihn überzeugen, wenn ich nett bin. Was anderes bleibt mir auch nicht übrig.

»Und was machst du lieber? Malen oder Zeichnen?«

»Malen ...« Meine Stimme ist so leise aus Angst vor seiner Reaktion. Ich will nicht, dass er wütend wird, weil es ihm nicht gefällt, dass ich irgendwelche Forderungen stelle und etwas von ihm verlange.

»Und wieso bittest du mich dann nicht um die Dinge, die du zum Malen brauchst?«

»Weil ...« Ich schlucke. Verdammt. Soll ich ihm die Wahrheit sagen oder lügen? »Weil das zu kompliziert wäre, die ganzen Sachen zu besorgen und mein Notizbuch sowieso hier ist?«

»Das ist der Grund? Lüg mich nicht an.« Er stößt sich von der Wand ab und kommt auf mich zu.

Ertappt beiße ich mir auf die Lippe und weiche seinem Blick aus.

»Sag mir die Wahrheit, Rose.«

Ich schlucke. »Weil ich Angst vor dir habe. Ich habe Angst vor deiner Reaktion und dass du mir wehtust, wenn ich zu viel verlange.« Meine Stimme bebt vor Angst. Angst, dass die Wahrheit ihn wütend machen wird. Aber wenn ich ihn anlüge, dann wird er auf jeden Fall wütend.

Carter grinst. »Wenn ich dir verspreche, dass ich nicht wütend werde, bittest du mich dann darum?«

Ich sehe ihn perplex an. »Ich … Ja?«

»Okay. Ich verspreche dir, nicht wütend zu werden.« Er schmunzelt amüsiert.

»Selbst wenn du es mir versprichst … Ich vertraue dir nicht. Wie soll ich dann sichergehen, dass du die Wahrheit sagst und nicht lügst?«

Seine Augen glänzen. »Du hast Recht. Du kannst mir nicht vertrauen und vielleicht lüge ich dich an. Aber ich will, dass du mich darum bittest.«

Ich schlucke. Er will die Kontrolle über mich. Er will diese Macht spüren und will, dass ich es auch spüre und weiß, dass mein Leben in seiner Hand liegt. Dass er derjenige ist, der über mich bestimmt. Dass ich ihn fragen muss, wenn ich etwas wissen will, oder ihn darum bitten muss, wenn ich etwas von ihm haben will. Es ist alles ein Machtspiel. Und ich muss mich darauf einlassen, auch wenn ich nicht weiß, wie er reagieren wird. Nicht weiß, was die Wahrheit und was gelogen ist oder ob er mich gezielt hinters Licht führt, um mich zu verunsichern und mit meiner Angst zu spielen. »Bitte …« Ich habe keine Wahl, auch wenn mein Herz vor Angst Höchstleistungen erbringt. »Ich möchte malen. Bitte gib mir alles, was ich dafür brauche.«

Carter macht einen Schritt auf mich zu, sodass ich sein Parfüm riechen kann. Grinsend sieht er mir in die Augen. »Was würdest du dafür tun?«

Ich blinzle. »Wie bitte?«

»Du hast mich schon verstanden.«

»Ich … Was willst du denn von mir?«

»Vielleicht habe ich meine Meinung mittlerweile geändert.«
Er beugt sich ein Stück nach vorne.

»Wovon redest du?«

»Weißt du noch, als ich sagte, ich würde dich nicht ficken?«
Ich nicke und sehe ihn mit großen Augen an.

»Vielleicht habe ich meine Meinung diesbezüglich geändert.«
Seine raue, tiefe Stimme klingt verführerisch.

Ich schlucke und mein Herz klopft mir bis zum Hals. »Du
willst, dass ich mit dir schlafe?«

»Willst du das denn?«

»Ich …« Verdammt. Will er etwa ernsthaft, dass ich mich prostituiere? Wird er mir meinen Wunsch nur erfüllen, wenn ich im
Gegenzug mit ihm schlafe? Oder spielt er mal wieder nur mit mir
und verarscht mich? Ich weiß nicht, was er von mir hören will.

Sein Mund senkt sich dicht an mein Ohr. »Willst du, dass ich
dich ficke, Rose?«, raunt er mit tiefer, verführerischer Stimme.

Ja. Verdammt, nein! Ich meine nein. Ich will das definitiv
nicht. Mein Herz überschlägt sich und ich atme tief ein. Spüre
die Hitze in meinen Wangen, meiner Brust und meinem Bauch.
Verdammt. »Nein.« Ich schüttle den Kopf, doch meine Stimme
ist viel zu leise und klingt alles andere als überzeugend.

Ich höre, wie er an meinem Ohr schmunzelt. »Das ist aber
schade.« Sein Atem streift meinen Hals und erzeugt eine prickelnde Gänsehaut. Verdammt.

Auf einmal zieht er sich zurück und wendet mir den Rücken
zu. Ohne ein Wort verlässt er mein Zimmer und lässt mich vollkommen verwirrt zurück.

Was zur Hölle ist das denn gewesen? Was sollte das? Ich bin
vollkommen überfordert und weiß nicht, was ich davon halten
soll und was das zu bedeuten hat. Wieso will er erst, dass ich ihn
darum bitte, nur um dann als Gegenleistung Sex zu verlangen?
Oder ist das alles ein krankes Spiel, bei dem ich nicht gewinnen

kann? Würde er mir meinen Wunsch überhaupt erfüllen, wenn ich mit ihm Sex haben würde? Würde er überhaupt mit mir schlafen oder will er mich nur demütigen, indem er mich dazu bringt, es zu wollen? Verdammt. Ich habe keine Ahnung, was er wirklich will. Carter scheint irgendein krankes Spiel zu spielen, dessen Spielregeln ich nicht kenne.

Plötzlich öffnet sich die Tür und Carter betritt den Raum. Verwirrt starre ich ihn an.

»Was? Hast du etwa gedacht, ich würde von dir verlangen, mit mir ins Bett zu steigen, damit du deine Malsachen bekommst?« Seine Kiefermuskeln zucken.

»Nein«, lüge ich.

»Diese Lüge lasse ich dir ausnahmsweise durchgehen. Aber das nächste Mal werde ich dich für deine Lügen bestrafen.« Er grinst. »Hier.« Er hält mir ein Notizbuch hin.

Überrascht greife ich danach, als ich mein Buch erkenne. »Danke.« Ich will es ihm abnehmen, doch er hält es fest. Ich hebe meinen Blick und sehe ihn an.

»Schreib auf, was du brauchst.«

»Was?«

»Zum Malen. Du sollst aufschreiben, was du zum Malen brauchst.«

Perplex starre ich ihn an. »Aber …«

»Willst du jetzt deine Malsachen oder nicht?«

»Ja.« Mit großen Augen blicke ich zu ihm.

»Dann schreib alles auf, was du brauchst.« Er lässt das Notizbuch los.

Ich sehe ihn noch einmal an, bevor ich mich auf die Bettkante setze und das Buch aufschlage. Als ich meine Zeichnungen sehe, macht sich ein vertrautes Gefühl in mir breit. Ich blättere zu einer leeren Seite und zücke den Stift, der an der Seite befestigt ist. Mit jedem Punkt, den ich auf die Liste setze, wächst meine

Aufregung und Vorfreude darauf, endlich wieder malen zu können. Als ich fertig bin, klappe ich das Buch zu und gebe es Carter zurück.

»Hast du alles, was du brauchst, aufgeschrieben?« Er öffnet das Buch.

Ich nicke.

»Das ist eine ganz schön lange Liste.«

»Es muss auch nicht unbedingt alles sein. Die letzten Punkte sind optional. Und bei den Farben reichen auch die Primärfarben und schwarz und weiß, dann kann ich mir die Farben anmischen. Und ich brauche auch nicht unbedingt so viele Pinsel …« Ich schlucke unsicher.

»Nein, das passt schon.« Er klappt das Buch zu und wendet sich von mir ab. »Bis später, Rose.«

»Bis später«, murmle ich.

»Und falls du auf die Idee kommen solltest, irgendwie zu fliehen, während ich unterwegs bin, dann lass es. Du kommst hier sowieso nicht weg, also versuch es gar nicht erst.« Er grinst.

Nachdem er die Tür hinter sich verschlossen hat, lasse ich mich aufs Bett fallen und starre an die Decke. Ich kann es kaum glauben, dass er mir tatsächlich etwas zum Malen besorgen will. Aber ich werde es erst glauben, wenn es auch wirklich geschieht und ich die Sachen sehe und in meinen eigenen Händen halte. Bis dahin werde ich vorsichtig optimistisch sein, damit die Enttäuschung nicht ganz so groß ausfallen wird, sollte er mich doch verarschen.

Ich stehe auf und gehe zu dem großen Fenster, als ich den startenden Motor eines Autos höre. Ich kann ihn nicht sehen, doch ich höre, wie sich das Auto entfernt. Er ist weg. Und ich bin in diesem Haus allein. Auch wenn er mich gewarnt hat, dass ich nicht entkommen werde, muss ich es wenigstens versuchen.

Die Tür ist verschlossen und ich finde auch nichts, mit dem ich das Schloss irgendwie knacken könnte. Enttäuscht gehe ich zum Fenster, das sich aber auch nicht öffnen lässt. Ich suche das gesamte Zimmer ab, auf der Suche nach irgendetwas, das mir irgendwie helfen könnte. Doch ich finde nichts. Es gibt rein gar nichts, was mir irgendwie von Nutzen sein könnte, und so muss ich niedergeschlagen aufgeben. Ich bin nach wie vor gefangen und es gibt absolut keinen Ausweg.

KAPITEL 25

ROSE

Die Stunden ziehen sich unerträglich lange dahin. Irgendwann mache ich mir ernsthaft Gedanken darüber, ob ich in einer Zeitschleife gefangen bin, denn ich bin mir sicher, dass Tage vergangen sein müssen, doch draußen ist es noch nicht einmal dunkel geworden und ich bin die ganze Zeit wach gewesen, kann die Nacht also auch nicht verschlafen haben. Ich ziehe sogar in Erwägung, dass er mich einfach hiergelassen hat und abgehauen ist, aber den Gedanken verwerfe ich schnell wieder, denn er hätte nicht so viel Aufwand betrieben, um sich dann einfach aus dem Staub zu machen.

Da das Haus, in dem er mich gefangen hält, so abgeschieden liegt und alles still ist, höre ich, wie sich ein Auto nähert. Wenige Minuten später vernehme ich Schritte im Haus und schließlich öffnet sich meine Zimmertür.

Carter erscheint im Türrahmen, vollgepackt mit unzähligen Tüten. Mit großen Augen beobachte ich, wie er die Tüten zu dem freien Platz beim Fenster trägt und das Zimmer wieder verlässt.

Neugierig laufe ich zu den Sachen und luge in die Tüten. Wow. Das ist sehr viel Zeug. Eine riesige Tüte ist randvoll gefüllt mit verschiedenen Farben, in einer etwas kleineren Tasche sind die unterschiedlichsten Pinsel und Paletten. Drei große Tüten sind mit Leinwänden in verschiedenen Größen gefüllt. Hinter mir stellt Carter weitere Taschen ab, in denen noch mehr Leinwände sind und dann stellt er mir sogar noch eine Staffelei in die Ecke. Ich sehe ihn mit weit aufgerissenen Augen und offenem Mund an und weiß nicht, was ich sagen soll.

»Ist alles dabei, was du brauchst?« Er steckt lässig seine Hände in die Hosentaschen seiner Cargohose und sieht mich fragend an.

»Soll das ein Witz sein?« Ich schüttle ungläubig den Kopf. »Das ist … Das ist mehr als genug.« Fassungslos starre ich auf die Unmengen an Malsachen. »Das ist ja fast ein ganzer Laden, das reicht für Wochen, wenn nicht sogar Monate.«

Carter grinst. »Dann ist ja gut.«

»Aber woher hast du das alles? Das war doch bestimmt verdammt teuer.« Ich schlucke. Ob er irgendeine Gegenleistung dafür erwartet? »Oder hast du das geklaut?«

»Beleidige mich nicht. Ich bin ein Killer, kein Dieb!« Er verschränkt die Arme vor der Brust.

»Und reich bist du anscheinend auch, wenn ich mir die Marken anschaue.«

»Ein Auftragskiller zu sein, hat so seine Vorteile.« Er lacht.

Ich schlucke. Stimmt. Da war ja was. Er ist kein netter Mann, der mir eine Freude macht. Nein, er ist ein Killer. Und an dem Geld, mit dem er diese Sachen gekauft hat, klebt Blut, dafür sind Menschen gestorben. Und trotzdem freue ich mich so sehr über die Sachen, dass ich darüber hinwegsehe, womit sie bezahlt worden sind. Auch wenn es ein mulmiges Gefühl in mir auslöst, doch die Euphorie überwiegt. »Danke.« Ich sehe in seine smaragdgrünen Augen und lächle ihn dankbar an.

Carter geht auf das Sofa zu und lässt sich darauf sinken. »Na dann leg los.«

Ich sehe ihn unsicher an. »Du bleibst hier?«

»Klar, warum denn nicht?« Er lehnt sich grinsend zurück und verschränkt die Hände hinter seinem Kopf.

Leicht zitternd widme ich mich den vielen Tüten, packe alles aus und sortiere es. Dann nehme ich mir eine Leinwand und platziere sie auf der Staffelei. Ich nehme mir eine Handvoll passender Pinsel und suche mir ein paar Farben aus, von denen ich jeweils einen großen Klecks auf die Palette gebe.

Ich platziere mich mit meiner Palette und einem Pinsel vor der Leinwand und schließe für einen kurzen Moment die Augen. Mit dem Pinsel gehe ich in eine dunkelrote Farbe, meine Hand zittert leicht. Ich führe den Pinsel zur Leinwand und streiche die Farbe darauf. Sobald ich das getan habe, zittere ich nicht mehr, meine Hand ist vollkommen ruhig. Ein Gefühl von Leidenschaft und Hingabe erfasst mich und malt ein glückliches Lächeln auf mein Gesicht.

»Das ist das erste Mal, dass du lächelst, seit du bei mir bist.« Carters tiefe Stimme klingt ehrlich und friedlich. »Also ich meine ein ehrliches Lächeln, kein aufgesetztes oder gezwungenes.«

Ich sehe zu ihm, unsere Blicke treffen sich. »Das ist auch das erste Mal, dass ich glücklich bin, seit ich hier bin.« Und zum ersten Mal klingt meine Stimme nicht nach Angst und ich realisiere, dass meine Angst sich zurückgezogen hat.

»Ich mag dein Lächeln. Es ist wunderschön.« Seine leise, raue Stimme überzieht meinen Körper mit einer Gänsehaut, lässt mein Herz einen aufgeregten Hüpfer machen.

Mein Lächeln wird noch ein kleines bisschen breiter, bevor ich meinen Blick von ihm löse und mich wieder der Leinwand zuwende.

Mit jedem Pinselstrich füllt sich meine Seele mehr mit Euphorie. Ich vergesse alles um mich herum, schalte komplett ab. Ich widme mich mit all meinem Sein meiner Kunst. Die bunten Farben erhellen meine Welt und ich bin einfach glücklich darüber, malen zu können. Meine Gedanken sind ruhig und drehen sich nur um das Bild, welches ich gerade auf der Leinwand erschaffe. Alles andere blende ich aus. Ich fühle mich schwerelos, frei. Die Kunst erfüllt mich und beflügelt meine Seele.

Dass Carter mich beobachtet, bemerke ich nicht mehr, ich blende es komplett aus und es ist mir auch einfach egal. Denn nichts kann mich ablenken. Nichts kann mir dieses Gefühl nehmen. Ich bin wie in einem Tunnel und fokussiere mich nur auf das, was vor mir liegt. Die Farben auf der Leinwand. Die Kunst. Während ich male, bin ich frei und niemand kann mir diese Freiheit nehmen. Nicht einmal Carter.

KAPITEL 26

CARTER

Das Lächeln, als sie angefangen hat zu malen. Dieses Lächeln ist echt gewesen. Es ist ein glückliches Lächeln gewesen. Frei von Angst. Wenn sie sich ihrer Kunst widmet, scheint sie keine Angst zu haben. Gar keine. Nicht einmal vor mir. Und das macht mich einerseits wütend, denn ich will die Angst in ihren Augen sehen. Ich will, dass sie Angst vor mir hat. Ich liebe es, wenn sie Angst vor mir hat.

Aber dieses Lächeln ist wunderschön gewesen. Und aus irgendeinem Grund hat es mir so sehr gefallen, dass es mir in dem Moment egal gewesen ist, dass die Angst verschwunden ist. Ich liebe ihr Lächeln genauso sehr wie ihre Angst. Vielleicht sogar noch mehr. Fuck. Das ist nicht gut. Das ist ein Gefühl, das ich nicht fühlen will. Aber irgendwie gefällt es mir auch, dass ich es geschafft habe, sie zum Lächeln zu bringen.

Sie dabei zu beobachten, wie sie den Pinsel über die Leinwand führt, so sicher und präzise, als gäbe es nichts Leichteres auf der Welt, ist beeindruckend. Ihr Talent ist faszinierend. Was sie malt, ist nicht einfach nur gut oder schön. Es ist etwas Besonderes. Sogar noch viel mehr als das. Es ist unbeschreiblich. Es berührt mich tief in meiner verdorbenen Seele. Es löst etwas in mir aus. Gefühle. Ihre Kunst berührt mich so, wie es nichts anderes kann. Sie erreicht meine Seele. Und fuck, das Gefühl ist unbeschreiblich.

Ich drehe den Schlüssel im Schloss herum, bis die Tür verriegelt ist. Auch wenn es Spaß machen würde, sie zu jagen, wenn sie versucht zu fliehen, kann ich das gerade nicht gebrauchen. Vielleicht hebe ich mir das für ein anderes Mal auf. Grinsend gehe ich den Flur entlang und nehme die Treppe nach unten.

Im Büro angekommen, lasse ich mich auf meinem Schreibtischstuhl nieder. Ich öffne eine der Schubladen des großen hölzernen Schreibtischs und nehme das Smartphone heraus. Nachdem ich es eingeschaltet habe, gebe ich den Code ein und entsperre es. Die Kombination herauszufinden, war einfach. Ich habe Rose oft genug beobachtet und genug über sie recherchiert.

Schmunzelnd sehe ich auf das Hintergrundbild, das sie und eine andere Frau zeigt, die sich strahlend umarmen. Auch über die Blondine weiß ich einiges, aber sie interessiert mich nicht.

Ich checke die ungelesenen Nachrichten und öffne den Chat mit Maddy.

Alles gut bei dir? Du bist bestimmt wieder am Malen, aber mach nicht zu viel, ja? Die Semesterferien sind als Pause gedacht und nicht dazu, noch mehr zu machen als während des Semesters. Du hast in den letzten Ferien schon nichts anderes gemacht, als zu malen, und ich habe kaum was von dir gehört.
Meld dich trotzdem mal bitte kurz, wenn du kannst. Sonst mache ich mir noch Sorgen! :(Hab dich lieb! <3

Kurz scrolle ich ein wenig durch den Chat der beiden und überfliege ihre Konversation. Das habe ich zwar schon zur Genüge
getan, aber ich muss sichergehen, dass ich keinen Fehler mache.
Wenn Maddy denkt, dass etwas nicht stimmt, dann wird sie das
nicht ignorieren. Sie darf nicht misstrauisch werden. Und deshalb muss meine Antwort so klingen, als wäre sie von Rose.

> Alles gut. Ich hab so viele Ideen und bin gerade
> so kreativ, dass ich nicht aufhören kann, zu malen.
> Also mach dir keine Sorgen, du kennst mich
> doch. Hab dich lieb! <3

Ich überfliege die Nachricht noch einmal, bevor ich sie abschicke.
Ich darf nicht riskieren, dass jemand nach Rose sucht. Auch
wenn sie hier niemand finden wird, ist es trotzdem ein Risiko,
das ich nicht eingehen will. Sobald die Semesterferien vorbei
sind, muss ich mir zwar sowieso etwas anderes überlegen, aber
bis dahin habe ich noch Zeit und kann dann immer noch entscheiden, was ich mit ihr mache und wie es weitergeht. Aber fürs
Erste ist es das Beste, wenn sie nicht vermisst wird und niemand
nach ihr sucht.

Eine Nachricht ploppt auf und ich tippe auf den Chat mit ihrer
Mutter.

> Hallo, Rose. Weißt du schon, ob du uns in den
> Semesterferien besuchen kommst? Dad und ich
> würden uns sehr freuen, dich zu sehen!

Tut mir leid, Mom, aber ich habe leider super viel für die Uni zu tun. Ihr wisst ja, wie gerne ich die freie Zeit für meine Kunst nutze. Und ich will, dass alle Kunstwerke perfekt werden. <3

Es dauert ein paar Minuten, bis ihre Mutter antwortet:

Das verstehen wir! Aber überarbeite dich nicht, Süße! Dad und ich sind sehr stolz auf dich! Wir haben dich lieb!

Ich habe euch auch lieb! <3

Ich warte noch ein paar Minuten, bevor ich das Smartphone wieder ausschalte und zurück in die Schublade lege. Zufrieden lehne ich mich auf meinem Stuhl zurück. Niemand wird nach Rose suchen. Nicht, wenn ich regelmäßig ihre Nachrichten beantworte. So wird sie vorerst niemand vermissen.

Ich hole mein eigenes Smartphone aus meiner Hosentasche hervor und checke meine Nachrichten. Seufzend klappe ich meinen Laptop auf und fahre ihn hoch. Da ich nicht geplant hatte, Rose so lange zu behalten, habe ich noch andere Aufträge, die ich bald ausführen muss. Dementsprechend muss ich mich darauf vorbereiten, damit alles glatt läuft. Auch wenn ich viel lieber wieder zu Rose gehen und ihr dabei zusehen würde, wie sie die Farben auf der Leinwand verteilt und damit etwas Beeindruckendes erschafft. Aber trotzdem freue ich mich auf meinen nächsten Auftrag. Mein Job ist meine Leidenschaft. Für Rose ist es die Kunst, für mich das Töten.

KAPITEL 27

ROSE

Niemals hätte ich gedacht, dass ich mich in Gefangenschaft auch nur ansatzweise wohlfühlen würde, geschweige denn glücklich sein könnte. Und so sehr ich versuche, diese Tatsache zu verleugnen, tief in meinem Inneren kenne ich die Wahrheit. Natürlich wäre ich lieber zu Hause. Aber seit ich alles habe, was ich zum Malen brauche, fühle ich mich wohl.

Jedes Mal, wenn ich meinen Pinsel in die Hand nehme, die Farbe auf die Palette drücke und sie mit dem Pinsel auf einer Leinwand verteile, bin ich glücklich. Die Kunst ist das Einzige in meinem Leben, das ich bedingungslos liebe. Sie erfüllt mich. Mein Herz, meine Seele. Ich brauche nichts außer die Kunst für mein Glück. Und es ist egal, wo ich bin, solange ich meine Kunst habe. Und genau aus diesem Grund kann ich auch hier Glück empfinden. Zumindest wenn ich male. Denn sobald ich den Pinsel aus der Hand lege, holt mich die Realität wieder ein. Dann kommt auch die Angst wieder.

Die letzten Tage habe ich größtenteils mit Malen verbracht. Mehrere Bilder habe ich erschaffen, eins schöner und tiefgründiger als das andere. Sie haben etwas tragisch Schönes an sich, wozu ich wahrscheinlich unter normalen Umständen niemals in der Lage wäre.

Carter scheint gemerkt zu haben, wie gut es mir beim Malen geht, und zwingt mich regelmäßig dazu, aufzuhören und eine Pause zu machen. Eine Pause, in der ich Angst vor ihm habe und verzweifelt bin, dass ich hier bei ihm gefangen bin. Auch wenn ich ihm gegenüber Dankbarkeit dafür empfinde, dass er mich malen lässt, hasse ich ihn nach wie vor für das, was er mir angetan hat und immer noch antut.

Ich führe den Pinsel über die Leinwand, verblende zwei Rottöne ineinander und betrachte die Rosen, die auf der Leinwand blühen. Ich spüre, wie Carter hinter mich tritt und dicht hinter mir stehen bleibt. Sein herber Duft vermischt mit Zigarettenrauch umspielt meine Nase und sein Atem kitzelt meinen Nacken.

»Das ist wunderschön«, raunt er dicht an meinem Ohr.

»Danke«, hauche ich. Mein Atem geht abgehackt, mein Herz überschlägt sich fast. Die Wärme seines Körpers überträgt sich auf meinen und ich schließe überfordert die Augen. Verdammt. Wieso reagiere ich so auf ihn?

»Aber nichts kommt an deine Schönheit ran.« Seine Stimme ist tief und sexy, geradezu verführerisch.

Ich atme hörbar ein und versuche, meine Erregung zu verbergen. Ich will nicht, dass er merkt, wie mein Körper auf ihn reagiert. »Wieso sagst du das?« Die Anstrengung, die diese Worte fordern, ist so immens, dass ich schwer atmend nach Luft schnappe.

»Weil es die Wahrheit ist«, flüstert er. Seine Lippen sind so dicht an meinem Ohr, dass sie es für einen winzigen Augenblick streifen.

»Du wirst mich irgendwann töten.« Ein schwacher Versuch, der Anspannung zu entkommen. Ein Versuch, der kläglich scheitert.

»Nur wenn ich muss.«

»Was soll das bedeuten?«

»Dass es nicht so kommen muss.«

»Willst du mich denn töten?«

»Nein.«

»Carter …« Das Pochen in meiner Brust wird immer stärker, meine Selbstbeherrschung löst sich mit jedem Atemzug ein Stück mehr in Luft auf.

»Rose …« Meinen Namen aus seinem Mund zu hören, seine tiefe Stimme … Verdammt.

Das Ziehen in meiner Mitte wird stärker und ich versuche, gegen das Verlangen anzukämpfen. Verdammt. Ich bin zu schwach. Viel zu schwach.

In einer flüssigen Bewegung drehe ich mich zu ihm um und unsere Blicke treffen sich. Ich versinke in seinen vor Verlangen lodernden Smaragden. Wir stehen so dicht aneinander, dass gerade mal ein Farbklecks zwischen uns passt, ohne uns zu berühren. Mein Herz schlägt so ohrenbetäubend laut, dass es unmöglich für ihn ist, es nicht zu hören. Verdammt. Ich muss mich zusammenreißen und standhaft bleiben. Ich darf dem Drang nicht nachgeben. Doch ich bin zu schwach.

Ich lasse Palette und Pinsel fallen und schlinge meine Arme um seinen Hals. Ich überwinde die letzten Millimeter und presse meine Lippen auf seine. Im selben Moment legen sich seine Hände auf meine Taille und ziehen mich dicht zu ihm heran. Seine trainierte Brust prallt gegen meine, als seine Zunge meine Lippen teilt.

Ein Stöhnen entweicht aus meiner Kehle, als unsere Zungen aufeinanderprallen. Seine Bartstoppeln reizen meine zarten

Lippen, was mich nur noch mehr antreibt. Ich schmecke die kalte Zigarette und ihn. Fuck, wie kann sich etwas nur so gut anfühlen?

Ich vergrabe meine Hände in seinen Haaren und presse meinen Körper an seinen. Seine Härte, die sich gegen meine Mitte drückt, entlockt mir ein weiteres Stöhnen und ich küsse ihn gierig. Mein Herz pocht viel zu schnell und ich kann kaum noch atmen.

Nach Luft ringend löse ich meine Lippen von seinen und sehe in seine Augen, in denen das Verlangen noch viel mehr lodert als zuvor. Verdammt. Wieso tue ich das? Es ist falsch. Ich darf ihn nicht küssen. Und noch weniger darf es mir so verdammt gut gefallen. Das darf nicht noch mal passieren. Weiter darf ich nicht gehen. Das ist verdammt noch mal krank und nicht normal. Aber mein Körper sehnt sich so sehr nach ihm. Fuck.

Ich ziehe seinen Kopf zu mir und presse meine Lippen erneut auf seine. Gierig küsse ich ihn, lasse meinen Mund von seiner Zunge erobern. Meine Beine geben unter mir nach, doch er hebt mich mit einem Mal hoch. Ich schlinge meine Beine um seine Hüfte und kralle mich in seinen Haaren fest.

Carter trägt mich durch den Raum und wirft mich aufs Bett. Er streift seine Schuhe ab, bevor ich ihn auf mich ziehe und küsse. Ich zerre an seinem T-Shirt und ziehe es über seinen Kopf. Mit beiden Händen fahre ich über seinen muskulösen Oberkörper, fahre die Furchen entlang, die angespannten Muskeln.

Für ein paar Sekunden löse ich meine Lippen von seinen, um seinen verdammt heißen Körper zu betrachten. Fuck, er sieht so gut aus.

Er nutzt die Zeit, zieht mich zu sich hoch und streift mir mein Shirt über den Kopf. Seine Hände tasten über meinen Rücken, finden meinen BH und öffnen ihn. Ich lasse die Träger über meine Arme gleiten und werfe ihn weg von mir. Seine Augen wandern über meine Brüste, meine harten Nippel und in seinen Iriden lodert Lust auf. Seine Hand greift nach meiner Brust, mit der anderen stützt er sich neben mir ab. Der feste Griff lässt mich stöhnen, was er mit seinem Kuss erstickt.

»Willst du mich immer noch nicht ficken?« Seine Lippen so dicht an meinen, dass sein Atem auf meinen trifft.

Ich atme hörbar ein. »Verdammt, nein.«

»Soll ich aufhören?« Er zieht sich ein Stück zurück und lächelt mich gierig an.

»Fuck, nein.« Ich fahre mit meinen Fingern über sein Sixpack.

»Zeig mir, was du willst, Rose.« Seine Lippen treffen auf meinen Hals, hinterlassen dort Küsse, die mir den Atem rauben.

Meine Hände wandern zu seiner Hose, öffnen erst den Gürtel, dann Knopf und Reißverschluss. Als er sich von mir löst, um seine Hose auszuziehen, sieht er mich intensiv an. So intensiv, dass die Angst in meiner Brust auflodert und sich mit der Lust vermischt. Fuck, das Gefühl ist so erregend. Mit einem Ruck zieht er meine Hose über meinen Hintern und streift sie von meinen Beinen ab. Er senkt sein Gesicht über meine Brust und als ich seine Lippen auf meinem harten Nippel spüre, keuche ich lustvoll auf.

Plötzlich fahren seine Hände über meine Hüften und er zieht meinen Slip aus, befreit sich auch von seinen Boxershorts. Seine gigantische Härte entlockt mir ein lustvolles Keuchen. Seine Hand fährt zwischen meine Beine, stimuliert mich und ich stöhne auf. Mein Herzschlag erhöht sich. Fuck, das fühlt sich so gut an. Ich werfe meinen Kopf in den Nacken und schließe die Augen.

»Dafür, dass du mich nicht ficken willst, bist du aber ganz schön nass.« Seine Stimme bebt von Verlangen.

»Fick dich, Arschloch«, hauche ich.

»Vorsicht«, raunt er. Seine Finger drücken fester zu.

»Sonst was?« Ich erzittere unter seinen Berührungen und meine Mitte pocht verräterisch.

»Sonst werde ich dich bestrafen.« Sein Atem streift meinen Hals.

»Und wie?«

»Indem ich dich nicht ficke.« Seine Finger umkreisen meine Perle, was meiner Kehle ein Stöhnen entlockt, bevor er seine Hand zurückzieht.

Ich ziehe seinen Körper noch näher an mich und drücke mich ihm entgegen. Fuck, ich will seinen Körper so sehr spüren. »Da ich das nicht will, ist das keine Bestrafung.« Meine Stimme zittert so sehr, dass ich mir sicher bin, er kann meine Lüge sofort enttarnen.

»Ach nein? Dein Körper sagt aber was anderes. Und dein Verhalten auch.« Seine Hand gleitet wieder zwischen meine Beine und als er mit seinen Fingern in mich eindringt, stöhne ich so laut auf, dass ein erregtes Knurren aus seiner Kehle dringt. »Sag mir, was du willst, Rose.« Es ist nur ein Flüstern. »Jetzt.«

Ich lege eine Hand an sein Kinn und ziehe sein Gesicht vor meines. »Ich will dich.« Ein lustvolles Hauchen.

»Fuck, Rose. Sag es. Bitte mich drum.« Seine Kiefermuskeln spannen sich an. In seinem Blick liegt wildes Verlangen.

»Verdammt, Carter.« Ich ziehe sein Gesicht noch näher, sodass mein Mund sein Ohr streift. »Fick mich«, flüstere ich. Verdammt, ich will es so sehr.

Carter zieht seine Hand zurück und platziert sich zwischen meinen Beinen. Seine Härte streift die Innenseite meines Oberschenkels, ich atme schwer. Als er in mich eindringt, bleibt mir für einen Augenblick die Luft weg und ich reiße meine Augen weit auf. Mit einer Hand fixiert er meine Hände über meinem Kopf, die andere legt sich um meinen Hals.

Er stößt sich tief in mich und ich schreie überrascht auf. Der Griff um meinen Hals verfestigt sich, sodass meine Luftröhre gequetscht wird und mein Atem noch schwerer geht. Er bewegt sich in mir und füllt mich dabei komplett aus. Mit jedem Stoß rammt er sich tiefer in mich und stimuliert mich von innen.

Seine smaragdgrünen Augen beobachten mich, jede meiner Regungen. Mein Stöhnen zupft an seinen Mundwinkeln und entfacht das Feuer in seinen Augen ein Stück mehr. Mein Atem geht abgehackt, mein Herz stolpert in meiner Brust.

»Fuck, Rose«, knurrt er und stößt sich tief in mich.

Ich ringe nach Luft, spüre das erregte Kribbeln in meinem Bauch. Ich spüre, wie das lustvolle Pochen in meiner Mitte immer intensiver wird. Mein Stöhnen wird immer lauter, seine Stöße immer härter und tiefer.

Die Welle kommt auf mich zu und bricht über mir zusammen, trägt mich mit sich. Ich schreie und stöhne, mein Körper erzittert und bäumt sich ihm entgegen. Für ein paar Sekunden ist da nur dieses einnehmende Gefühl, das mich davonträgt und mich alles um mich herum vergessen lässt. Meine Seele schweben lässt. Fuck, ist das gut.

Sein tiefes Knurren intensiviert das Gefühl und ich spüre, wie er sich mit einem letzten tiefen Stoß in mir ergießt. Sein muskulöser Körper bebt, bevor er in sich zusammensinkt. Seine Hände lösen sich von mir und ich sauge gierig die Luft in meine Lungen. Er rollt sich von meinem Körper und bleibt neben mir liegen.

Für ein paar Minuten liegen wir nur schweigend da, versuchen, zu Atem zu kommen.

»Das war der intensivste Orgasmus, den ich je hatte.« Ich drehe meinen Kopf in seine Richtung und streiche mir eine Haarsträhne aus dem Gesicht.

Ein breites Grinsen tritt auf sein Gesicht. »Das habe ich gemerkt.«

Mein Herz klopft noch immer wild in meiner Brust.

»Du scheinst auf harten Sex zu stehen, habe ich Recht?« Seine raue Stimme ist leise und jagt mir einen Schauer über den Rücken.

»Sieht so aus. Ich hatte noch nie so harten Sex.« Ich schlucke.

»Für dich war das harter Sex?« Er hebt eine Augenbraue.

Meine Augen weiten sich. »Für dich etwa nicht?«

Er grinst. »Für mich war das noch gar nichts.«

Ich schlucke. Fuck. Auf der einen Seite macht mir das Angst. Aber auf der anderen Seite macht mich diese Vorstellung auch verdammt geil. Ich sehe ihm tief in die Augen, in denen so viel liegt, was ich nicht deuten kann. Unendlich viele Geheimnisse und Rätsel. Und dann sehe ich noch dieses Verlangen, diese Lust, die in seinem Inneren lodert. Und fuck, dieses Verlangen fühle ich auch.

»Das nächste Mal werde ich mich nicht so zurückhalten.« Seine tiefe Stimme dringt in mein Ohr und ich atme geräuschvoll aus. Fuck. Es klingt wie eine Drohung und ein Versprechen zugleich. Ein verführerisches Grinsen liegt auf seinem Gesicht, seine Kiefermuskeln zucken.

Ich blinzle, mein Herz pocht unregelmäßig. »Okay.«

KAPITEL 28

CARTER

Fuck. Dieser Sex ist zu gut gewesen. Und das sogar, obwohl ich mich zurückgehalten habe. Aber wie ihr Körper auf mich reagiert hat, auf meine Berührungen, meine Bewegungen. Fuck, ist das geil gewesen. Und wie sie sich von innen anfühlt. Viel zu gut. Und ihr Stöhnen, es gibt nichts, das ich lieber höre.

Jede ihrer Reaktionen hat mich noch geiler gemacht, meinen Schwanz härter werden lassen. Und allein dadurch, wie sie auf mich reagiert hat, und die leichten Stöße in ihr haben mich kommen lassen. Und normalerweise reicht das nicht aus. Ich brauche mehr. Viel mehr.

Und beim nächsten Mal werde ich mich nicht so zurückhalten können. Ich muss mich noch viel härter und tiefer in sie rammen, bis sie innerlich kurz vor dem Zerreißen ist. Und sie wird so viel lauter sein. Fuck.

Sie zu würgen, hat mir diesen Kick gegeben, doch auch das ist nicht genug. Ich will mit ihr all meine dunklen Fantasien ausleben. Sie so hart ficken, wie sie noch nie zuvor gefickt wurde und wie ich noch nie zuvor jemanden gefickt habe. Sie ist perfekt dafür. Wenn sie mich schon so leicht geil machen und zum

Kommen bringen kann. Fuck. Allein bei dem Gedanken wird mein Schwanz hart.

Dieses lodernde Verlangen in ihren saphirblauen Augen ist fast noch besser als die Angst. Aber ich will verdammt noch mal beides. Ich will das Verlangen und die panische Angst in ihren Augen sehen, während ihr Körper sich mir entgegenbäumt, wenn sie mich in sich aufnimmt. Ich will, dass sie vor Lust zerfließt und mich anbettelt, nicht aufzuhören und sie noch härter zu ficken. Ich will sie noch so viel härter ficken und so viele unanständige und verdammt geile Dinge mit ihr anstellen. Nur mit ihr. Mit niemandem sonst. Fuck, sie ist so perfekt dafür.

KAPITEL 29

ROSE

E in lautes Poltern reißt mich aus dem Schlaf. Alarmiert schrecke ich hoch und sehe mich in dem dunklen Zimmer um. Mein Herz klopft mir bis zum Hals, als ich erneut etwas höre. Eilige Schritte werden immer lauter, dann dreht sich ein Schlüssel im Schloss. Die Tür springt auf und eine dunkle Gestalt kommt auf mich zu. Unfähig, mich zu bewegen, starre ich nur auf den Mann, der mein Bett erreicht hat.

»Komm mit«, zischt er und ich erkenne Carters Stimme.

Als ich keine Anstalten mache, mich zu bewegen, packt er mich am Arm und zieht mich grob aus dem Bett. Ich stolpere über den Boden und versuche, mit ihm mitzuhalten. »Was soll das?« Ich versuche, mich aus seinem Griff zu befreien.

»Pssst!« Er sieht mich drohend an. »Sei leise, sonst stirbst du.«

Ich schlucke. Panik breitet sich in meiner Brust aus. In der Dunkelheit kann ich kaum etwas sehen, doch ich weiß, dass er wütend ist. »Fick dich.«

Carter bleibt abrupt stehen und dreht sich zu mir um. Seine Augen sehen mich finster an. »Vorsicht. Ich versuche gerade,

174

dein scheiß Leben zu retten. Mal wieder.« Seine Stimme bebt vor Wut.

Ich schlucke. »Wovon redest du?« Kopfschüttelnd sehe ich ihn an.

Sein Kiefer zuckt. »Hast du das etwa nicht gehört?«

»Was denn? Meinst du die Geräusche? Ich dachte, das warst du.« Mein Atem beschleunigt sich.

»Nein, das war ich nicht.« Er sieht sich prüfend um.

»Heißt das, hier ist noch jemand anderes?« Meine Stimme zittert.

Carter verdreht die Augen. »Na, was denkst du denn?«

Ich zucke mit den Schultern. Verdammt. Vor Angst kann ich keinen klaren Gedanken fassen.

»Ich denke mal, dass, wer auch immer das ist, von Aiden beauftragt wurde, um dich wieder einzufangen.« Sein Griff um meinen Arm verfestigt sich.

Meine Augen weiten sich. »Nein«, hauche ich.

»Doch. Und jetzt halt die Klappe und mach, was ich dir sage.« Er dreht sich zur Tür und zieht mich hinter sich her.

Als wir in den schwach beleuchteten Flur treten, erkenne ich die Waffe, die in seiner Hand aufblitzt. Ein mulmiges Gefühl breitet sich in meinem Magen aus. Wir laufen leise durch den langen Flur, dann eine Treppe hinunter.

Plötzlich taucht vor uns eine Gestalt auf und ich zucke erschrocken zusammen. Ängstlich bleibe ich hinter Carter stehen. Ohne zu zögern, hebt er seine Waffe, richtet sie auf die Person vor uns und drückt ab. Ein ohrenbetäubender Knall ertönt und der Mensch sackt vor meinen Augen in sich zusammen. Ich schreie erschrocken auf, mein Herz poltert wie verrückt. Zitternd sehe ich von der reglosen Person zu Carter, dessen Augen sich verdunkelt haben. Scheiße. Er hat einfach auf ihn geschossen. Ohne mit der Wimper zu zucken.

Carter sieht mich wütend an. »Habe ich nicht gesagt, du sollst leise sein?«, zischt er.

Ich deute auf die Person am Boden, mein Finger zittert. »Ist … Ist er tot?« Ich wage kaum, es auszusprechen.

»Das will ich doch hoffen, ja.« Carter verschwendet keinen Blick auf den Toten am Boden.

»Du … Du hast ihn einfach … erschossen …« Meine Stimme zittert vor Schock. Ich kann mich nicht bewegen, mein Körper gehorcht mir nicht.

»Ja. Und?« Er sieht mich verständnislos an, als wäre es das Normalste der Welt, dass ein Toter in seinem Haus liegt.

»Du bist ein Monster.« Mein Herz schlägt mir bis zum Hals und Tränen sammeln sich in meinen Augen.

Carter lacht. Verdammt, er lacht. »Das fällt dir erst jetzt auf?« In seiner Stimme liegt so viel Kälte, dass ich zusammenzucke.

Ich schüttle fassungslos den Kopf. »Du hast jemanden … getötet. Eiskalt.« Und ich habe es mit eigenen Augen gesehen.

Carter geht auf den Toten zu. »Er hätte uns getötet. Oder dich wahrscheinlich sogar mitgenommen.« Er durchsucht die Jackentaschen seines Opfers.

Ich stehe immer noch wie angewurzelt da, mein ganzer Körper am Zittern.

»Siehst du?« Carter hält mir ein Foto vor die Nase.

Ich keuche. »Aber … wieso hat er ein Foto von mir?«

»Ich hab doch gesagt, er wurde von Aiden geschickt.« Er wirft das Foto achtlos zu der Leiche.

Beim Gedanken an Aiden zieht sich alles in mir zusammen. Panik flutet mich und die Tränen bahnen sich ihren Weg aus meinen Augen. »Denkst du, es kommen noch mehr?«

»Ich denke, er ist nicht allein gekommen. Und durch dein Geschrei kann es nicht mehr lange dauern, bis der nächste uns gefunden hat.« Carter zieht mich durch den Raum hinein in einen anderen.

Ich lasse mich von ihm führen. Die Angst sitzt mir so tief in den Gliedern, dass ich mich nicht wehre. Im Flur angekommen, hält er inne und ich halte vor Aufregung die Luft an. Ein Klirren lässt mich erschrocken zusammenzucken.

Carter presst gerade noch rechtzeitig seine Hand auf meinen Mund. Warnend sieht er mich an. Ich nicke ängstlich und er nimmt seine Hand wieder weg, führt seinen Zeigefinger vor seine Lippen. Zitternd nicke ich erneut. Verdammt. Wie soll ich es schaffen, nicht laut loszuschreien, wenn ich mich erneut erschrecken sollte? Wie soll ich diese Anspannung überhaupt aushalten? Diese Panik, die Todesangst.

Carter geht auf die Tür zu, hinter der das Geräusch hergekommen ist. Leise öffnet er sie und lugt hinein, die Waffe vor seiner Brust, bereit, jederzeit abzudrücken. Ein Schuss ertönt und ich schlage mir entsetzt die Hand vor den Mund. Mit weit aufgerissenen Augen beobachte ich, wie Carter zur Seite ausweicht, bevor er den Raum betritt und aus meinem Sichtfeld verschwindet.

Verdammt. Zitternd warte ich halb geduckt an die Wand gedrückt. Mein Herz schlägt so schnell, dass ich vor Panik fast explodiere. Ein erneutes Klirren lässt mich zusammenzucken. Für ein paar Sekunden kneife ich die Augen zusammen und versuche, meinen Atem unter Kontrolle zu bringen. Was soll ich tun?

Ich nehme all meinen Mut zusammen und laufe auf zittrigen Beinen den Flur entlang. Als ich die Haustür einige Meter vor mir sehe, halte ich inne. Sie steht einen Spalt offen. Das ist meine Chance. Es ist das erste Mal, dass ich ansatzweise eine Möglichkeit habe, zu fliehen. Noch nie habe ich eine Chance gehabt, doch jetzt ist es so weit. Die Tür steht offen und Carter ist beschäftigt. Er kann mich nicht aufhalten. Ich könnte einfach loslaufen. Weg von ihm. Einfach weg. Dann wäre ich wieder frei. Alles würde ein Ende haben. Ich könnte einfach so lange rennen, bis ich jemanden treffe, der mir helfen würde. Und dann wäre alles vorbei. Dann wäre ich wieder frei und könnte wieder nach Hause.

Für ein paar Sekunden stehe ich nur da und starre die Tür an. Überlege, was ich tun soll. Ein winziger Teil meiner Seele flüstert mir zu, nicht zu fliehen, sondern bei Carter zu bleiben. Doch der Rest in mir schreit mich an, endlich loszulaufen und zu fliehen. Ihm zu entkommen. Die Freiheit zu wählen. Und der größere Teil gewinnt. Natürlich tut er das.

Ich laufe zu der Tür, ziehe sie komplett auf und renne los. Raus aus dem Haus, der Hölle. Eine große Wiese liegt zwischen mir und dem Wald, hinter dem ich die Freiheit vermute. Ich atme angestrengt, während ich so schnell laufe, wie ich kann. Mein Herz schlägt heftig gegen meine Brust. Das Adrenalin in meinem Körper lässt mich so schnell laufen wie noch nie.

Ein lauter Knall, ein qualvoller Schmerz in meinem Bein. Ich stürze. Ich falle auf den Boden, kann mich gerade noch mit den Händen abstützen, um zu verhindern, mit dem Gesicht nach vorne auf dem harten Untergrund zu landen. Ein unerträglicher Schmerz breitet sich in meinem Bein aus, ich schreie und greife an meinen Oberschenkel. Es ist nass und als ich meine Hand zurückziehe und sie betrachte, erstarre ich bei dem Anblick der roten Flüssigkeit, die sich darauf verteilt. Übelkeit breitet sich in mir aus und ich schlucke mehrmals hintereinander.

Ich versuche, auf allen vieren weiterzukommen, doch es ist unmöglich. Also drehe ich mich unter Schmerzen in Richtung Haus. Ein Mann läuft auf mich zu, in einer Hand eine Waffe, doch es ist nicht Carter. Panisch versuche ich, rückwärts vor ihm zu entkommen, doch es ist zwecklos.

Eine Bewegung an der Haustür zieht meine Aufmerksamkeit auf sich. Es ist Carter, der aus dem Haus gerannt kommt, die

Waffe erhoben. Er zielt auf meinen Angreifer, der nur noch wenige Meter von mir entfernt ist.

Erleichterung mischt sich unter die Panik. Er wird ihn erschießen, da bin ich mir sicher. Er wird nicht zulassen, dass der Fremde mir noch mehr antut. Doch meine Hoffnung wird unbarmherzig erstickt, als Carter die Waffe sinken lässt und viel zu langsam in unsere Richtung kommt. Verdammt. Was zu Hölle soll das?

Plötzlich ist der Mann bei mir. Er kniet sich neben mich, legt seine Hände um meinen Hals. Ich gebe einen erstickten Schrei von mir, reiße die Augen weit auf. Meine Luftröhre schnürt sich zu, seine kräftigen Hände drücken mir den Sauerstoff ab. Mein Herz läuft auf Hochtouren, während meine Lunge versucht, an ihren lebensnotwendigen Sauerstoff zu kommen. Vergebens.

Ich schlage mit den Armen in seine Richtung, kratze ihn und versuche, seinen wuchtigen Körper zur Seite zu stoßen. Dann greife ich nach seinen Händen und zerre daran in der Hoffnung, sie von meinem Hals losreißen zu können. Doch er ist viel stärker als ich. Ich habe keine Chance.

Verzweifelt schnappe ich nach Luft, röchelnd und panisch. Carter ist noch zu weit von uns entfernt und er macht auch keine Anstalten, sich zu beeilen, geschweige denn mir zu helfen. Ich bin ihm egal. Er wird mich verdammt noch mal hier sterben lassen. Er wird einfach zulassen, dass mich dieser Mann erwürgt. Wenn ich nicht vorher an der Schusswunde in meinem Oberschenkel verblute, die schmerzhaft pocht.

Schwindel erfasst meinen Körper, stechende Kopfschmerzen gesellen sich dazu. Es wird nicht mehr lange dauern, bis mein Körper keine Kraft mehr haben und aufgeben wird. Nicht mehr lange, bis ich das Bewusstsein verliere. Wenige Sekunden.

Ich spüre bereits, wie ich schwächer werde, und meine Arme sacken neben mir zu Boden. Meine Lider flimmern, während meine Lunge sich schmerzhaft verkrampft, auf der Suche nach Sauerstoff. Verdammt. Das war es. Es ist vorbei. Ich werde sterben. Ich spüre, wie das Leben aus mir weicht. Mein Herz aufhört zu schlagen.

Und Carter tut gar nichts.

Nur noch ein paar Sekunden und ich werde tot sein. Und Carter sieht mir beim Sterben zu. Er genießt es. *Verdammtes Arschloch!*

Wie habe ich jemals denken können, er würde mir helfen? Mich retten. Nein, er hat niemals vorgehabt, mich zu retten. Er hätte mich wahrscheinlich selbst an Aiden ausgeliefert, sobald ihm mit mir langweilig geworden wäre. Oder er hätte mich getötet. Verdammt.

Carter ist von der ersten Sekunde an nicht nur mein Entführer gewesen, sondern auch mein verfickter Mörder.

KAPITEL 30

CARTER

O Rose … Das hättest du nicht tun dürfen. Du hättest nicht fliehen dürfen. Dann wärst du unversehrt geblieben. Du hättest dieser Tortur entgehen können. Du hättest diesen Schmerz nicht spüren müssen. Diese Qualen. Dir würde jetzt nicht die Luft zum Atmen genommen werden, im wahrsten Sinne des Wortes. Und du würdest jetzt keinen Todeskampf führen.

Du wärst bei mir. In Sicherheit. Ich hätte dich vor diesen Männern beschützt. Aber das musst du dir verdienen. Und durch deine Flucht hast du nicht nur dein Leben riskiert, sondern auch meine Gunst. Ich hätte dich vor ihm und seinen Männern beschützt. Hätte dich vor dieser Verletzung und dem Schmerz bewahrt. Aber du hast deine Entscheidung getroffen.

Du allein bist verantwortlich für das, was dir ab dem Moment passiert ist, in dem du durch diese Tür gelaufen bist. Du allein. Und das ist verdammt noch mal die falsche Entscheidung gewesen. Du hast damit dein Leben riskiert und alles, was ich bereit gewesen bin, für dich zu tun. Du hast dir dein eigenes Grab geschaufelt.

Ach Rose. Wärst du doch einfach stehen geblieben. Dann wärst du jetzt noch am Leben. Du wärst bei mir. Unversehrt. Du hättest mir beweisen können, dass du mein Vertrauen und meine Faszination verdient hast. Aber du hast versagt. Du hast die falsche Entscheidung getroffen und das wird dich dein Leben kosten.

KAPITEL 31

ROSE

Ich bin von undurchsichtigen Wolken umgeben, die mir all meine Sinne rauben und mich schweben lassen. Ein dumpfer Knall, der weit entfernt klingt, lässt mich fallen. Zurück auf den Boden der Tatsachen. Zurück in die Realität.

Die Wolke verschwindet. Meine Sinne sind wieder da und brechen alle auf einmal über mich herein. Der Schmerz in meinem Bein raubt mir den Atem.

Der Mann fällt nach vorne, direkt auf mich, und liegt schwer auf meinem Brustkorb. Ich ringe nach Luft und versuche, den Körper von mir runterzuwälzen. Doch ich habe keine Kraft. Ich schaffe es nicht einmal, meine Arme anzuheben. Mein Herz pumpt in Rekordgeschwindigkeit das Blut durch meine Adern. Der Sauerstoff, der in meine Lungen fließt, ist nicht annähernd ausreichend, um meinen Bedarf zu decken.

Noch immer etwas benommen, beobachte ich die Gestalt, die den massiven Körper von mir herunterrollt. Luft strömt in meine Lungen, die sich nun wieder vollständig entfalten können. Ich sauge sie gierig ein, brauche mehr, viel mehr. Mein Brustkorb hebt und senkt sich mit schnellen Bewegungen und mit jedem Atemzug verzieht sich der Schleier, der mich umgibt, ein wenig mehr.

Und dann sehe ich ihn. Carter steht vor mir, sieht zu mir herunter. Bei seinem Anblick erschrecke ich. Ein Grinsen liegt auf seinen Lippen. Ein verficktes Grinsen. Ich bin fast verreckt und der dreckige Bastard hat nichts Besseres zu tun, als sich darüber zu amüsieren. Ihm gefällt es. Er hat mir nicht geholfen, mich fast sterben lassen. Erst im allerletzten Moment hat er eingegriffen und den Wichser erschossen, der mich fast erwürgt hat und der jetzt tot neben mir liegt.

Ekel flutet meinen Magen und frisst sich meine Speiseröhre hinauf. Ich schlucke das Gefühl herunter und versuche, mich zu bewegen. Doch mein Körper ist viel zu mitgenommen. All meine Kraft hat zusammen mit dem Blut und dem Sauerstoff meinen Körper verlassen und macht mich unfähig dazu, irgendetwas zu tun.

Carter bleibt für einige Sekunden einfach nur vor mir stehen und sieht auf mich herab. Dann geht er plötzlich neben mir in die Hocke, sodass ich direkt in seine dunkelgrünen Augen sehe, in denen so viel Gefahr liegt. Seine Arme legen sich um meinen Körper und er hebt mich mühelos hoch.

Ich keuche überrascht auf, der Schmerz in meinem Bein wird stärker. Kraftlos sinkt mein Kopf an seine muskulöse Brust. Verdammt, wieso muss sich sein Körper so gut anfühlen? Ich schließe meine Augen, weil es zu viel Energie kostet, sie geöffnet zu lassen.

Müdigkeit flutet meinen Körper und spült alle positiven Gefühle aus mir heraus. Nur die Angst bleibt, die Verzweiflung. Lähmt meinen Körper, meine Seele. Legt sich wie eine schwere Decke über mich und nimmt mir erneut den Atem.

Ich habe versagt, habe es nicht geschafft zu fliehen und bin fast gestorben. Und Carter hat alles mitangesehen, ohne mir zu helfen. Noch eine Chance werde ich nicht bekommen. Ich bin gefangen und werde es für immer bleiben. So lange, bis ich sterbe. Durch Carters Hände. Er wird mich töten. Doch vorher wird er mir noch viel schlimmere Dinge antun. Denn ich habe mich ihm widersetzt, bin geflohen, habe versucht, ihm zu entkommen, und damit alles aufs Spiel gesetzt. Und dafür wird er mich bestrafen.

Die Ungewissheit darüber, was mich jetzt erwartet, ist schlimm. Und tief in meinem Inneren bereue ich meine Entscheidung. Nicht aus Angst vor dem, was mir bevorsteht, sondern weil ich Carter enttäuscht habe und Angst davor habe, dass er mir das niemals verzeihen wird. Und dieser Gedanke lässt mir keine Ruhe, denn er ist so absurd. So irrational und dumm, denn immerhin hat er mich entführt, zeigt keinerlei Gefühle und ist ein eiskalter Killer. Niemand, der qualifiziert dafür ist, in mir solche Schuldgefühle hervorzurufen. Und niemand, der es verdient, dass ich mir nun solche Gedanken mache und mich seine Meinung interessiert.

Verdammt, woher kommen nur diese verfickten Gedanken? Wieso interessiert es mich, wie er sich fühlt und ob er mir diesen Vertrauensbruch verzeihen kann? Verdammt. Er kann nicht von mir verlangen, dass ich so eine Gelegenheit nicht wahrnehme, nachdem er mich entführt hat. Das ist verrückt! Ich bin verrückt. Das muss der Schmerz sein, der Schock, der Sauerstoffentzug und der Blutmangel. Das ist die einzige Erklärung für meine wirren Gedanken.

Carter trägt mich ins Haus, die Treppen hoch in mein Zimmer. Er legt mich auf dem Bett ab und verschwindet durch die offene Tür. Er verschließt sie nicht. Aber das ist auch nicht nötig. Ich werde es nicht einmal aus diesem Bett schaffen. Er könnte sogar die Haustür offen lassen und ich würde nicht fliehen können. Ich bin viel zu schwach.

Wenige Minuten später kommt er wieder, in seinen Händen irgendwelche Dinge, die wie Verbandszeug oder Ähnliches aussehen. Er betätigt den Lichtschalter, bevor er zu mir kommt und sich auf die Bettkante setzt. »Wieso hast du das getan, Rose?« Er seufzt.

Ich weiche seinem Blick aus, weiß nicht, was ich sagen soll.

»Du hättest dir das alles ersparen können.«

Ich sehe ihn an. Blicke in seine grünen Augen. »Ich hätte mir das alles ersparen können?« Wut breitet sich in meiner Brust aus, gibt mir genug Kraft, meine Stimme zu erheben. »Du hättest mir zumindest einen Teil davon ersparen können. Hättest du sofort auf diesen Kerl geschossen, dann wäre ich nicht fast erwürgt worden.«

Carter schmunzelt. »Aber wo bliebe denn dann der Spaß?«

»Fick dich, du scheiß Arschloch!«

»Vorsicht.« In seinen Augen blitzt etwas auf. »Sei lieber dankbar, dass ich dir erneut das Leben gerettet habe.«

Ich deute ein Kopfschütteln an, zu mehr ist mein Körper aktuell nicht in der Lage. »Du hast mein Leben erst in Gefahr gebracht.«

»Hab ich das? Warst du das nicht selbst? Damals, als du entschieden hast, gegen diesen Mann auszusagen und ihn damit in den Knast zu bringen. In dem Wissen, dass er sich an dir rächen wird?«

Stille. Ich schlucke hart. Das hat gesessen. So sehr ich ihn dafür hasse, ich weiß, dass er recht hat. Ohne meine Entscheidung von damals wäre nichts von alledem passiert. Und trotzdem weiß ich, dass es die richtige Entscheidung war. Und ich bereue nur, dass ich mich nicht mehr um meine eigene Sicherheit bemüht habe.

Carter zieht mir die kurze Hose aus, die ich zum Schlafen getragen habe, wobei ein schmerzhaftes Ziehen durch meinen Oberschenkel geht, das mich aufstöhnen lässt. Er packt meine Beine und dreht sie auf die Seite, sodass er an die Einschussstelle auf der Rückseite meines Oberschenkels kommt. Da nur mein Unterkörper auf der Seite liegt, mein Oberkörper aber immer noch auf dem Rücken, kann ich ihm dabei zusehen, wie er sich die Wunde ansieht.

Seine Finger berühren meine Haut, was ein Kribbeln erzeugt. Verdammt. Wieso reagiere ich so auf seine Berührungen? Er greift nach einem Lappen und einer Flasche Desinfektionsmittel, von dessen Inhalt er etwas auf das Stück Stoff gibt. Ich will ihm gerade sagen, dass er vorsichtig sein soll, als er das Tuch auf die Wunde drückt. Ein höllisch brennender Schmerz durchzuckt meinen Oberschenkel.

Ich schreie schmerzerfüllt auf, kneife meine Augen zusammen, greife nach seinem Arm und kralle mich mit meinen Fingern daran fest, ramme meine Fingernägel tief in sein Fleisch. Das Brennen lässt nicht nach und mein ganzer Körper erzittert.

Als ich meine Lider öffne, sehe ich ihm direkt in die Augen und erkenne darin Erregung. Als mein Blick auf meine Hand fällt, die sich an ihm festkrallt, wird mir auch klar, warum. Verdammt, er steht darauf. Auf meine Schreie, meinen Schmerz … und seinen Schmerz.

Ich fahre mir über meine schweißnasse Stirn und versuche, den Schmerz zu verarbeiten. Carter greift nach einer Pinzette und ich versuche panisch, ihm zu entfliehen. Mit weit aufgerissenen Augen starre ich ihn an, mein Herz versucht ebenfalls, aus meiner Brust zu entkommen.

»Ich muss die Kugel herausholen.« Carter sieht mich ernst an.

Ich schüttle den Kopf. Zu groß ist die Angst vor dem Schmerz.

Er lächelt. »Oder willst du, dass sich das entzündet und dein Bein abstirbt? Die Schmerzen werden unerträglich sein.«

Grenzenlose Panik breitet sich bei seinen Worten in mir aus. Ich atme unregelmäßig und zittere am ganzen Körper. Kopfschüttelnd sehe ich ihn an, während Tränen in meine Augen treten.

Carter führt die Pinzette zu meinem Bein und führt sie in die tiefe Wunde ein. Ich schreie vor Schmerz auf. Jede einzelne Bewegung tut weh. Seine Hand auf meiner Haut, die Pinzette, die gegen mein Fleisch stößt und sich in meinen Körper bohrt, nach der Kugel sucht. Und auch als er die Kugel mithilfe des Werkzeugs herauszieht, spüre ich einen drückenden Schmerz.

Schweiß tritt auf meine Stirn und mein Körper krümmt sich unter der Qual. Meine Hand krallt sich noch viel fester in seinen Arm, meine Augen rollen nach hinten. Ich bin kurz davor, ohnmächtig zu werden.

»Rose.« Seine Stimme ist bestimmt. Ich öffne die Augen. Seine Hand streicht mir eine Strähne aus dem Gesicht. Er sieht mich direkt an. Ich blinzle ein paar Mal, der Schmerz hat ein wenig nachgelassen, ist trotzdem noch immer unerträglich. Ich wimmere, Tränen laufen über meine Wangen.

Er hält mir die Pinzette vor die Nase, mit der er die Kugel erwischt hat, die blutverschmiert glänzt. Erleichtert atme ich aus. Nur um im nächsten Moment panisch nach Luft zu schnappen, als er sich mit Nadel und Faden meinem Oberschenkel nähert.

Ich greife nach seiner Hand, halte ihn fest. Halte ihn davon ab, mit der Nadel in meine strapazierte Haut zu stechen und mich erneut höllischen Qualen auszusetzen. Flehend sehe ich ihn an. Ich blicke in seine dunkelgrünen Augen, in denen nicht eine Spur von Mitgefühl zu erkennen ist.

»Rose.« Er sieht mich ernst an. »Ich muss die Wunde nähen, sie ist zu tief, um von allein zu heilen. Sie entzündet sich sonst.«

Ich schlucke. Schüttle den Kopf. Nein. Diesen Schmerz werde ich nicht aushalten. Doch ich habe keine Wahl. »Hast du nicht wenigstens etwas zum Betäuben?« Ich halte diese Qualen nicht mehr aus.

Ein diabolisches Grinsen legt sich auf sein Gesicht. »Aber das wäre doch langweilig.«

Es ist wie ein Schlag mitten ins Herz, nimmt mir für einen Moment den Atem und ich starre ihn fassungslos an. Was für ein verfickter Sadist! Meine Qualen machen ihn verdammt noch mal an und er genießt meinen Schmerz und meine Schreie. Ich hasse ihn dafür. So sehr. Dafür, dass er mich diesen unmenschlichen Qualen aussetzt und nicht einmal ein bisschen Mitgefühl zeigt, sondern sich daran aufgeilt. Doch ich habe keine Wahl. Ich muss den Schmerz über mich ergehen lassen. Denn die Wunde kann nicht so bleiben.

Langsam ziehe ich meine zitternde Hand zurück und schließe die Augen. Mein Herz wummert wie verrückt in meiner Brust und ich halte gespannt die Luft an.

Carter führt die Nadel an meine Haut und drückt sie in mein Fleisch. Ein schmerzerfüllter Schrei verlässt meine Kehle und ich kralle mich in der Bettdecke unter mir fest. Beim nächsten Stich presse ich meinen Kopf in das Kissen unter mir und schreie noch lauter.

Jeder einzelne Stich tut so verdammt weh, dass ich mir jedes Mal wünsche, einfach das Bewusstsein zu verlieren, um den Schmerz nicht fühlen zu müssen. Aber den Gefallen tut mir mein Körper nicht. Jede einzelne Sekunde fühlt sich unendlich lange an. Und mit jeder Sekunde wird der Schmerz unerträglicher und ich drohe an den Qualen zu zerbrechen.

Als er endlich fertig ist, atme ich erleichtert aus. Mein Atem geht viel zu schnell und abgehackt. Mein ganzer Körper ist noch immer am Zittern und mein Herz schlägt tapfer in meiner Brust.

Ein paar Haarsträhnen kleben in meiner verschwitzten Stirn und an meinen tränennassen Wangen. Der Schmerz lässt nach und ich komme erschöpft wieder zu Atem.

Carter klebt ein großes Pflaster auf die Wunde und sammelt alles zusammen. Dann steht er auf und bringt die Sachen weg.

Die Zeit, in der er nicht da ist, nutze ich, um etwas zur Ruhe zu kommen. Ich schließe die Augen und atme gleichmäßig ein und aus, versuche, mein Herz zu beruhigen. Das Zittern wird weniger und der pochende Schmerz erträglicher. Die Tränen versiegen allmählich und ich liege erschöpft und reglos auf der weichen Matratze.

Carter ist ein kranker Sadist und ich hasse ihn abgrundtief für alles, was er mir angetan hat. Ich bin unfassbar wütend, dass er es zugelassen hat, dass ich fast getötet worden bin. Doch ich bin ihm auch ein wenig dankbar, dass er mir das Leben gerettet hat und mich nicht hat sterben lassen. Auch wenn der Hass und die Angst überwiegen. Aber hätte er nicht eingegriffen, wäre ich jetzt tot. Oder der Kerl hätte mich zu Aiden gebracht, der mich erst gefoltert und dann getötet hätte. Allerdings hätte Carter es nicht so weit kommen lassen müssen und mir einiges ersparen können.

Wenige Minuten später betritt Carter wieder mein Zimmer und geht auf mich zu. Er setzt sich auf die Bettkante und sieht mich an.

Ich erwidere schwach seinen Blick. »Du bist ein verficktes Arschloch«, presse ich hervor.

»Vorsicht.« Er legt seine Hand auf meinen Oberschenkel und übt leichten Druck aus.

Dieser Druck reicht, um mir ein schmerzerfülltes Stöhnen zu entlocken. Verdammt, es tut zu sehr weh. Ich greife nach seiner Hand und drücke sie weg von meinem Bein. Er lässt es zu. Doch ich weiß genau, dass er stärker als ich ist und er die Macht über mich hat.

»Du bist selbst schuld an diesem Schmerz. Wärst du nicht weggelaufen, hätte dich auch niemand angeschossen.«

Ich sehe ihm direkt in die Augen, funkle ihn böse an. »Fick dich!«

»Vorsicht.« Seine Augen leuchten gefährlich. »Du hättest nicht fliehen dürfen, Rose. Dann wären wir jetzt nicht an diesem Punkt.«

»Ach nein? Dann wäre ich auch immer noch hier gefangen. Du würdest mich hier festhalten. Ich hätte nur keine scheiß Schussverletzung, aber ich wäre immer noch in deiner Gewalt. Und dass ich eine Chance ergreife, dieser Gefangenschaft zu entkommen, musst du doch verstehen.«

»Du hättest vorher genau darüber nachdenken sollen, wie wahrscheinlich es ist, dass dir eine Flucht überhaupt gelingt. Dann wärst du darauf gekommen, dass deine Chance, mir zu entkommen, gegen null geht.« Ein Schmunzeln zupft an seinen Mundwinkeln.

»Ich habe darüber nachgedacht. Aber ich konnte es nicht unversucht lassen, denn ich bin hier verdammt noch mal gefangen, und das bei einem verfickten Killer. Und deswegen habe ich den Teil in mir ignoriert, der bei dir bleiben wollte.« Wut brodelt in meiner Brust.

Carter hebt überrascht seine Augenbrauen, sein Lächeln erstirbt. »Wie war das?« Seine Augen verdunkeln sich.

»Ich werde das ganz bestimmt nicht wiederholen, du krankes Arschloch!« Meine Wut betäubt ein wenig den Schmerz in meinem Oberschenkel.

»Der letzte Satz.« Er beugt sich über mich. »Fuck, was hast du da gesagt?«

Ich halte den Atem an. Verdammt. Was habe ich denn gesagt? »Ich weiß nicht, was du meinst. Ich musste es wenigstens versuchen?« Unsicher sehe ich ihn an.

In seinen Augen lodert etwas auf, das ich nicht deuten kann. »Nein, das war es nicht.« Langsam schüttelt er den Kopf. »Den Teil in dir, den du ignoriert hast. Sag das noch mal.« Seine tiefe Stimme klingt bedrohlich.

Ich schlucke. Und als ich verstehe, was er meint, steigt die Hitze in mir hoch, lässt mein Herz schneller schlagen, meinen Atem beschleunigen. Ich presse die Lippen aufeinander. Verdammt. Wieso ist mir das rausgerutscht? Zitternd drehe ich meinen Kopf und weiche seinem Blick aus.

Seine Hand greift nach meinem Kinn, dreht meinen Kopf zu ihm. »Sieh mich an.« Seine Hand wandert an meinen Hals. »Sieh mich verdammt noch mal an.« Seine Stimme bebt vor Wut.

Ich hebe meinen Kopf und sehe in das grün lodernde Feuer. Zitternd schlucke ich die Angst hinunter und hoffe, dass diese Hitze einfach verschwindet.

»Und jetzt sag das noch mal«, zischt er.

Ich schüttle den Kopf. »Ich … Das war … Du hast das falsch verstanden.« Eine schwache Ausrede, doch etwas Besseres fällt mir nicht ein.

Carters Blick verfinstert sich. »Lüg nicht. Du wirst mir jetzt sofort sagen, welchen Teil in dir du ignoriert hast, als du durch die verfickte Tür gerannt bist. Oder ich werde dich verdammt noch mal auf der Stelle töten.« Seine raue Stimme trieft nur so vor Gefahr. Seine Hand schließt sich fest um meinen Hals.

Panik lodert in meiner Brust auf. Mein Herz schlägt noch schneller als zuvor. Zitternd halte ich seinem Blick stand. Verdammt. Ich habe keine Wahl. Ich muss ihm die Wahrheit sagen.

Ich atme tief ein. »Ich habe den Teil in mir ignoriert, der nicht fliehen, sondern bei dir bleiben wollte.« Meine leise Stimme ist etwas heiser und zittert.

Carter sieht mich an. In seinen Augen lodert etwas auf. Ist es Verlangen? Ich kann es nicht sagen. Sein Kiefer spannt sich an. Als sein Griff um meinen Hals sich verfestigt, keuche ich erschrocken auf und mein Mund öffnet sich. Für einen Moment tut er gar nichts. Dann lockert sich sein Griff.

Ich starre ihn an, während ich nach Luft schnappe. So viel Sauerstoff wie möglich in meinen Lungen aufnehme, um eine Reserve zu haben, sollte er erneut zudrücken.

»Ein Teil von dir wollte bei mir bleiben?« Sein Blick durchbohrt mich so intensiv, dass ich mich ihm gänzlich ausgeliefert fühle.

»Ja«, flüstere ich.

»Wieso?« Sein Gesicht schwebt dicht vor meinem.

»Ich weiß es nicht«, hauche ich.

»Fuck, Rose …« Carter streicht über meine Wange.

Ich atme seinen herben Duft vermischt mit Zigarettenrauch ein, spüre seinen Atem auf meiner Haut. Verdammt. Wieso reagiere ich noch immer so auf ihn? Er hat es zugelassen, dass ich fast gestorben bin. Ich darf nicht so auf ihn reagieren. Und dieser Teil in mir, der bei ihm bleiben will, hätte in dem Moment sterben sollen, als ich gesehen habe, dass er nichts tut, um mir zu helfen. Aber das ist er nicht. Dieser Teil ist immer noch da. Und ich habe panische Angst davor, dass er wachsen wird. Das darf nicht passieren. Aber ihm so nah zu sein, seine tiefe Stimme zu hören, das Verlangen in seinen Augen aufflackern zu sehen und seinen Duft zu riechen. All das lässt mich schwach werden. Und diese Schwäche ist gefährlich. Wenn ich nicht aufpasse, sogar tödlich.

»Ich hätte dich einfach sterben lassen sollen.« Carters Stimme ist so leise, dass ich ihn kaum verstehe.

Doch seine Worte erzeugen eine Gänsehaut auf meinem Körper. Und meine Antwort macht mir noch mehr Angst. »Wieso hast du es dann nicht getan?«

»Ich konnte es nicht«, raunt er.

»Wieso nicht?« Zitternd lege ich meine Hand auf seine Wange, fühle die harten Bartstoppeln an meiner Haut.

»Weil ein Teil von mir dich haben will.«

Ich schlucke. »Wieso hast du dann überhaupt zugelassen, dass dieser Kerl mich fast umbringt?«

Carter schmunzelt. »Um dich zu bestrafen.«

»Was?« Ich sehe ihn perplex an. »Wofür?«

»Dafür, dass du versucht hast zu fliehen. Meinst du etwa, dass ich dir das durchgehen lasse? Ganz bestimmt nicht.« Er greift nach meiner Hand an seiner Wange.

»Du bist ein kranker Bastard.« Meine Stimme bricht. Verdammt. Wie kann er mir so etwas antun?

»Rose …« Er sieht mir direkt in die Augen. »Nur weil ich dich will, heißt das nicht, dass ich dir nicht wehtun werde. Denn das werde ich.«

Ein Schauer läuft über meinen Rücken. »Und nur weil ein Teil von mir bei dir sein möchte, heißt das nicht, dass ich dich nicht hasse oder dir verzeihen kann, was du mir angetan hast.«

Carter lächelt. »Ich weiß. Denn dann wärst du nicht weggelaufen. Dann hättest du nicht einmal darüber nachgedacht.«

»Und du hättest nicht zugelassen, dass dieser Mann mich fast erwürgt, nur um mich zu bestrafen.«

»Exakt. Also glaub ja nicht, dass ich dich verschonen werde, denn das werde ich nicht. Du bist immer noch meine Gefangene und ich bin ein Killer, der dir wehtun wird, wenn du dich mir widersetzt. Und wenn du noch einmal versuchst zu fliehen …« Er fährt mit den Fingern über meinen Hals. »Dann werde ich dich so hart bestrafen, dass du dir wünschen wirst, ich hätte dich heute sterben lassen. Hast du das verstanden?«

Ich nicke und ein heiseres »Ja« verlässt meine Kehle. Angst sitzt in jeder Zelle meines Körpers und ich weiß ganz genau, dass er die Wahrheit sagt. Auch wenn er mich vielleicht nicht töten wird, so wird er mir unvorstellbare Dinge antun, denn er ist nun einmal ein sadistischer Killer.

KAPITEL 32

CARTER

Für einen kurzen Moment habe ich darüber nachgedacht, sie einfach zu erschießen und mit den anderen Leichen zu entsorgen. Aber das habe ich nicht gekonnt. Fuck, ich kann es nicht. Ich will sie immer noch. Und ihr Fluchtversuch hat mich nur noch geiler gemacht. Die Herausforderung ist so verlockend. Und der Sex mit ihr ist zu gut gewesen. Fuck, ich kann sie nicht töten.

Als sie durch die Tür gelaufen ist, weg von mir, da habe ich einen winzigen Stich in meiner Brust verspürt. So schwach, dass ich ihn kaum bemerkt habe. Doch es hat mich auch nicht wirklich überrascht, dass sie die Flucht gewagt hat. Natürlich hat sie das. Und dafür habe ich sie bestrafen müssen.

Und als sie angeschossen wurde und dieser Kerl sie gewürgt hat … Fuck, am liebsten wäre ich dieser Kerl gewesen. Ich hätte sie so gerne gewürgt. Ihr dabei in die Augen gesehen. So lange, bis sie kurz davor ist, das Bewusstsein zu verlieren. Erst dann hätte ich aufgehört. Fuck, die Vorstellung ist zu geil.

Und ihre Schmerzensschreie zu hören … Fuck. Das ist Musik in meinen Ohren. Wie sich ihr Körper vor Schmerz gekrümmt hat und sie ihre Fingernägel in meine Haut gekrallt hat. Fuck, hat mich das angemacht. Am liebsten hätte ich sie auf der Stelle gefickt. Doch das hat sie nicht verdient. Ich kann sie nicht mit einem Orgasmus dafür belohnen, dass sie mir nicht gehorcht hat. Das geht nicht. Und ihr Körper hätte das wahrscheinlich sowieso nicht mitgemacht. Sie wäre zu schwach dafür gewesen. Aber fuck. Ich hätte mich so gerne in sie gerammt, während sie vor Schmerz und Erregung geschrien hätte. Allein die Vorstellung lässt mich hart werden.

Fuck. Ich will sie so sehr. Ihren Körper. Ihre Schreie und ihr Stöhnen. Die Angst und Lust in ihren glänzenden Saphiren. Ich will ihr wehtun. Sie bestrafen. Dafür, dass sie versucht hat zu fliehen. Und für jedes weitere Mal, bei dem sie sich mir widersetzt.

Die Vorstellung, dass sie mich auch will, obwohl ich ihr so viel Unverzeihliches angetan habe, erregt mich fast so sehr wie ihr Schmerz. Verdammt. Als sie sich verplappert und zugegeben hat, dass ein Teil von ihr bei mir bleiben will. Fuck. Das hat mein Verlangen nach ihr befeuert. Es hat mich angemacht. Verdammt, sie will mich. Meinen Körper. Den Sex. Sie kann mir nicht widerstehen. Und obwohl ich ein sadistischer Killer bin, vor dem sie panische Angst hat, will ein Teil von ihr bei mir bleiben. Scheiße, ist das geil.

Ich hätte sie töten sollen, als ich noch die Gelegenheit dazu hatte. Und als ich es noch gekonnt hätte. Ich hätte sie einfach sterben lassen sollen. Denn jetzt ist es zu spät. Ich kann sie nicht mehr töten. Zu stark ist mein Verlangen nach ihr und ihrem Körper. Fuck.

KAPITEL 33

ROSE

Der Schmerz in meinem Oberschenkel ist auch nach einigen Stunden Schlaf kaum auszuhalten. Und auch nachdem ich etwas gegessen habe, ändert sich nichts. Der Schmerz kontrolliert mich und ich habe nicht einmal die Kraft zum Malen. Ich kann nichts weiter tun, als im Bett zu liegen und zu versuchen, meine Gedanken irgendwo anders hinzulenken. Doch das klappt nur selten, sodass der Schmerz immer präsent ist, auch wenn ich ruhig daliege und mein Bein nicht bewege.

Ich schlage die Bettdecke zur Seite und hieve mich zur Seite. Ich schwinge meine Beine über die Bettkante und stelle sie auf den Boden. Langsam erhebe ich mich, belaste nur mein unverletztes Bein. Auf wackeligen Beinen halte ich mich am Bett fest und mache einen Schritt nach dem anderen. Ich versuche, mein verletztes Bein dabei zu schonen, und trete so kurz wie möglich damit auf. Doch jedes Mal fährt ein so starker Schmerz durch meinen Oberschenkel, dass ich mich zusammenreißen muss, um nicht loszuschreien.

Als ich das Ende des Bettes erreicht habe und mich nicht mehr festhalten kann, atme ich noch einmal tief durch. Dann lasse ich los und mache einen Schritt nach vorne. Der pochende Schmerz in meinem Oberschenkel verwandelt sich in ein quälendes Stechen und meine Beine geben unter mir nach. Ich schreie schmerzerfüllt auf, Tränen sammeln sich in meinen Augen. Verdammt.

Plötzlich legen sich zwei starke Arme um meinen Oberkörper und ziehen mich hoch. Ich blicke in Carters Augen, der mich festhält. Alles in mir sträubt sich dagegen, mir von ihm helfen zu lassen, doch ich habe keine Wahl. Allein kann ich nicht richtig laufen und der Schmerz ist gerade so stark, dass ich erleichtert darüber bin, dass ich mich nicht auf allen vieren voranschleppen muss.

»Na? Wo soll es denn hingehen?« Er grinst mich amüsiert an.

Ich schlucke die Scham herunter. »Ich muss auf die Toilette.«

»Soll ich dir helfen?«

»Ist mir doch egal.«

Er hebt eine Augenbraue. »Ist das so?«

Ich nicke. »Mach doch, was du willst.«

Carter grinst. Dann tritt er einen Schritt zurück und zieht dabei seine Arme von meinem Körper.

Mit einem kurzen Aufschrei gehe ich zu Boden. Der stechende Schmerz lässt mich aufkeuchen. »Du verficktes Arschloch«, presse ich unter Schmerzen hervor.

»Vorsicht.« Er tritt näher an mich heran und beugt sich zu mir herunter. Selbst jetzt ist er noch so viel größer als ich. »Du willst mich doch nicht wütend machen, oder?«

Ich schlucke. Natürlich will ich das nicht. Denn damit riskiere ich, dass er mir wehtun wird. Also schüttle ich widerwillig den Kopf.

»Also noch mal. Soll ich dir helfen oder willst du es mit der Verletzung noch mal allein versuchen?«

Ich verdrehe die Augen. »Okay«, murmle ich.

Er legt den Kopf schief. »Bitte mich darum.« Seine tiefe Stimme ist leise.

Für ein paar Sekunden fechte ich einen inneren Kampf mit mir selbst aus. Ich will ihn nicht darum bitten. Ich will ihm nicht diese Macht geben. Und ich will auch nicht auf ihn angewiesen sein. Ich schäme mich so sehr dafür, nicht einmal allein aufs scheiß Klo gehen zu können. Das ist absolut demütigend. »Bitte hilf mir«, flüstere ich dann.

»Geht doch.« Carter lächelt zufrieden und schlingt seine Arme um meinen Oberkörper. Er zieht mich hoch und dreht mich zu sich. »Bist du nicht froh, dass ich hier bei dir geblieben bin?«

Ich schweige, sehe ihn nur böse an und versuche, mich nicht von seinem herben Duft betören zu lassen.

Er lächelt. »Stell dir mal vor, du wärst ungünstig gestürzt und ich wäre nicht hier gewesen. Das hätte schlimme Konsequenzen haben können.«

»Fick dich.« Ich spüre seine harten Muskeln an meinem Körper.

»Vorsicht.« Ein gefährliches Zischen.

»Ich hoffe, die Couch ist so richtig unbequem.« Ein schadenfrohes Lächeln legt sich auf mein Gesicht.

»Es geht. Nicht so schlimm, wie du es gerne hättest, aber auch nicht so bequem, wie es mir besser gefallen würde.«

»Ich hoffe, auf Dauer wird das so unbequem, dass du dich aus meinem Zimmer verpisst und mich in Ruhe lässt.«

»Vorsicht. Und das ist immer noch mein Haus, also auch mein Zimmer. Also kann ich selbst entscheiden, wo in diesem Haus ich mich aufhalte.« Er grinst.

»Und da suchst du dir ausgerechnet dieses Zimmer aus, um mich zu überwachen.«

»Dich kann ich ja schlecht aus den Augen lassen. Wir haben ja gesehen, was dann passiert.« In seinen Augen blitzt etwas auf.

Ich schweige. Denn andernfalls würde ich ihm eine Beleidigung an den Kopf werfen und ich will nicht riskieren, dass er mich erneut fallen lässt.

Mit einem Ruck hebt er mich hoch, sodass ich in seinen Armen liege. Er ist mir so nah, dass sein herbes Parfüm in meiner Nase kitzelt. Carter trägt mich ins Badezimmer und setzt mich neben der Toilette ab. »Brauchst du noch mehr Hilfe?« Er grinst mich dreckig an.

»Nein.« Patzig werfe ich ihm einen wütenden Blick zu.

Sein tiefes Lachen hallt in meinem Körper nach und bringt mein Herz in Fahrt. Dann wendet er sich von mir ab und verlässt das Bad, schließt die Tür hinter sich.

Etwas umständlich schaffe ich es, aufs Klo zu gehen, ohne mein Bein zu belasten. Anschließend wasche ich mir die Hände und klatsche mir auch eine Ladung Wasser ins Gesicht. Nachdem ich meine Hände und Gesicht abgetrocknet habe, humple ich zur Tür und öffne sie. Als ich Carter direkt daneben erblicke, zucke ich erschrocken zusammen.

Bevor er etwas sagen kann, komme ich ihm zuvor. »Ja, bitte trag mich zurück ins Bett.«

Carter grinst breit. Dann hebt er mich hoch und bringt mich zu meinem Bett. Nachdem er mich abgelegt hat, geht er zurück zu dem Sofa, auf dem er seit dem Angriff nahezu unterbrochen sitzt und mich beobachtet. Mich nicht aus den Augen lässt.

Ich setze mich bequem in meinem Bett hin und schlinge die Decke um meinen Körper. »Hör auf, mich so anzustarren, du perverser Spanner.« Wut brodelt in meiner Brust.

»Vorsicht.« Carter lehnt sich nach vorne und stützt seine Ellenbogen auf seinen Knien ab.

»Sonst was?« Mein Herz schlägt schnell, angespannt beobachte ich seine Reaktion.

Er grinst. »Sonst buddle ich die Leichen wieder aus und lege sie in dein Bett, während du schläfst.«

Mein Herz setzt für wenige Sekunden aus, nur um danach doppelt so schnell weiterzuschlagen. Ich reiße meine Augen weit auf und schnappe nach Luft. »Was?« Meine Stimme ist viel zu hoch und heiser.

»Ja, du hast mich richtig verstanden.« Sein Grinsen wird breiter und seine Augen blitzen gefährlich auf.

»Leichen?« Ich zittere. »Du meinst die Männer, die hier eingedrungen sind?«

Carter nickt langsam. »Ja, die auch.« Ein diabolisches Grinsen legt sich auf seine Lippen.

Ich halte zitternd die Luft an. Hitze steigt in mir auf. »Was? Wie viele … Du … Du hast … Du hast noch mehr … Leichen? Verbuddelt?« Meine Stimme zittert vor Angst.

»Aber natürlich.« Seine tiefe Stimme klingt bedrohlich.

»Du … Du hast die Leichen vergraben? Wo?«

»Im Wald. Die konnten ja schlecht im Haus und da draußen auf der Wiese liegen bleiben.« Er zuckt gleichgültig mit den Schultern. Als würde er darüber reden, dass er irgendwelche Bäume gepflanzt oder Blumen gegossen hat. Verdammt.

»Und da sind noch mehr?« Ich wage kaum, es auszusprechen. Meine Stimme bebt vor Angst.

Carter nickt. »Ein paar …«

Meine Kehle schnürt sich zu. Mein Herzschlag geht viel zu schnell und ich schlucke die aufkommende Übelkeit herunter. Fuck. Er ist so ein verdammter Psychopath.

Eine Weile schweige ich, weiß nicht, was ich sagen soll. Ich bin gelähmt von meiner Angst. Dann fällt mir etwas ein und ich sammle mich, um ihm diese Frage zu stellen. »Ist es überhaupt sicher, hierzubleiben?«

Carter legt den Kopf schief. »Was meinst du?«

Ich schlucke. »Ist es nicht unsicher, wenn wir hierbleiben? Was, wenn wieder jemand kommt und uns angreift?« Allein der Gedanke jagt mir einen unangenehmen Schauer über den Rücken.

»Selbst wenn. Dann töte ich sie.« Er zuckt mit den Schultern.

Ich schlucke. »Aber was ist, wenn es zu viele sind? Wenn die Männer von Aiden geschickt wurden und er noch viel mehr schickt? Er weiß doch jetzt genau, wo wir sind. Ist es dann nicht dumm, hierzubleiben?« Meine Stimme zittert und in meinem Brustkorb breitet sich Unsicherheit aus.

»Erstens habe ich eine Alarmanlage. Und zweitens halte ich es für unwahrscheinlich, dass er sich traut, noch einmal hierherzukommen. Das wäre zu riskant. Und drittens hat niemand eine Chance gegen mich.« Wie bodenständig.

»Aber wäre es nicht trotzdem sicherer, woanders hinzugehen? Wo uns niemand vermutet und somit auch nicht so einfach finden kann?« Ich sehe unsicher zu ihm.

»Vielleicht.«

»Und warum sind wir dann noch hier?«

»Ich mag mein Haus.«

»So sehr, dass du dafür deinen Tod in Kauf nimmst?« Meine Stimme schießt eine Oktave in die Höhe.

Carter lacht. »Ich bin schon größere Risiken eingegangen.«

Ich schlucke. Natürlich. Er ist ein Auftragskiller. Der Job allein ist schon ein Risiko. »Aber bist du jetzt nicht jede Sekunde in Alarmbereitschaft?«

»Das bin ich immer.«

»Willst du nicht mal abschalten und entspannen, ohne die ganze Zeit daran zu denken, dass irgendetwas Gefährliches passieren könnte?«

»Ich bin zufrieden mit meinem Leben.« Er grinst.

»Aber ist es nicht anstrengend, ständig auf der Hut zu sein und darauf vorbereitet, jederzeit angegriffen zu werden?« Ich kann mir so ein Leben beim besten Willen nicht vorstellen.

»Nein, für mich ist es genau das Richtige.«

Ich sehe ihn verständnislos an. »Das ist doch krank.«

»Für mich funktioniert das gut. Die vielen Leichen im Wald sind der Beweis dafür.« Carters tiefe Stimme ist rau und strahlt Gefahr aus.

Ich schlucke. Mein Herzschlag beschleunigt sich bei seinen Worten. Die Panik breitet sich in alle Richtungen meines Körpers aus. Verdammt. Wie kann er nur so skrupellos sein? Er spricht über die Leichen, als wäre es etwas vollkommen Normales. Aber das ist es verdammt noch mal nicht. Nicht in meiner Welt. Es ist krank. Er ist ein eiskalter Mörder und er genießt es. Genauso wie er es genießt, mir Angst einzujagen.

Ich habe keine Ahnung, wie viele Leichen er im Wald vergraben hat. Um ehrlich zu sein, will ich das auch gar nicht wissen. Denn zu groß ist die Angst vor der Wahrheit. Ich will das Ausmaß seiner Skrupellosigkeit nicht kennen. Ich will nicht wissen, wie viele Menschen er bereits auf dem Gewissen hat. Denn ich habe verdammt noch mal Angst vor der Antwort. Dass es zu viele sind. Und noch mehr Angst habe ich davor, dass es mir egal wäre. Dass es mich nicht interessieren würde, mich nicht abschrecken würde. Dass ich ihn danach immer noch attraktiv finden würde. Mein Körper sich immer noch zu seinem hingezogen fühlen würde. Dass der Teil in mir, der bei ihm bleiben will, danach immer noch da ist und mich dazu bringt, bei ihm bleiben zu wollen. Und dass dieser Teil trotz allem stärker werden würde. Verdammt, das darf einfach nicht passieren. Niemals.

KAPITEL 34

ROSE

Kälte fließt durch meine Adern, lässt meinen Körper unkontrolliert zittern. Ich presse meine Lippen aufeinander, schlinge meine Arme um meinen Körper. Eingerollt liege ich in die Bettdecke gekuschelt, doch selbst das verhindert das Frieren nicht.

Carter sitzt auf dem Sofa und beobachtet mich. Ein dezentes Lächeln liegt auf seinen Lippen.

»Geilt dich das auf?« Ich versuche, das Zittern unter Kontrolle zu bringen.

»Dass du ein bisschen frierst?« Er schmunzelt. »Da gibt es Sachen, die mir besser gefallen.«

»Dir gefällt es doch, wenn ich leide. Du geilst dich an meinem Leid auf.« Ich verdrehe die Augen.

»Das nennst du Leid? Ein bisschen zu frieren?« Er hebt eine Augenbraue.

»Fick dich. Mir ist verdammt kalt, obwohl mir eigentlich warm sein sollte. Außerdem tut mein Bein immer noch weh.«

Der pochende Schmerz in meinem Oberschenkel wird durch das Zittern meines Körpers verstärkt.

»Vorsicht.« In seinen Augen blitzt etwas auf. »Eine Schusswunde verheilt nicht so schnell. Wahrscheinlich hat sie sich entzündet und deswegen frierst du jetzt.«

»Aber das wird doch wieder, oder?« Panik breitet sich in meiner Brust aus.

Carter zuckt mit den Schultern. »Wenn du Glück hast, ja. Wenn du Pech hast, stirbst du.«

»Was?« Meine Augen weiten sich. »Aber … ich will nicht sterben …« Der letzte Satz ist nur ein leises Flüstern und ich bin mir nicht sicher, ob er meine Worte gehört hat.

Er grinst. »Keine Sorge. Bevor du stirbst, schneide ich dein Bein ab, dann solltest du überleben.«

In meinem Hals bildet sich ein Kloß und mein Herz schlägt vor Angst noch schneller. »Nein …« Verdammt. Sagt er die Wahrheit oder spielt er mit mir?

Carter lacht. »Es ist sehr unwahrscheinlich, dass es dazu kommt. Du brauchst nur genug Ruhe, dann solltest du das überleben.«

Ein wenig Erleichterung übermalt einen Teil der Angst. »Ich versuche ja zu schlafen, aber du starrst mich die ganze Zeit an.« Es macht mich wahnsinnig zu wissen, dass er mich bei allem, was ich tue, beobachtet. Die Vorstellung, er wird mir auch beim Schlafen zugucken, lässt mich noch mehr frösteln.

»Natürlich. Daran wird es liegen.« Er beugt sich nach vorne und stützt sich mit seinen Unterarmen auf den Knien ab.

»Ja, woran denn sonst?« Ich klinge trotzig.

Carter schmunzelt. »Vielleicht daran, dass dir so kalt ist, dass dein gesamter Körper so sehr zittert, dass du einfach nicht zur Ruhe kommen kannst?«

»Ich bin schon komplett zugedeckt und es reicht trotzdem nicht.« Ich zögere. Verdammt. Er hat Recht. Mein Körper ist damit beschäftigt zu zittern, so werde ich niemals schlafen und mich ausruhen können. »Kannst du mir vielleicht noch eine Decke geben?« Widerwillig sehe ich ihn an. Ich will nicht so hilflos sein. Und ich will ihn auch nicht um irgendetwas bitten, auch wenn es nur eine Decke ist.

»Nein.«

»Arschloch.«

»Vorsicht.« Gefahr liegt in seiner Stimme.

»Dann lass mich halt hier erfrieren.«

Er schüttelt den Kopf. »Du wirst nicht erfrieren.«

»Fühlt sich aber so an.«

»Wirst du aber nicht.«

»Dann gib mir doch wenigstens eine Decke.«

»Die wird dir auch nichts bringen.«

Ich sehe mit verengten Augen zu ihm. »Und wieso nicht?«

»Wenn die eine Decke schon nichts bringt, dann wird auch eine andere Decke nicht helfen. Du brauchst was anderes.«

»Und was?«

»Wenn du willst, dass dir wärmer wird, dann brauchst du etwas Wärmeres als eine Decke. Etwas, das direkt Wärme abgibt.«

»Eine Wärmflasche?«

»Zum Beispiel.«

»Hast du denn eine?«

»Nein.«

Ich stöhne auf. »Wieso sagst du das dann überhaupt, wenn du mir eh nicht helfen willst?«

»Das habe ich nicht gesagt.« Er grinst.

»Verdammt, willst du mir jetzt helfen oder nicht?« Zitternd kauere ich mich noch weiter zusammen.

»Wenn du mich darum bittest …«

»Du hast doch eh keine Wärmflasche.«

»Ich habe etwas anderes.« Er lächelt.

Ich seufze. »Und was?«

Sein Grinsen wird breiter. »Mich.«

»Was?«

»Mein Körper ist heiß genug, um dich zu wärmen.« In seinen Augen blitzt etwas auf.

Ich halte für einen Moment die Luft an und blinzle ungläubig. »Was? Dein … Dein Körper?«

Er nickt.

»D… Du willst … zu mir … ins Bett?« Ich schlucke.

»Du musst mich nur darum bitten.« Seine tiefe Stimme ist leise.

»Einen Teufel werde ich, vergiss es.« Ich schüttle den Kopf.

»Na, dann musst du wohl weiter frieren.« Er lehnt sich schadenfroh zurück.

Verdammt. Mein Körper ist immer noch am Zittern und der Schmerz in meinem Bein wird dadurch nur noch schlimmer. Ich fühle mich so unglaublich schwach, Müdigkeit zieht schwer an meinen Gliedern. Mein Körper braucht dringend Ruhe, ich muss dringend schlafen, um wieder zu Kräften zu kommen. Doch mein Körper ist damit beschäftigt, unaufhörlich zu zittern, wodurch er noch mehr Energie verschwendet, die ich nicht habe. Und durch das Zittern kann ich nicht einschlafen. Ich muss irgendetwas tun. Dieses Zittern muss aufhören. Ich brauche Ruhe. Ich muss etwas gegen diese Kälte tun, mein Körper braucht Wärme.

Aber ich darf nicht zulassen, dass er in mein Bett kommt. Dass er sich zu mir legt. Und mich berührt. Aber ich habe keine andere Wahl. Und ein Teil von mir will es. Ein winziger Teil von mir will ihn so sehr bei sich haben. Ihn spüren. Verdammt, ein Teil von mir will von ihm gewärmt werden.

Carter beobachtet grinsend, wie ich mich zitternd unter der Decke zusammengekauert habe. Er scheint meinen Zustand zu genießen.

»Okay«, flüstere ich so leise, dass selbst ich mich kaum verstehe.

»Okay?« Er hebt seine Augenbrauen.

»Ja, okay«, sage ich lauter.

»Sag es, Rose. Bitte mich darum.«

Ich schließe die Augen. Verdammt, es ist so demütigend, ihn darum zu bitten. »Bitte leg dich zu mir.«

Grinsend erhebt er sich von seinem Platz. Langsam kommt er auf mich zu. Vor meinem Bett bleibt er stehen. Er greift nach dem Stoff seines schwarzen T-Shirts und zieht es sich über den Kopf.

»Verdammt, was soll das?« Ich atme scharf die Luft ein, als ich seinen nackten Oberkörper erblicke. Seine gestählten Muskeln. Die trainierte Brust, das Sixpack, die muskulösen Arme. Die Tattoos. Fuck.

»Zieh deinen Pulli aus.«

»Was? Nein!« Ich schlucke die Heiserkeit hinunter. »Mir ist kalt und … du …«

»Haut auf Haut ist aber am besten, wenn du willst, dass dir ganz schnell wieder warm wird.« Seine raue Stimme klingt verführerisch.

Mein Herz schlägt schneller und ich sehe überfordert auf die nackte Haut. »Ich …«

»Zieh dich aus, Rose.« Seine tiefe Stimme ist nur ein Flüstern.

Ich schlucke. Und dann setze ich mich auf und ziehe mir den weißen Pulli über den Kopf, bevor ich mich wieder in die Decke kuschle, mein Oberkörper bis auf den BH nackt.

Carter grinst. Er hebt die Decke an und steigt zu mir ins Bett. Für einen kurzen Moment erfasst mich ein kalter Luftzug. Dann umgibt mich Wärme und sein herber Duft vermischt mit Zigarettenrauch.

Carters muskulöse Brust berührt meinen Rücken. Als seine Arme sich um meinen Oberkörper schlingen, schnappe ich überrascht nach Luft. Überall, wo sein Körper meine nackte Haut berührt, breitet sich eine kribbelnde Hitze aus. Mein Herzschlag beschleunigt sich, mein Atem geht abgehackt. Verdammt. Seinen Körper so nah an meinem zu spüren … Dieses Gefühl. Die Hitze, die von ihm auf mich übergeht. Fuck.

Ich schließe überfordert meine Augen. Er hält mich, wärmt mich. Und fuck, es gefällt mir sogar. Es gefällt mir viel zu sehr. Viel mehr, als es darf. Viel mehr, als ich es will. Aber verdammt, es fühlt sich so gut an und in diesem Moment will ich keinen anderen Körper jemals so nah an meinem spüren.

»Fuck, dein Herz schlägt so schnell, Rose.« Seine tiefe Stimme raunt die Worte direkt in mein Ohr.

In meiner Mitte zieht sich alles zusammen und ich atme geräuschvoll ein. Mein Herzschlag beschleunigt sich noch mehr. Verdammt.

»Fuck, das macht dich geil, oder?« In seiner Stimme liegt tiefes Verlangen.

Ich schlucke und schweige. Er hat Recht. Er hat verdammt noch mal Recht, aber ich werde es vor ihm ganz bestimmt nicht zugeben.

»Wenn ich meine Hand jetzt in deinen Slip stecken würde … Wie nass würden meine Finger danach sein, hm?«

Atmen. Ich muss atmen. Aber mein Herzschlag geht so schnell, dass ich mich nicht konzentrieren kann. Verdammt. Und dann sage ich etwas, was mich selbst überrascht. »Find es doch heraus.«

Er zieht scharf die Luft ein. »Fuck, Rose …« Damit hat er nicht gerechnet. Ganz langsam fährt er mit seiner Hand meinen Bauch hinunter. Am Bund meiner Hose angekommen, werden seine Finger noch langsamer. Seine Hand gleitet unter den Stoff meines Slips.

Ich keuche, als seine Finger über meine Nässe streichen. Verdammt, es fühlt sich so gut an. Meine Mitte pocht unter seiner Berührung.

»Fuck, Rose. Du bist so nass.« Knurrend presst er seinen Körper noch mehr an meinen.

Ich spüre seine Härte in meinem Rücken und wimmere erregt auf. Verdammt. Es ist zu gut. Zu verlockend. Mein Körper zittert, aber nicht mehr vor Kälte, sondern vor purer Lust. Ich will ihn. Seinen Körper. Seine Berührungen. Ich will ihn spüren. Seine nackte Haut auf meiner. Und ich will ihn in mir spüren. Fuck, ich will es so sehr fühlen, wie er sich in mir bewegt.

Langsam drehe ich mich um, drehe meinen Körper zu ihm. Das schmerzhafte Pochen in meinem Oberschenkel ignoriere ich, so gut ich kann. Mein Herz pocht wie verrückt, als unsere Blicke sich treffen. In seinen Smaragden lodert unbändiges Verlangen.

Ich halte die Anspannung nicht mehr aus. Verdammt. Ich will ihn so sehr. Alles in mir verzehrt sich nach ihm. Seinen Berührungen, seinen Bewegungen. Seinem Körper auf meinem. Fuck. Mein Herz klopft viel zu schnell und die Lust liegt schwer auf meiner Brust.

Ich hasse ihn. Ich darf ihn nicht mögen. Ich darf mich nicht so nach ihm und seinem Körper verzehren. Ich darf ihn nicht begehren. Aber fuck, sein heißer Körper hat eine so starke Anziehungskraft auf mich, der ich einfach nicht widerstehen kann.

Ich überwinde die letzten Millimeter und presse meine Lippen auf seine. Gierig küsse ich ihn, greife nach seinem Kopf, vergrabe meine Finger in seinen Haaren. Hungrig zieht er meinen Körper noch näher zu sich und dringt mit seiner Zunge in meinen Mund ein. Entlockt mir mit seinem Kuss ein lustvolles Stöhnen. Treibt meinen Puls noch weiter in die Höhe. Ich schmecke ihn und den kalten Zigarettenrauch und küsse ihn noch verlangender. Fuck, dieser Kuss fühlt sich so unfassbar gut an. Ich kann nicht genug von ihm kriegen.

Seine Finger fahren über meinen Rücken, öffnen meinen BH und streifen ihn ab. Als meine harten Nippel seine Brust berühren, knurrt er und zieht meinen Körper noch näher zu sich. Mit einem Ruck dreht er sich auf den Rücken und zieht mich dabei auf sich. Der Schmerz in meinem Oberschenkel lässt mich kurz aufstöhnen und seine Härte entlockt mir ein weiteres Keuchen. Seine Zunge umspielt meine, unsere Lippen stoßen immer wieder aufeinander. Er schmeckt so verdammt gut.

Plötzlich drückt er mich zur Seite, legt mich auf den Rücken und platziert sich über mir. Er löst den Kuss und sieht mir direkt in die Augen. Ich versinke in dem lodernden Feuer in dem unendlichen Grün. Verdammt. Meine Brust hebt und senkt sich bei jedem Atemzug. Ich halte die Spannung nicht mehr aus.

Ungeduldig ziehe ich seinen Kopf zu mir herunter und presse meine Lippen auf seine. Er greift in meine Haare, lässt seine Hand auf meinem Hinterkopf liegen und zieht mich noch näher zu sich, während er meinen Mund erobert.

Auf einmal reißt er sich von mir los, sein Blick gleitet über meinen Körper, meine nackten Brüste. »Fuck, Rose.« Seine Finger fahren über meinen Hals, mein Dekolleté, meine Brust und meine harten Nippel. »Wieso tust du das?« Seine Stimme ist so rau und sexy.

»Was meinst du?« Ich schlucke und versuche, mir die Erregung nicht allzu sehr anmerken zu lassen.

Seine Kiefermuskeln zucken. »Wieso küsst du mich so verlangend, als wäre ich jemand, den du mit jeder Zelle deines Körpers willst?«

Ich atme tief ein, meine Hände zittern. »Weil mein ganzer Körper dich will, Carter.« Es ist nur ein leises Flüstern.

»Aber es fühlt sich so an, als würde deine Seele mich wollen …« Seine tiefe Stimme ist sanft.

Ich schlucke. Mein Herz pumpt Hitze durch meinen Körper. Verdammt. Ich blinzle. Überlege, was ich sagen soll. »Ich … Du …«

»Was, wenn meine Seele dich will?« Seine Stimme ist so verführerisch, dass sie auf meinem ganzen Körper eine Gänsehaut erzeugt.

Meine Augen weiten sich. Ich sehe ihn an. Sehe ihm direkt in die dunkelgrünen Augen. »Was? Aber … Wenn deine Seele … Wieso tust du mir dann weh?«

»Weil meine Seele tiefschwarz ist.«

Ich schlucke. »Und was magst du dann so sehr an mir?« Ich traue mich kaum, die Frage auszusprechen, zu groß ist die Angst vor seiner Antwort.

»Fuck, Rose. Du bist die Einzige, die jemals meine Seele berühren konnte.«

»Aber … das verstehe ich nicht … Wie?«

Er schmunzelt. »Das werde ich dir noch nicht verraten.«

»Und wieso tust du mir dann weh?« Tränen sammeln sich in meinen Augen.

»Ach, Rose … Weil ich nun einmal so bin. Ich bin ein Killer. Ein Sadist. Ich bin nicht gut für dich. Ich werde dir immer wehtun. Ich kann einfach nicht anders.«

»Wieso bist du so?«

»Das kann ich dir nicht sagen. Wieso bist du so?«

»Was meinst du?«

»Wieso willst du mich? Nach allem, was ich dir angetan habe.«

»Ich … Ich weiß es nicht … Ich verstehe nicht, wie meine Seele es zulassen kann, dass ich mich so nach dir sehne, obwohl du mir so schlimme Dinge angetan hast.« Meine Stimme bebt vor Angst, als ich an all die Sachen denke, die ich wegen ihm durchlitten habe. Verdammt. Ich darf ihn nicht so sehr wollen. Eine Träne läuft über meine Wange.

Carter streicht mit dem Daumen über meine Wange. »Ich werde immer dafür sorgen, dass du Angst vor mir hast, und ich werde dir wehtun. Weil meine Seele tiefschwarz ist und da kein Funken Gutes in mir ist.«

»Das ist nicht wahr«, hauche ich.

Carter hebt eine Augenbraue.

»Wenn ich deine Seele wirklich irgendwie berühren konnte, dann kann sie nicht komplett schwarz sein. Eine tiefschwarze Seele ist nicht fähig, irgendetwas zu fühlen.«

Sein Kiefer verhärtet sich, seine Augen werden dunkler. »Selbst wenn es diesen Teil gibt, wäre er viel zu schwach, um irgendetwas zu ändern.«

Ich schlucke. »Vielleicht will meine Seele dich genau wegen dieses Teils.«

»Das sollte sie aber nicht.« Seine Hand gleitet zu meinem Hals, legt sich um ihn.

»Ich weiß«, hauche ich. »Küss mich.«

Seine Augen blitzen auf. »Wenn ich dich jetzt küsse, dann kann ich nicht mehr aufhören. Dann werde ich noch viel weiter gehen.«

»Okay.«

»Ich habe dir beim ersten Mal gesagt, dass ich mich nicht mehr zurückhalten kann, und das habe ich auch so gemeint.«

»Ist okay.«

»Ich werde nicht aufhören können, wenn du es dir anders überlegst.«

»Werde ich nicht.«

»Du musst mich darum bitten. Sonst werde ich es nicht tun.«

»Verdammt, Carter. Fick mich.« Ich sehe ihm in die Augen. Wildes Verlangen lodert in seinen Smaragden auf. »Fuck, Rose. Du weißt nicht, worauf du dich einlässt.« Er presst seine Lippen auf meine, dringt gierig mit der Zunge in meinen Mund ein. Ich spüre seine Bartstoppeln, die an meiner Haut kratzen. Ich schmecke ihn, lasse ihn mich noch härter küssen.

Als er sich kurz von mir löst, um mir meine Hose und Slip auszuziehen, ringe ich atemlos nach Luft. Die schwarzen Tattoos glänzen auf seiner Haut, seine Muskeln zucken. Er entledigt sich ebenfalls seiner übrigen Klamotten und kommt wieder über mich. Carter küsst mich gierig und ich spüre seine Härte an meiner Mitte, was mir ein lustvolles Stöhnen entlockt. Verdammt, ich will ihn so sehr.

Mit einem schwungvollen Stoß rammt er sich in mich hinein, lässt mich erregt aufkeuchen. Seine Härte füllt mich von innen aus und gleitet in schnellen und harten Bewegungen in mich. Meine Lust ist so gewaltig, dass er mühelos in mich gleiten kann. Mein Atem beschleunigt sich mit jedem Stoß.

Carter löst seine Lippen von meinen und schaut mich an. Ein stechender Schmerz geht durch meinen Oberschenkel und ich stöhne gequält auf. Er fängt an zu grinsen und der Schmerz wird stärker.

Ich sehe zu meinem Oberschenkel. Carter drückt mit seinen Fingern in die Schusswunde. Erschrocken sehe ich ihm in die Augen. Er genießt es. Er genießt meinen Schmerz. Sein Griff verfestigt sich und ich schreie vor Schmerz auf. Verdammt.

Ich ringe nach Luft. »Fick dich, Carter.«

»Vorsicht.« Seine Stimme klingt gefährlich. Seine Finger drücken sich tiefer in die Wunde.

Ich schreie so laut auf, dass ich mich selbst über die Lautstärke erschrecke. Carter stößt sich heftig in mich, noch viel kraftvoller als beim letzten Mal, was ich nicht für möglich gehalten hätte. Aber es macht mich auch verdammt geil. Ich stöhne vor Lust. Dann schreie ich vor Schmerz.

Ich sehe ihm in die Augen. Erkenne die Leidenschaft, das Verlangen. Erkenne, dass ihn mein Schmerz und meine Angst aufgeilen. Auf jeden meiner Schreie folgt ein noch tieferer Stoß. Mein Herz pumpt wie wild und mein Atem geht stoßweise.

Carters Hand schließt sich um meinen Hals, drückt zu. Schwer atmend versuche ich zu schreien, doch nur ein Röcheln verlässt meine Kehle. Als er noch fester auf die Wunde drückt, erzittert mein Körper und ich krümme mich vor Schmerz, meine Augen rollen nach hinten.

Ich kralle meine Fingernägel in seinen Rücken, was ihm ein erregtes Knurren entlockt und einen noch härteren Stoß. Verdammt. Dieser Schmerz ist so qualvoll. Aber da ist auch noch die Lust und jeder seiner Stöße erregt mich, entfacht mehr Hitze in meiner Mitte.

»Fuck, Rose«, raunt er mit einer so tiefen Stimme, die vor Erregung bebt und ein lustvolles Kribbeln in meiner Mitte hervorruft.

Der höllische Schmerz in meinem Bein lässt mich erneut aufschreien. Der Schrei vermischt sich mit einem Stöhnen. Seine Härte stimuliert mich so sehr, dass sich das Gefühl trotz des Schmerzes immer weiter aufbaut.

Mit voller Wucht ergreift mich der Orgasmus, lässt mich vor Lust laut stöhnen, mein Körper zittert unkontrolliert. Meine Fingernägel graben sich noch tiefer in sein Fleisch, was ihn noch mehr anmacht.

Carter drückt noch einmal fest zu und rammt sich hart und tief in mich hinein. Mein Stöhnen geht in ein Schreien über, vermischt sich dann wieder mit einem Stöhnen, als der Orgasmus noch intensiver wird. Fuck, dieses Gefühl ist zu geil. Einfach himmlisch.

Carter stöhnt ebenfalls laut auf, seine Hand schließt sich fester um meinen Hals, bevor sein Körper auf meinen sinkt.

Kraftlos ringe ich nach Luft, mein Körper ist immer noch leicht am Zittern. Meine Mitte pocht. Mein Oberschenkel fühlt sich taub an. »Fuck, Carter.«

»Es hat dir gefallen, oder?« In seinen Augen blitzt etwas auf. »Fuck, Rose. Der Schmerz hat dich geil gemacht.«

Ich schlucke. Verdammt. Er hat Recht. Er hat verdammt noch mal Recht. »Fick dich. Das waren höllische Schmerzen.«

Carter schmunzelt. »Vorsicht.«

»Sonst was?« Ich sehe ihn herausfordernd an.

»Sonst werde ich dir noch mehr Schmerzen zufügen. Aber diesmal viel schlimmer und ohne dich dabei in den Himmel zu ficken.« Seine Stimme klingt gefährlich und verführerisch.

Ich atme scharf die Luft ein. »Du bist so ein verdammter Sadist.«

»Ich weiß«, sagt er grinsend.

Erschöpft schließe ich die Augen. Dieser Sex ist verdammt geil gewesen, aber auch sehr kräftezehrend. Die Überbleibsel der Lust pulsieren immer noch in meiner Mitte und mein Herz beruhigt sich langsam.

Fuck. Carter hat mir höllische Schmerzen zugefügt und ich hasse ihn dafür, dass er das getan und es sogar noch genossen hat. Aber ich hasse mich noch mehr dafür, dass es mir ebenfalls gefallen hat. Das ist krank. Diese höllischen Qualen haben mich geil gemacht, während er mich so gut gefickt hat, dass ich vor Lust zerflossen bin. Verdammt. Dieser Sex ist noch härter gewesen als beim letzten Mal. Und es hat mir so gut gefallen, dass mein Orgasmus noch intensiver gewesen ist.

Ich schäme mich dafür, dass mir dieser Schmerz gefallen hat. Aber fuck, ihn in mir zu spüren, ist einfach zu gut. Und selbst dieser Schmerz kann dieses Gefühl nicht trüben. Es ist einfach zu geil gewesen und ich muss mich daran erinnern, dass er ein verfickter Killer ist, den ich nicht so nah an mich ranlassen sollte. Aber er fickt mich so verdammt gut, dass ich die Wahrheit verdränge.

Carter setzt sich im Bett auf. Müde öffne ich die Augen und greife nach seinem Arm. Er sieht mich fragend an.

»Bitte geh nicht«, sage ich schwach.

»Du bittest mich darum, bei dir zu bleiben?« Seine Augenbrauen schießen in die Höhe, in seinen Augen blitzt etwas auf.

Ich nicke. »Ja, bitte bleib bei mir. Wenigstens bis ich eingeschlafen bin.« Meine Stimme ist leise, kaum hörbar.

»Okay.« Carter legt sich zu mir.

»Nur falls mir wieder kalt wird«, murmle ich.

»Natürlich.« Er lacht leise. Seine Arme legen sich um meinen Körper, wärmen mich. Seine nackte Haut berührt meine, erzeugt eine angenehme Hitze. Er wärmt mich, damit ich nicht wieder anfange zu zittern und mir die Kälte den Schlaf raubt. Aber fuck, es ist so viel mehr als das. Ich fühle mich viel zu wohl in seinen Armen. Seine Nähe fühlt sich viel zu gut an. Und das ist gefährlich. Seine Nähe ist verdammt noch mal gefährlich.

KAPITEL 35

CARTER

Rose liegt in meinen Armen, ihr nackter Körper vor meinem. *Fuck, am liebsten würde ich mich noch einmal in sie rammen!* Ihr Stöhnen hören, ihre Schreie. Meine Finger in ihre Wunde drücken und die Angst und den Schmerz in ihren Augen sehen. Fuck, es ist zu geil gewesen. Ihr Körper reagiert so extrem auf mich. Ich brauche nicht viel tun. Ich muss ihr nur nah sein und das reicht aus. Sie reagiert auf jede meiner Berührungen. Selbst auf meine Stimme. Und sie will mich. Meinen Körper. Und meine Seele. Fuck.

Ihre Lust hat mich so sehr erregt, dass ich mich nicht mehr zurückhalten konnte. Sie ist so nass gewesen. Und ihr Schmerzen zuzufügen, hat mich so geil gemacht, dass ich mich nicht zügeln konnte. Und das Beste daran ist, dass es ihr auch gefallen hat. Verdammt, der Schmerz hat auch sie geil gemacht. Und als sie ihre Fingernägel in meine Haut gerammt hat, fuck, ist das geil gewesen.

Ihr Körper ist so perfekt für mich. Der Sex ist so gut und das ist erst ein Bruchteil von dem, was ich noch mit ihr tun werde. Es ist einfach geil, mich in ihr zu bewegen. Meinen Schwanz in ihre feuchte Pussy zu rammen. Ich kenne kein geileres Gefühl. Es ist sogar besser, als jemanden zu töten.

Fuck. Ich will sie so sehr. Meine Seele will sie. Verdammt. Ich werde ihr so viel Schmerz zufügen. Und ich hoffe, dass sie stark genug dafür ist. Aber aus irgendeinem Grund bin ich mir sicher, dass sie die Richtige dafür ist. Für all meine dunklen Fantasien. Meine Seele will sie so sehr. Ich will ihre weiße Seele, die mit bunten Farbklecksen übersät ist. Ich will ihre Seele mit meiner vereinen, um das dunkle Schwarz mit etwas Farbe zu schmücken. Fuck, ich will ihre Seele und mit ihr all die dunklen Fantasien ausleben, nach der sich meine Seele so sehr sehnt.

KAPITEL 36

ROSE

M it bestimmten Bewegungen führe ich den Pinsel über die Leinwand. Beobachte die Farben, wie sie miteinander verschmelzen, und fühle mich frei. Ich betrachte die Rosen, die sich um eine Pistole ranken. Was auch immer das zu bedeuten hat, ich habe es einfach gemalt, ohne darüber nachzudenken.

»Komm mit.« Carters Stimme lässt mich zusammenzucken.

Ich drehe mich um, blicke in seine grünen Augen. »Wohin?«

»Nach unten.« Er grinst und hebt eine Augenbraue.

»Aber …« Verwirrt sehe ich ihn an. Das ist ein Scherz, oder? Er verarscht mich. Vielleicht ist das irgendein kranker Test, um zu sehen, ob ich ihm gehorchen oder versuchen werde, ihm zu entkommen.

»Überleg es dir und komm nach, wenn du willst.« Er zuckt mit den Schultern und dreht mir dann den Rücken zu. Er geht durch die Tür, läuft den Flur entlang, die Treppe nach unten, bis seine Schritte verklingen.

Perplex starre ich auf die Tür. Auf die offenstehende Tür. Er hat sie nicht abgeschlossen. Er hat mich nicht eingesperrt, wie er es sonst immer tut. Er hat die Tür tatsächlich aufgelassen. Er meint es ernst, oder? Ich darf mein Zimmer verlassen. Oder ist das eine Falle? Lockt er mich hier heraus, nur um mich danach dafür zu bestrafen? Verdammt.

Mit wild klopfendem Herzen lege ich die Palette und den Pinsel ab und gehe langsam auf die Tür zu. Das dumpfe Pochen in meinem Bein lässt mich ein wenig humpeln, doch der Schmerz ist auszuhalten. Immerhin hat die Wunde in den letzten Tagen bereits etwas heilen können.

An der Tür angekommen, halte ich inne und luge auf den leeren Gang. Für ein paar Sekunden bleibe ich unschlüssig stehen, weiß nicht, ob ich seiner Einladung nach unten folgen soll oder lieber in dem Zimmer bleibe. Aber ich will es nicht riskieren. Selbst wenn es eine Falle ist, ich werde es bereuen, es nicht wenigstens herausgefunden zu haben. Und irgendetwas in mir weiß, dass er mich nicht reinlegt.

Ich trete langsam auf den Flur und setze einen Fuß vor den anderen. An der Treppe angekommen, halte ich kurz inne und lausche. Dann setze ich einen Fuß auf die erste Stufe. Ich halte mich am Geländer fest, da die Schusswunde mich, was Treppen anbelangt, offensichtlich noch mehr einschränkt, während ich die Treppe Stufe für Stufe nach unten gehe. Unten angekommen, erblicke ich eine offene Tür.

Mein Blick fällt auf die Haustür am Ende des Flurs. Für einen kurzen Moment überlege ich zur Tür zu rennen, sie aufzureißen und zu fliehen. Aber ich entscheide mich dagegen. Denn es ist viel zu riskant. Die Tür ist sicherlich verschlossen und ich werde ihm nicht entkommen. Und mit einem erneuten Fluchtversuch würde ich alles aufs Spiel setzen und sein Vertrauen missbrauchen. Und dann wäre ich wieder in meinem Zimmer eingesperrt und er würde mich so schnell bestimmt nicht wieder rauslassen. Nein. Ich darf es nicht riskieren. Das wäre verdammt dumm.

Langsam humple ich auf die geöffnete Tür zu und betrete den großen Raum, der sich als Wohnzimmer herausstellt. In einer Ecke ist ein großer Kamin, an einer Wand ein hohes Regal mit Büchern und Kleinkram. Auf der anderen Seite ist ein riesiges Sofa, davor ein Couchtisch. Mein Blick fällt auf Carter, der auf dem schwarzen Sofa sitzt, und ich erstarre.

Meine Luftröhre schnürt sich zu, mein Herz setzt für einen Moment aus, bevor es doppelt so schnell wie vorher weiterschlägt. Hitze breitet sich in mir aus und ich taumle. Mit meinen zittrigen Händen suche ich nach Halt, finde nur den Türrahmen, an dem ich mich festhalte.

Mit weit aufgerissenen Augen starre ich zu Carter, der mich amüsiert angrinst, seine Pistole direkt auf mich gerichtet, den Finger am Abzug. Fuck. Es ist doch eine Falle. Er hat mich reingelegt, mich hier hinunter gelockt. Und jetzt wird er mich verdammt noch mal erschießen.

Überforderung macht sich in mir breit, mischt sich unter die Panik. Ich schließe die Augen. Ich kann ihn nicht ansehen. Nicht, wenn er mich gleich erschießt. Ich werde ihm diesen letzten Blick in meine Seele nicht gewähren. Das hat er nicht verdient. Außerdem wird es nichts bringen. Er ist ein eiskalter Killer, dem es ganz bestimmt nichts ausmacht, jemanden zu erschießen, der ihm in die Augen sieht. Verdammt.

Ich würde am liebsten laut losschreien, doch mein Hals ist zugeschnürt. Außerdem will ich mir diese Blöße nicht geben und ihm den Gefallen nicht tun. Denn ihm würde es sogar gefallen. Und er liebt die Panik in meinen Augen. Und genau das werde ich ihm nicht geben. Ich verweigere ihm diese Genugtuung. Die Angst in meinen Augen, die ihn so sehr anmacht. Aber das gönne ich ihm nicht. Nicht, wenn er mich eiskalt erschießen wird. Wenn er mich erschießt, dann ohne mir dabei in die Augen zu sehen und sich an der Angst darin zu ergötzen.

»Du zitterst ja … Ist dir etwa kalt?« Carters tiefe Stimme dringt leise in mein Ohr. Sein Atem streift meinen Hals.

Ich ziehe scharf die Luft ein und schlucke panisch. Etwas Kaltes fährt über meine Wange, etwas Hartes. Fuck, das ist doch nicht … Ich versuche, meinen zitternden Körper unter Kontrolle zu bringen, gleichmäßig zu atmen. Aber die Angst hat sich in meinen Gliedern festgesetzt.

»Antworte mir«, zischt er.

Ich schüttle den Kopf. »Nein … nein, mir ist nicht kalt«, hauche ich. Meine Stimme zittert.

»Mach die Augen auf und sieh mich an, Rose.« Er schleicht um mich herum, so nah, dass wir uns fast berühren. Nur fast.

Ich blinzle. Dann sehe ich ihn, sehe zu ihm hoch. Er steht direkt vor mir, die Waffe in der Hand, fährt damit über meine Wange. Ich wanke. Mein Kopf ist wie leer gefegt, hat Platz gemacht für die Panik, die Todesangst, die mich komplett im Griff hat.

Carters Grinsen wird breiter. Sein Arm legt sich um meine Taille. Er hält mich fest, hindert meinen Körper daran, umzukippen. Mit der Waffe fährt er an meinem Hals entlang. »Fuck, Rose. Du zitterst so sehr.« Seine Stimme ist nur ein tiefes Raunen.

Mein Brustkorb hebt und senkt sich bei jedem meiner schnellen Atemzüge. »Warum tust du das?« Meine Stimme ist nur ein leises Hauchen.

»Ich habe dir doch gesagt, dass ich dir wehtun werde.«

»Fick dich, du scheiß Arschloch!« Mein Herz schlägt viel zu schnell.

»Vorsicht.« Der Lauf seiner Waffe drückt sich fester gegen meine Haut.

Ich atme erschrocken ein. Tränen sammeln sich in meinen Augen. »Sonst was?«, bringe ich gepresst hervor.

»Sonst drücke ich ab.« Sein Gesicht schwebt so nah vor meinem, dass ich die Zigaretten in seinem Atem riechen kann.

»Dann drück doch ab.« Meine Stimme bebt vor Angst. »Erschieß mich einfach.«

Ein diabolisches Grinsen formt sich auf seinen Lippen. »Erschießen? Aber ich will dich doch nicht töten. Wo bliebe denn da der Spaß?« Er entfernt die Waffe von meinem Hals, nur um sie mir dann in meinen Bauch zu drücken.

Ich schnappe panisch nach Luft. »Nein … Aber … Im Bauch sind wichtige Organe …«

»Ich kenne die menschliche Anatomie gut genug, um auf dich zu schießen, ohne dabei lebenswichtige Organe zu verletzen.« In seinen Augen blitzt etwas auf, er lächelt. Die Waffe drückt sich auf einer Seite in meinen Bauch.

Zitternd greife ich nach seiner Hand, lege meine Hand auf seine, berühre dabei mit einem Finger das kalte Metall der Waffe. Und weiß, dass ich nichts tun kann, um ihn davon abzuhalten, abzudrücken. »Bitte …« Ich schüttle den Kopf. Mein Herz wummert in meiner Brust.

»Was, Rose? Worum bittest du mich?« Seine Kiefermuskeln zucken, sein Blick ruht intensiv auf mir.

»Bitte … Bitte schieß nicht auf mich.« Das Zittern verschluckt meine Stimme, sodass meine Worte nur ein leises Hauchen sind. Die Panik in meiner Brust jagt Hitze durch meine Adern.

Carter schmunzelt. »Wieso sollte ich auch? Für das, was ich mit dir vorhabe, brauche ich dich unversehrt.«

»Was?« Ich blinzle und schlucke. »Was meinst du?«

»Mit einer Schusswunde im Bauch kann ich dich nicht hart genug ficken.« In seinen Augen blitzt Verlangen auf.

Meine Kinnlade klappt herunter. »Was? Du wolltest gar nicht auf mich schießen?«

Er schüttelt den Kopf. »Nein.«

»Du hast nur mit mir gespielt?« Fassungslos starre ich ihn an.

»Ja.«

»Fick dich, Carter. Fick dich, du verficktes scheiß Arschloch!« Wut brodelt in meiner Brust und ich sehe ihn hasserfüllt an.

»Vorsicht«, zischt er und zieht mich dichter an sich heran.

»Fick dich, Carter. Ich werde nie wieder mit dir Sex haben. Nie wieder.« Ein Kribbeln durchzieht meinen Bauch.

»Ach nein?« Er hebt eine Augenbraue.

»Nein, du verficktes Arschloch.«

»Das werden wir noch sehen.«

Ich lache auf. »Eher sterbe ich, als mich noch einmal von dir anfassen zu lassen.«

»Na, wenn das so ist …« Mit seiner Waffe fährt er meinen Körper hinunter und platziert sie zwischen meinen Beinen.

Ich keuche erschrocken auf, sehe ihn mit weit aufgerissenen Augen an. »Fuck, was soll das?« Mein ganzer Körper zittert und ich kann mich nicht rühren.

»Wenn ich dich nicht mehr ficken kann, dann brauchst du deine Pussy doch nicht mehr. Und ich werde nicht zulassen, dass dich ein anderer fickt.« Seine raue Stimme erzeugt eine Gänsehaut auf meinem Körper.

»Nein! Warte.« Panik flutet erneut meinen Körper. Mein Herz klopft mit meinen Atemzügen um die Wette.

»Hast du deine Meinung etwa doch geändert?« Er hebt eine Augenbraue.

Verdammt. Ich nicke. »Ja …« Ich schlinge meine Arme um seinen Hals, ziehe seinen Kopf zu mir herunter, lege meine Lippen auf seine. Ich küsse ihn hart und verlangend. Voller Panik. Aber die Angst davor, dass er abdrückt, ist übermächtig. Als ich spüre, wie er die Waffe von meiner Mitte entfernt, atme ich erleichtert aus.

Plötzlich schiebt er mich von sich weg, bringt Abstand zwischen uns, die Waffe auf meiner Brust. »Verdammt, Rose. Was wird das?« Er sieht mich dunkel an.

»Du kannst mich ficken. Das willst du doch.«

»Aber doch nicht so. Ich will, dass du mich willst, trotz deiner Angst. Nicht nur wegen deiner Angst.«

Ich schlucke. »Du bist so ein kranker Psychopath.« Mein Herz schlägt noch immer viel zu schnell.

»Ich weiß.« Er grinst. Nach ein paar Sekunden lässt er die Waffe sinken.

Ich atme erleichtert aus. Mein Herzschlag verlangsamt sich. Das Zittern lässt nach. Ich atme ein paar Mal tief ein und aus.

Carter setzt sich aufs Sofa und sieht mich an. Ein amüsiertes Grinsen liegt auf seinem Gesicht. Ich weiche seinem Blick aus und bleibe unschlüssig stehen. Verdammt. Ich habe keine Ahnung, was ich jetzt tun soll.

Carter hat mir erneut unmissverständlich klargemacht, dass ich ihm gehorchen muss und mich ihm nicht widersetzen darf. Und er hat mir mal wieder gezeigt, wie viel Spaß er daran hat, mir Angst einzujagen. Mich in Panik zu versetzen. Er hat mich ohne Grund mit einer Waffe bedroht und mich in dem Glauben gelassen, er würde auf mich schießen. Ich habe Todesangst gehabt. Grenzenlose Panik. Und ich hasse ihn so abgrundtief dafür, dass er mir das angetan hat. Und dass er es sichtlich genossen, sich daran aufgegeilt hat. Wahrscheinlich hat sich sein Schwanz dabei aufgestellt, als er mich berührt und die Panik in meinen Augen gesehen hat. Verdammt, er ist so ein kranker Sadist.

KAPITEL 37

CARTER

Der Parkplatz liegt dunkel und verlassen vor mir. Ich sitze in meinem Auto, die Lichter sind aus. Mit meiner Pistole in der Hand beobachte ich die Gegend. Außer mir ist hier niemand. Noch nicht. Dieser Ort ist so abgelegen und so verlassen, dass er perfekt ist. Keine Kameras, keine Gebäude, keine Menschen. Es wird keine Zeugen geben.

Normalerweise bin ich sehr geduldig. Heute ist es anders. Im Hinterkopf habe ich Rose, die allein in meinem Haus ist. Ich habe sie in ihrem Zimmer eingesperrt, damit sie keine Dummheiten macht. Ich hätte ihre Tür auch einfach geöffnet lassen können, sodass sie sich frei bewegen kann. Es hätte keinen Unterschied gemacht, da ich sowohl Türen als auch Fenster verriegeln kann. Ohne Schlüssel und den Code für meine Alarmanlage hätte sie keine Fluchtmöglichkeit. Aber ich habe keinen Bock darauf, dass sie durchdreht und alles verwüstet. Ich will kein Chaos beseitigen müssen. Und ich weiß auch nicht, ob sie das überleben würde.

Scheinwerfer ziehen meine Aufmerksamkeit auf sich. Am anderen Ende des Parkplatzes ist ein Auto aufgetaucht, das in einer

Ecke stehen bleibt, bevor die Lichter ausgehen. Ich lade meine Waffe und entsichere sie, bevor ich lautlos meine Autotür öffne. Nachdem ich ausgestiegen bin und die Tür geräuschlos wieder geschlossen habe, gehe ich auf das Auto zu.

In der Dunkelheit sehe ich kaum etwas, aber ich habe diesen Ort gut genug erkundet, als es hell war. Ich weiß, was ich tue. Ich nähere mich dem Auto und mit jedem Schritt wächst die Vorfreude.

Als ich den Wagen erreiche, hebe ich meine Waffe vor meine Brust und richte sie nach vorne. Dann greife ich nach dem Türgriff der Fahrertür und öffne sie.

»Scheiße, was soll das?« Der Mann im Innern des Autos sieht mich verwirrt an. Als sein Blick auf die Waffe in meiner Hand fällt, flackert Panik in seinen Augen auf. Er hebt die Hände abwehrend vor seinen Körper. »Wer bist du? Was willst du von mir?« Seine Stimme zittert.

Ich grinse. »Wer ich bin, tut nichts zur Sache. Und was ich will …« Ich zucke mit den Schultern. »Das kannst du dir wahrscheinlich denken.« Die Waffe auf seinen Kopf gerichtet, sehe ich ihn an.

Der Mann mittleren Alters sieht sich panisch um und lehnt sich mit seinem Körper Richtung Beifahrerseite, um mir zu entkommen. »B-bitte! Bitte tu mir nichts.« Er scheint verzweifelt nach einem Ausweg zu suchen. Doch den wird er nicht finden. »Ich tue alles, was du willst! Ich habe Geld!«

Ich lache. »Ich will dein Geld nicht. Ich bin nur hier, um meinen Job zu machen.«

»Wer bezahlt dich? Was auch immer dir gezahlt wird, ich gebe dir das Doppelte!« Seine Augen sind panisch geweitet und er sieht mich flehend an.

Langweilig. Sie sagen alle das Gleiche. Alle wollen mich immer mit Geld dazu bringen, ihnen nichts zu tun. Oder mit anderen Dingen. Mir wurden auch schon Drogen angeboten. Ja, sogar Frauen. Aber ich habe immer abgelehnt. Denn so funktioniert mein Job nicht. Ich bin zuverlässig und loyal. Meine Auftraggeber verlassen sich darauf, dass ich mich nicht von den Opfern bestechen lasse. Sie zahlen genug und ich bin nicht darauf angewiesen, mehr zu bekommen.

Kopfschüttelnd seufze ich. »Das geht leider nicht.«

»A-aber«, fängt er an. Seine Hände zittern genauso wie sein restlicher Körper. Er hätte nicht herkommen dürfen. Würde dieser Kerl sich nicht jeden Abend hier verstecken, um in Ruhe seine Drogen zu nehmen und vor seinem Leben zu fliehen, dann wäre er nicht in dieser Situation. Dann hätte ich hier nicht die perfekte Gelegenheit, ihn unauffällig zu töten. Er ist selbst schuld daran.

Ich verdrehe die Augen und ziele direkt auf seine Stirn. Ich sauge die Panik in seinen Augen auf. Dann drücke ich grinsend ab. Der Knall hallt ohrenbetäubend laut in der Stille wider.

Der Mann sackt in sich zusammen, auf seiner Stirn ein Einschussloch. Blut sickert aus der Wunde und versaut sein weißes Hemd. Eigentlich schade um den schönen Stoff, sieht teuer aus. Aber das ist nicht mein Problem. Damit kann er jetzt eh nichts mehr anfangen.

Zufrieden bücke ich mich auf den Boden und hebe die Patronenhülse auf. Dann hole ich mein Smartphone aus meiner Hosentasche und mache ein Beweisfoto von der Leiche, bevor ich die Autotür wieder schließe. Da ich Handschuhe trage, brauche ich mir keine Sorgen um Fingerabdrücke zu machen.

Ich sehe mich noch einmal auf dem Parkplatz um, bevor ich zurück zu meinem Auto schlendere. Im Gehen schicke ich meinem Auftraggeber die Bestätigung, dass der Job erledigt ist. Ich steige ins Auto und starte den Motor. Dann rolle ich vom Parkplatz und fahre durch die Straßen, bis ich den Highway erreiche.

Das Töten verschafft mir schon lange keinen Adrenalinrausch mehr, aber trotzdem befriedigt es mich tief in meiner dunklen Seele.

Mein Smartphone gibt einen Ton von sich und ich ziehe es hervor. Als ich den Geldeingang auf meinem Konto sehe, grinse ich zufrieden und stecke es wieder weg. Perfekt. Es ist alles reibungslos verlaufen. Niemand wird je erfahren, wer diesen Mann getötet hat. Nichts deutet auf mich. Ich habe keine Spuren hinterlassen, es gibt keine Beweise.

Aus der Zigarettenschachtel, die in der Mittelkonsole liegt, nehme ich mir eine Zigarette heraus und stecke sie mir zwischen die Lippen. Dann zünde ich sie an und nehme einen tiefen Zug. Ich lege das Feuerzeug weg, lasse das Fenster ein Stück herunter und klemme die Kippe dann zwischen Zeige- und Mittelfinger ein. Meine andere Hand ruht auf dem Lenkrad und steuert den Wagen.

Normalerweise rauche ich nicht im Auto. Aber am Tatort zu rauchen wäre dumm gewesen, da mit jeder Sekunde das Risiko, erwischt zu werden, gestiegen wäre. Und ich habe auch keinen Bock, jetzt anzuhalten, denn ich will keine Zeit verlieren. Rose ist schon seit Stunden allein und ich muss langsam zurück.

Wenn ich ehrlich zu mir selbst bin, dann will ich nicht nur schauen, dass sie keine Dummheiten angestellt hat, sondern sie auch wiedersehen. Sie und ihre Kunst. Ich bin neugierig, was sie in meiner Abwesenheit auf die Leinwand gebracht hat. Fuck, es sollte mich nicht so sehr interessieren. Aber meine dunkle Seele sehnt sich nach ihr.

KAPITEL 38

ROSE

Mit meinem Bleistift ziehe ich dünne Linien auf dem Papier. Mit leichterem Druck fahre ich mit dem Stift anschließend über das Blatt und schattiere damit die Zeichnung. Das Notizbuch lehnt an meinen Oberschenkeln, meine Beine habe ich auf dem Sofa aufgestellt. Das Kaminfeuer knistert im Hintergrund und wirft dunkle Schatten an die Wände.

»Seit wann machst du das schon?« Carter deutet auf das Buch in meiner Hand. »Malen, Zeichnen, die Kunst.« Er nimmt einen Schluck von seinem Bourbon und sieht mich interessiert an.

Ich löse meinen Blick von dem Blatt vor mir. »Seit ich denken kann. Also seit immer.« Ein Lächeln legt sich auf meine Lippen.

Carter fährt sich durch die schwarzen Haare. Er sitzt am anderen Ende des Sofas im Wohnzimmer, ein Glas Bourbon in der Hand, und beobachtet mich beim Zeichnen. Obwohl er mich gestern unvorstellbarer Panik ausgesetzt hat und ich eigentlich möglichst weit von ihm weg sein will, lasse ich mich nicht von seiner Anwesenheit stören. Während ich zeichne, ist mir sowieso alles andere egal.

Bei meiner Kunst geht es mir immer gut. Wenn ich male oder zeichne, ist mein Körper voller Euphorie und nichts kann daran etwas ändern. Und insgeheim gefällt mir seine Bewunderung sogar ein bisschen.

Außerdem will ich nett zu ihm sein, ihm gehorchen. Vielleicht bekomme ich so irgendwann die Chance, wieder frei zu sein. Ich muss alles versuchen, auch wenn es unwahrscheinlich ist, dass Carter mich jemals wieder laufen lassen wird. Ich muss sein Vertrauen gewinnen und darf mich ihm nicht widersetzen. Denn das ist die einzige Möglichkeit, um ihn vielleicht davon überzeugen zu können, mich nicht ewig gefangen zu halten.

Ich sehe ihm direkt in die Augen. »Und du?« Ich lege den Kopf schief. »Seit wann mordest du schon?«

Grinsend richtet er sich auf. »Seit meiner Zeit bei der Army.«

Meine Augen weiten sich. »Du warst bei der US Army?«

Er nickt. »Wieso überrascht dich das?«

Ich zucke mit den Schultern. »Keine Ahnung. Ich hätte nicht gedacht, dass so jemand wie du mal unserem Land gedient hat.«

»So jemand wie ich?« Er hebt eine Augenbraue.

»Ein Killer. Ein Krimineller. Ein Sadist. Ein Auftragsmörder. Such dir etwas davon aus.« Ich schlucke bei dem Gedanken daran, was für ein gefährlicher Mensch Carter ist.

»Tja, aber das ist gar nicht mal so selten. Sonst gäbe es keine Korruption. Und die Spezialeinheiten sind letztlich auch nichts anderes als ausgebildete Auftragskiller. Nur dass sie im Auftrag der Regierung töten. Und es gibt auch in der US Army genug Kriminelle. Außerdem gibt es genug Veteranen, die nach ihrer Zeit dort weitermorden oder zu Terroristen werden.«

Ich schlucke. »Dass es überall schwarze Schafe gibt, war mir durchaus bewusst. Ich hatte irgendwie nur nicht damit gerechnet, dass du …«

»Dass ich was?« Carters Blick durchbohrt mich.

»Dass du … nicht immer so warst, wie du jetzt bist.« Meine Stimme ist leise.

Carter sieht mich für ein paar Sekunden nur an. »Nicht alle haben das Glück, ihre Leidenschaft in die Wiege gelegt zu bekommen so wie du. Manche finden sie erst viel später.«

»So nennst du das? Leidenschaft?« Mein Puls erhöht sich.

Er hebt eine Augenbraue. »Wie würdest du es nennen?«

»Irgendwo falsch abgebogen?«

»So wie du bei Aiden?« Er trinkt einen Schluck von seinem Alkohol.

Ich zucke zusammen. Hitze steigt in meinem Körper hoch. Tränen sammeln sich in meinen Augen, als ich an all die schrecklichen Dinge denke, die er mir angetan hat. Mein Hals schnürt sich zu, sodass kein Wort hindurch kommt.

»Was hat er dir angetan?« Carters Stimme ist sanft. So sanft, wie ich ihn noch nie gehört habe.

Ich sehe ihm in die Augen. »Als ob dich das interessiert.« Trotz liegt in meiner Stimme, aber es ist nur ein Schutzmechanismus, um zu verhindern, alles erneut zu durchleben.

»Wenn es mich nicht interessieren würde, dann würde ich dich nicht fragen. Ich weiß meine Zeit besser zu nutzen, als sie mit Dingen zu verschwenden, die mich nicht interessieren.« Carter sieht mich ernst an.

Ich schlucke. »Willst du dich daran aufgeilen? Macht dich mein Schmerz so sehr an?« Meine Wangen glühen.

»Ich will mich nicht daran aufgeilen, Rose. Und mein Schwanz wird auch nicht dadurch hart, wenn du mir erzählst, wie ein anderer Mann dir wehgetan hat.« Seine Augen verdunkeln sich.

»Also macht es dich nur geil, wenn du derjenige bist, der mir wehtut?«

»So ungefähr.« Er grinst.

»Du bist so gestört.«

Carter lacht. »Also? Erzählst du mir jetzt, was zwischen euch passiert ist?«

Ich schlucke. Soll ich ihm wirklich mein größtes Trauma offenbaren, meine seelischen Wunden? Auch auf die Gefahr hin, dass er mich danach demütigen oder meine Schwäche ausnutzen wird, meinen Schmerz. Verdammt.

Eigentlich geht es ihn nichts an. Und ich hasse ihn. Vertraue ihm nicht. Wieso soll ich ausgerechnet ihm davon erzählen? Aber seine Stimme ist so sanft gewesen, als würde es ihn wirklich interessieren. Als wäre er einmal nett und würde mir einmal nicht wehtun wollen.

Ich will mich so gerne öffnen. Mich jemandem anvertrauen. Jemandem all meinen Schmerz offenbaren, meine seelischen Wunden offenlegen. Aber es soll jemand sein, dem ich vertraue. Und Carter ist die letzte Person, der ich traue. Aber jemand anderes kommt nicht infrage. Nicht jetzt. Und wahrscheinlich auch niemals wieder, wenn ich für immer hier gefangen sein werde. Und ich bin müde. So müde davon, diese Last allein zu tragen. Ich kann nicht länger schweigen. Nicht länger alles allein ertragen. Ich will, dass er mir diese Last abnimmt. Zumindest einen Teil. Und mir fällt niemand besseres ein als Carter. Er wird den Schmerz wegstecken können. Er wird es aushalten, wenn ich ihm alles erzähle. Und ein Teil meiner Seele will ihn immer noch.

»Okay«, flüstere ich.

Carters Augenbrauen zucken überrascht in die Höhe. »Okay.« Er lehnt sich zurück und blickt mir direkt in die Augen.

Ich klappe das Notizbuch zu und löse meinen Blick von Carter. Meine Hände zittern und mein Herz schlägt schnell in meiner Brust. »Ich habe ihn kennengelernt, da war ich siebzehn und bin noch zur Highschool gegangen. Wir haben uns auf einer Hausparty kennengelernt, zu der eine Freundin mich mitgenommen hat. Er hat mich angesprochen und wir haben die halbe

Nacht miteinander verbracht. Nicht so, wie du jetzt denkst. Wir haben uns nur unterhalten.« Ich schlucke. An jenem Abend war ich so glücklich. Alles war gut. »Er war zwar ein paar Jahre älter als ich, aber das hat uns nicht gestört. Verdammt, wenn ich nicht auf diese Party gegangen wäre.« Ich schüttle den Kopf, knete meine zittrigen Hände.

»Vielleicht hättest du ihn trotzdem irgendwo getroffen.« Carter zuckt mit den Schultern.

»Ja, vielleicht.« Ich nicke langsam. »Am Anfang war es wunderschön. Er war so lieb und hat mir nie wehgetan. Für ein paar Monate waren wir ein glückliches Paar. Wir hatten eine tolle Zeit. Ich habe die Highschool abgeschlossen und mich für mein Kunststudium beworben. Bis dahin hatte ich mir nie wirklich Gedanken darüber gemacht, was er eigentlich beruflich macht. Ich dachte, er würde noch studieren und nebenbei im Familiengeschäft arbeiten. Das habe ich nie infrage gestellt, weil seine Familie verdammt reich ist. Aber das war alles gelogen. Er ist reich, ja. Aber er hat weder studiert noch bei seiner Familie gearbeitet. Und dann ...« Ich schlucke gegen den sich bildenden Kloß in meinem Hals an. Tränen laufen über mein Gesicht und ich wische mir mit dem Handrücken über meine Wange.

Ich atme tief ein. »Als ich herausgefunden habe, wer er wirklich ist, hat es mir das Herz gebrochen. Er hat ... Ich habe mitbekommen, wie er einen Mann verprügelt hat. Aber so richtig heftig. Überall war Blut und ... Er hätte ihn fast getötet ...« Ich zittere und Tränen laufen über meine erhitzte Haut.

»Wieso hat er das getan?« Carters Stimme ist ruhig und entspannt mich ein wenig.

»Ich habe alles mitangehört, es ging um Drogen. Da wurde mir auch klar, womit Aiden so viel Geld verdient. Ein Teil des Geldes ist zwar von seiner Familie, aber er hat auch gedealt. Dieser Typ hat irgendwie Scheiße gebaut. Er hat Aiden Geld für

Drogen geschuldet und … Aiden hat ihn dafür verprügelt, als Warnung. Hat er zumindest gesagt, aber dieser Kerl war halb tot und wenn ich nicht … Ich … Ich habe ihn angeschrien … Dass er … Er sollte aufhören … Ich hatte Angst, dass er diesen Typen umbringt. Und dann … Dann hat er …« Ich presse die Lippen aufeinander und versuche, ruhig zu atmen. Die Panik breitet sich in meinem Körper aus, als ich an die Vergangenheit zurückdenke. Die schlimmen Dinge, die seit jener Nacht passiert sind.

»Was hat er dir angetan, Rose?« Carters Stimme ist so leise und gleichzeitig so nah, dass ich zusammenzucke.

Ich sehe zur Seite und blicke in dunkelgrüne Augen, die viel zu nah sind. Carter ist nähergekommen und sitzt direkt neben mir. Ich schlucke, mein Hals wird von einem dicken Kloß blockiert.

Carter streicht mir langsam eine Haarsträhne aus dem Gesicht, die auf meinen nassen Wangen klebt. »Was hat der Wichser dir angetan?« Seine Stimme klingt bedrohlich. Ich kann den Alkohol in seinem Atem riechen.

Ich zittere. Mein Herz schlägt schneller. Ich kann mich kaum konzentrieren, denke nur an seine Hand, die über meine Wange streicht. Ich löse meinen Blick von ihm, bevor ich weiterreden kann. »Er hat mich bewusstlos geschlagen … Und als ich wieder zu mir kam, hat er mir gesagt, dass ich die Klappe halten soll, weil er mich sonst umbringen wird. Und ich hatte solche Angst, dass ich mich nicht getraut habe, mit jemandem darüber zu reden. In dem Moment habe ich aufgehört, ihn zu lieben, und angefangen, ihn zu hassen. Ich habe wochenlang geschwiegen … Aber es wurde immer schlimmer. Er wurde zu einem Monster. Er hat mich fast täglich geschlagen und immer wieder vergewaltigt. Er war der Meinung, dass das sein Recht war, weil ich seine Freundin war. Egal wie sehr ich mich gewehrt habe, er hat immer weitergemacht und irgendwann habe ich aufgehört, mich dagegen zu wehren, und es einfach über mich ergehen lassen. Irgendwann hatte ich einfach keine Kraft mehr, mich gegen ihn zu wehren. Und es hat nie etwas gebracht. Er war immer stärker als ich und je mehr ich mich gewehrt habe, desto fester hat er zugeschlagen und desto brutaler vergewaltigt. Und jedes einzelne Mal hat er mir mit dem Tod gedroht, wenn ich irgendjemandem etwas erzählen würde. Und aus Angst habe ich ihm gehorcht und nichts gesagt …« Ein Schluchzen dringt aus meiner Kehle, ich presse mir die Hand vor den Mund.

Die Erinnerung ist so schmerzhaft, dass es sich anfühlt, als würde ich alles noch mal durchleben. Ich spüre, wie sich Carters Hand auf meine legt und sehe überrascht zu ihm hoch. Seine Augen wirken so unendlich dunkel, sein Kiefer ist sichtlich angespannt.

Er sieht mich an, während seine Hand auf meiner liegt. »Er ist so was von tot.« In seiner tiefen Stimme schwingen so viel Hass und Wut mit, dass ich zusammenzucke.

»Was?« Ich halte überrascht die Luft an, sehe ihm direkt in die Augen. Sein herber Duft kitzelt in meiner Nase.

»Ich werde ihn umbringen.« Sein ganzer Körper ist angespannt.

Ich schlucke überfordert. »Aber … warum?«

»Warum? Weil er dich verdammt noch mal misshandelt und vergewaltigt hat!« Seine Stimme bebt vor Wut.

»Ja, aber was geht dich das denn an?« Ich streiche mir eine Haarsträhne hinters Ohr.

»Ich habe dir schon einmal gesagt, was ich von Vergewaltigungen halte. Und dazu hat er dich auch noch geschlagen.«

»Darfst also nur du mir wehtun?« Meine Stimme zittert vor Angst.

»Verdammt, Rose. Das ist etwas anderes.«

»Was ist daran anders? Du geilst dich an meiner Angst auf. Du bist nicht besser als andere Männer, die Frauen Angst machen.«

»Erstens vergewaltige ich niemanden. Und zweitens schlage ich dich nicht, um dich in Schach zu halten. Ich jage dir Angst ein, ja. Ich füge dir Schmerzen zu, ja, aber nur, wenn du es willst. Ich bedrohe dich, ja. Aber ich bin dir gegenüber nie grundlos gewalttätig geworden. Ich habe dich nie vergewaltigt, dich nie geschlagen und dir nie einfach so wehgetan. Der einzige Schmerz, dem ich dich ausgesetzt habe, war beim Sex. Also sei vorsichtig, was du sagst.« Seine tiefe Stimme trieft vor Gefahr und seine smaragdgrünen Augen sehen mich intensiv an.

Ich schlucke. Das ist nicht die Wahrheit. Oder? Er hat mir wehgetan. Er hat mich … Nein. Er hat mich nie geschlagen und mich auch nicht ohne Grund verletzt. Er hat mir lediglich Angst eingejagt, mich bedroht. Aber er ist nie gewalttätig geworden. Er hat es mir immer nur angedroht. Er spielt mit mir. Mit meiner Angst. Aber er hat mich nie gegen meinen Willen angefasst. Zitternd sehe ich ihn an. »Aber du drohst mir damit, auf mich zu schießen, wenn ich dir nicht gehorche.«

»Das habe ich nie bestritten. Ich geile mich nicht daran auf, hilflose Frauen zu schlagen und zu vergewaltigen. Mir gefallen die Angst und auch der Schmerz, ja. Aber der dann doch eher im Bett.« Ein leichtes Schmunzeln liegt auf seinen Lippen.

»Das heißt, das waren alles nur leere Drohungen?«

Carter schüttelt den Kopf. »Nein. Wenn ich muss, dann mache ich sie auch wahr.«

Ich schlucke. »Du bist trotzdem ein verdammter Killer. Und jemanden umzubringen, ist auch nicht besser.«

»Wenn du meinst. Aber ich bringe lieber jemanden um, als eine Frau zu vergewaltigen.« Er zuckt mit den Schultern. »Und du hast ihn dann doch angezeigt, nicht wahr?«

Das Zittern wird stärker, als ich wieder an Aiden denke. »Ja. Irgendwann konnte ich einfach nicht mehr. Und ich wollte nicht zulassen, dass er mir mein ganzes Leben versaut. Ich wollte Kunst studieren. Ohne Angst haben zu müssen, dass er mir wehtut. Ich wollte mich nur auf das Studium und meine Kunst konzentrieren. Und ich wollte wieder glücklich sein. Deswegen habe ich mich schließlich getraut und bin zur Polizei gegangen. Ich habe ihnen alles erzählt. Der Typ, den er verprügelt hat, hat nicht ausgesagt. Und Aiden hat natürlich alles abgestritten. Am Ende wurde er zu mehreren Jahren Haftstrafe verurteilt.« Tränen laufen über meine Wangen.

»Wie lange ist das jetzt her?«

»Fünf Jahre. Und jetzt ist er wieder draußen und will sich an mir rächen.« Ich schluchze. Verdammt. Es tut so gut, mit jemandem über all das zu reden.

Carter legt seine starken Arme um mich und zieht mich zu sich. Und ich lasse es zu, schließe die Augen. Mein Kopf ruht auf seiner Brust und ich lasse mich von ihm halten.

In dem Moment ist mir einfach egal, dass er ein kranker Killer ist, der es liebt, mir Angst zu machen. Ich genieße einfach nur die Nähe. Ich bin nicht allein. Ich kann mich fallen lassen. Auch wenn es mir unangenehm ist, dass er mich so schwach sieht. Das will ich nicht. Doch ich habe keine Wahl und eigentlich kann es mir auch egal sein. Ich bin einfach nur froh, dass ich nicht allein bin, und in seinen Armen fühle ich mich seltsamerweise geborgen. Zumindest im Moment. Sein herber Duft steigt mir in die Nase und ich atme tief ein.

Einige Minuten liege ich in seinen Armen und versuche, gleichmäßig zu atmen und meinen Herzschlag zu senken. »Wieso tust du das?«, flüstere ich kaum hörbar.

»Was meinst du?« Seine raue Stimme dringt in mein Ohr.

»Wieso bist du plötzlich so lieb? So sanft? Als wärst du kein Killer. Als wäre ich dir irgendwie wichtig oder so. Als würdest du mich mögen und dich um mich sorgen.« Meine Stimme zittert.

Seine Hand gleitet zu meinem Kinn, hebt meinen Kopf an. Er sieht mir direkt in die Augen. »Vielleicht ist das ja so?«

Ich halte den Atem an. »Wie meinst du das?«

»Vielleicht sorge ich mich um dich, weil ich dich mag und du mir wichtig bist.« Seine tiefe Stimme ist kaum mehr als ein Raunen.

Mein Herz klopft wild in meiner Brust. »Du ... Du sorgst dich um mich?«

»Vielleicht ...« In seinem Blick liegt so viel, was ich nicht deuten kann.

Ich richte mich auf, sodass mein Gesicht auf seiner Höhe ist. »Sag es. Sag mir die Wahrheit, Carter.« Ich atme unregelmäßig und meine Stimme ist leise.

»Du bist mir nicht egal, Rose. Es macht mich rasend vor Wut, was dieser Bastard dir angetan hat.« Seine tiefe Stimme bebt.

Ich atme geräuschvoll ein und sehe ihn ungläubig an. »Wieso?«

»Weil meine Seele dich will.« In seinen Augen blitzt Verlangen auf.

»Warum?«

»Weil du meine Seele berührst.«

»Wie?«

»Mit deiner Kunst.« Seine Stimme klingt fast zerbrechlich. Aber nur fast.

Überrascht blinzelnd sehe ich ihn an. »Meine Kunst?«

Carter nickt. »Ja. Fuck, Rose. Dein Talent ist unglaublich und deine Kunst berührt meine verfickte Seele.« In seinen Augen liegt so viel Leidenschaft.

Mein Herzschlag beschleunigt sich. Verdammt. Wenn das stimmt, dann ist es das größte Kompliment, das ich je bekommen habe. Und mein verdammtes Ziel. Ich will mit meiner Kunst Menschen berühren. Will sie tief in ihrer Seele erreichen. Und das ist mir bei Carter anscheinend gelungen.

Und das ändert alles. Es lässt ihn in einem ganz anderen Licht dastehen. Es gibt ihm etwas Verletzliches. Menschlichkeit. Gefühle. Emotionen. Seine tiefschwarze Seele kann nicht tiefschwarz sein. Sie ist dunkel, keine Frage. Aber sie kann nicht tiefschwarz sein, nicht komplett. Und der Teil, der nicht so dunkel ist, muss viel größer sein, als ich bislang angenommen habe. Er ist immer noch ein Killer. Aber seine Seele ist nicht komplett böse. Und eine Gemeinsamkeit haben wir. Die Kunst. Die unsere Seelen berührt. Meine Kunst, die seine Seele berührt, ihn erreicht, Gefühle in ihm hervorruft. Verdammt, das gefällt mir so gut. Und trotzdem ist er ein kranker Killer, dem ich nicht zu nah kommen darf. Doch dafür ist es sowieso zu spät.

Ich schaue in seine smaragdgrünen Augen, in denen so viel Leidenschaft und Verlangen lodert. Mit meinen Fingern fahre ich sanft über seine Wangen, spüre die harten Bartstoppeln und seinen angespannten Kiefer. Langsam komme ich ihm näher, lasse meine Lippen vor seinen schweben, sehe ihm tief in die Augen. »Wenn das die Wahrheit ist, dann küss mich«, hauche ich. Mein Blick gleitet zu seinen Lippen, dann wieder zu seinen Augen, die vor Verlangen lodern.

Mit einer flüssigen Bewegung zieht er mich auf seinen Schoß und presst seine Lippen auf meine. Ich keuche, als unsere Zungen sich berühren, und spüre ein warmes Kribbeln in meiner Mitte. Ich schmecke ihn und eine Mischung aus Alkohol und Zigaretten. Seine starken Hände liegen auf meiner Taille und ziehen mich verlangend an seinen muskulösen Körper.

Ich schlinge meine Hände um seinen Nacken und schließe meine Augen. Gierig küsse ich ihn, spüre die Lust zwischen meine Beine laufen. Seine Hände fahren unter mein Shirt, berühren meine Brüste und ich stöhne lustvoll auf. Er küsst mich gieriger, presst seine Härte gegen mich, entlockt mir ein weiteres Keuchen. Mein Herzschlag beschleunigt sich und ich ringe nach Atem. Er schmeckt so unfassbar gut.

Plötzlich löst Carter seinen Mund von meinem und senkt seine Lippen auf meinen Hals. Ich spüre seinen heißen Atem und die sanften Küsse, die er auf meiner zarten Haut hinterlässt. Ich stöhne erregt auf und werfe meinen Kopf in den Nacken, genieße seine Berührungen. Mein Atem flattert und mein Puls rast.

Seine Lippen senken sich dicht an mein Ohr. »Ich werde dich heute Nacht so hart ficken, dass unsere Seelen verschmelzen und du verdammt noch mal auf einer verfickten Orgasmuswolke davonschwebst.« Seine tiefe Stimme klingt so sexy und verführerisch, dass ich erregt aufstöhne. Bei seinen Worten breitet sich ein lustvolles Ziehen in meiner Mitte aus. Fuck. Ich will ihn so sehr. Und ich will mich so sehr von ihm ficken lassen, dass mein Herz unkontrolliert in meiner Brust pocht. Fuck, ich halte diese Anspannung nicht mehr aus.

Rasende Wut flutet meinen Körper, wenn ich daran denke, was dieser Wichser ihr angetan hat. Fuck, dieses feige Arschloch ist das Allerletzte. Eine Frau zu schlagen und zu vergewaltigen, ist das Letzte. Und dieser Bastard wird für seine Taten bezahlen, dafür werde ich sorgen. Er ist nichts weiter als dreckiger Abschaum.

Sie so aufgelöst zu erleben, voller Schmerz. Wie sie ihr Trauma durchlebt. Verdammt, das hat mir einen winzigen Stich in meinem kalten Herz versetzt. Ich habe ihren Schmerz spüren können. Als wären unsere Seelen miteinander verbunden. Und es ist nicht die Art von Schmerz gewesen, die mir gefällt. Nein. Fuck. Ihre Tränen haben meine Seele mitgerissen, sie fast ertränkt.

Ich werde sie niemals ohne Grund schlagen. Und ich werde sie niemals vergewaltigen. Ich liebe zwar ihren Schmerz und ihre Angst, aber ich habe ihr nie ernsthaft wehgetan. Ich habe ihr lediglich Angst eingejagt. Und Schmerz füge ich ihr nur beim Sex zu. Es macht mich geil, aber das bringt mir nichts, wenn ich sie nicht ficke. Also werde ich sie nicht unnötig verletzen.

Und ihr Angst zu machen, macht mir viel zu viel Spaß. Nährt meine sadistische Ader. Ich muss sie hin und wieder bedrohen. Um ihr zu zeigen, dass ich die Kontrolle habe. Und um die Panik in ihren Augen zu sehen, die mir so sehr gefällt. Sie muss Angst vor mir haben. Es gibt keine andere Möglichkeit. Und fuck, ich liebe diese Angst in ihren Augen. Und ich liebe ihre Schmerzensschreie. Vermischt mit ihrem erregten Stöhnen hört sie sich einfach zu gut an. Fuck.

Rose ist etwas Besonderes. Das habe ich von Anfang an gewusst, aber erst mit der Zeit ist es mir wirklich bewusst geworden. Sie hat sich mir geöffnet. Ich habe nicht einmal richtig damit gerechnet, dass sie mir von ihrer Vergangenheit erzählt, doch sie hat es getan. Sie ist stark und ich habe ihr die Wahrheit gesagt. Ich habe ihr gesagt, dass meine Seele sie will. Und dass ihre Kunst meine Seele berührt. Fuck. Es hat ihr gefallen. Es hat ihr so sehr gefallen, dass sie sich nicht hat zurückhalten können. Es hat sie so geil gemacht. Verdammt.

Ich will sie. Ich will sie so sehr. Ihren Körper. Ihre Seele. Ich will sie so hart ficken, sie in Ekstase versetzen, meine dunklen Fantasien mit ihr ausleben. Ich will ihr Stöhnen hören, ihre Schreie. Ich will die Angst in ihren Augen sehen, den Schmerz. Fuck. Ich bin so geil. Ihre Reaktion hat mich so geil gemacht, dass mein Schwanz so hart ist wie noch nie zuvor.

Fuck, ich werde sie so hart ficken. So lange, bis ich nicht mehr kann. Und das dauert verdammt lange. Ich will ihre triefend nasse Pussy spüren, in sie eindringen, meinen Schwanz so tief wie möglich in ihr versenken. Fuck. Die Vorstellung an all das, was ich dabei mit ihr tun werde, während ich sie ficke, ist zu geil. Ich will, dass unsere Seelen miteinander verschmelzen. Fuck, ich werde sie so geil ficken …

Meine Hand gleitet ihren Körper hinunter in ihre Hose. Als ich unter ihren Slip fahre und meine Finger ihre Nässe finden, keucht sie. Knurrend presse ich ihren Körper näher an meinen und lasse meine Finger über ihre Klit kreisen. »Du bist so nass, Rose«, raune ich.

Ihr Körper erzittert unter meinen Berührungen, ihr Atem geht abgehackt. Wimmernd presst sie ihre Mitte gegen meine Finger. Ihr Kopf fällt in den Nacken und sie ringt um Atem. Fuck, ich liebe es, wenn sie so auf meine Berührungen reagiert.

Meine Hose ist viel zu eng, mein Schwanz so hart, dass es wehtut. Ich presse meine Kiefer aufeinander und reiße mich zusammen. Dann dringe ich mit zwei Fingern in sie ein und bringe sie damit zum Stöhnen. Ihre Hände krallen sich in meinem Nacken fest und ihre warme Pussy pulsiert. Ich stoße gezielt in sie, krümme meine Finger dabei. Ihr Stöhnen wird lauter. Ich weiß, dass sie kurz davor ist, zu kommen, aber ich lasse es nicht so weit kommen. Ich ziehe meine Hand wieder zurück und grinse sie an.

Ihre Augen glänzen vor Verlangen und sie ringt nach Luft. »Was …«, keucht sie atemlos. »Wieso hörst du auf?«

»Ich will spüren, wie sich deine Pussy um meinen Schwanz zusammenzieht, wenn du kommst.« Hätte ich sie jetzt kommen lassen, dann hätte ich mich nicht mehr zurückhalten können. Ich lasse meine Hand zu ihren Brüsten gleiten und zwirbele ihren Nippel mit Daumen und Zeigefinger, was ihr ein überraschtes Keuchen entlockt. Grinsend streiche ich ihr eine Haarsträhne aus dem Gesicht. »Keine Sorge. Du wirst heute Nacht noch genug auf deine Kosten kommen.«

Sie schluckt hart und in ihren saphirblauen Augen blitzt ein dunkles Verlangen auf. Fuck, wieso sieht sie so verdammt heiß aus?

KAPITEL 40

ROSE

Carter steht auf und hebt mich dabei mit hoch. Ich schlinge meine Beine um seine Hüften, seine starken Hände liegen auf meinem Hintern. Er trägt mich durch den Raum, dann die Treppe nach oben in ein Zimmer. Dort setzt er mich ab und schaltet ein dämmriges Licht ein.

Ich nutze die Zeit, um mich in dem Raum umzusehen, der schlicht eingerichtet ist. An einer Wand steht ein großes dunkles Bett mit schwarzer Bettwäsche, daneben eine Kommode. Am anderen Ende des Raumes ist ein großer Schrank, außerdem führt eine Tür in ein Badezimmer.

Carter kommt auf mich zu und zieht mich an sich. Mein Herz klopft wild in meiner Brust und ich sehe in seine grünen Augen. Mein Blick gleitet zu seinen Lippen, die keine Sekunde später auf meine treffen. Keuchend nehme ich seine Zunge in mir auf und gebe mich dem Kuss hin.

Er schiebt mich vor sich her, bis es nicht mehr weitergeht. Seine Lippen öffnen sich noch einmal verlangend, bevor er mich von sich stößt und ich rückwärts auf die weiche Matratze falle.

Ich robbe weiter auf das Bett und Carter kommt über mich. Seine Hände fahren unter mein Oberteil, schieben es nach oben und ich ziehe es schnell über meinen Kopf. Er reißt mir meinen BH vom Leib und ich zerre ungeduldig an seinem schwarzen T-Shirt, das ihm so perfekt passt. Nachdem er es ausgezogen hat, kommt er wieder über mich und küsst mich heftig.

Ich biege mich ihm entgegen, spüre seine Härte an meiner Mitte. Mein Herz schlägt so schnell und ich spüre die Lust in meinem Slip. Fuck. Ich halte diese Spannung nicht länger aus. Meine Hände finden seinen Hosenbund, öffnen die Hose und zerren daran. Carter löst sich von mir und zieht sie aus. Ich befreie mich auch von meiner Hose, während mein Atem abgehackt geht.

Carter öffnet die Kommode, holt etwas heraus. Mit einem Grinsen im Gesicht richtet er seine Waffe auf mich und streckt auch die andere Hand aus. »Leg die an.« Seine Stimme ist rau.

Ich schlucke und nehme die Handschellen entgegen. Mein Herz beschleunigt sich, meine Finger zittern, als sie das kalte Metall berühren. Langsam lege ich die Handschellen um meine Handgelenke. Verdammt. Ich bin ihm schutzlos ausgeliefert. Gefesselt.

Er greift nach meinen Händen und zieht die Handschellen so eng, dass sie mir in meine zarte Haut drücken und ich kurz das Gesicht verziehe. Dann zieht er mich an den Dingern zu sich und kommt über mich. »Braves Mädchen«, raunt er. Sein Atem kitzelt meine Haut. »Und jetzt schließ die Augen.«

Ich schlucke. Dann folge ich seinem Befehl. Mein Atem geht schnell und mein Körper zittert. Vor Erregung und vor Angst.

Seine warme Hand greift nach meinen Handgelenken und platziert sie hinter mir über meinem Kopf. Dann zieht er an meinem Slip, fährt mit dem Daumen darunter, entlockt mir ein leises Stöhnen, bevor er mir den Slip vom Körper reißt.

Plötzlich spüre ich etwas Kaltes an meinem Hals. Es fühlt sich hart an und ich zucke zusammen. Fuck. Ist das etwa seine Waffe? Ich will die Augen öffnen, doch eine Hand legt sich darüber.

»Lass die Augen zu, bis ich dir etwas anderes sage.« Seine Stimme ist nur ein tiefes Raunen.

Ich schlucke und nicke leicht. Das kalte Metall fährt langsam über meine Haut, meine Brüste entlang über meinen Bauch. Je näher es meiner Mitte kommt, desto schneller schlägt mein Herz. Hitze breitet sich in meinem Körper aus. An meiner pochenden Mitte hält er inne, das kalte Metall lässt mich kurz erschaudern. Er drückt es gegen meinen Kitzler, was mir ein lustvolles Stöhnen entlockt.

»Mach die Augen auf«, flüstert er.

Blinzelnd öffne ich meine Lider. Er sieht mich grinsend an. Ich senke meinen Blick und atme erschrocken ein. Mein Herzschlag beschleunigt sich. Fuck. Seine Waffe ist direkt vor meinem Eingang platziert und ich schlucke panisch. »Fuck, was soll das? Ist die … Bitte sag mir, dass die nicht geladen ist.«

Carters Grinsen wird breiter. »Natürlich ist sie geladen. Sonst wäre es doch langweilig.« In seinen Augen blitzt etwas auf.

»Fuck, Carter. Du bist so krank«, keuche ich. Panik breitet sich in meiner Brust aus.

Mit einer Hand umschließt er fest meine Handgelenke, während er mit der anderen die Waffe gegen mich drückt. »Ich weiß.« Sein Grinsen wird noch breiter, als er zudrückt und die Waffe in mich hineingleiten lässt.

Ich schnappe überrascht nach Luft und reiße meine Augen weit auf. Fuck. Die Panik fließt durch meine Adern und lässt meinen Körper zittern. Ich sehe in seine dunklen Augen, in denen so viel Verlangen auflodert.

Während er mich festhält, bewegt er seine Waffe in mir und beobachtet mich dabei. Bei jedem Stoß stöhne ich auf. Es ist eine

Mischung aus Angst, Schmerz und Lust. Verdammt, wieso gefällt mir das auch noch? Das ist total krank. Er hat eine verfickte Waffe in mich eingeführt und fickt mich damit.

Die Angst lässt mich verkrampfen, sodass der Schmerz größer wird. Mit wild klopfendem Herzen und Panik in den Augen sehe ich ihn an.

»Entspann dich, Rose«, haucht er. Die Muskeln in seiner Brust zucken.

Ich versuche, meinen Atem ein wenig zu verlangsamen und meine Muskeln zu entspannen. Ich spüre, wie das kalte Metall in mich hinein gleitet. Der Schmerz wird weniger, die Lust größer. Fuck. Es fühlt sich gar nicht so schlecht an.

Plötzlich zieht er die Waffe zurück. Er platziert sich zwischen meinen Beinen und wenige Sekunden später spüre ich seine harte Spitze an meiner Mitte. Mit einem harten Stoß rammt er sich in mich hinein, befreit ein lustvolles Stöhnen aus meiner Kehle.

Er hält mir die Pistole an den Kopf, drückt den Lauf an meine Schläfe. Ich keuche. Er hält mir verdammt noch mal eine geladene Waffe an den Kopf. Hitze breitet sich in mir aus, mein Herz schlägt panisch schneller und pumpt Adrenalin durch meinen Körper. Seine Augen leuchten gierig auf.

Als er sich ein weiteres Mal tief in mich stößt, werfe ich meinen Kopf in den Nacken und stöhne laut auf. Fuck, er fühlt sich so gut in mir an. Das Bett knarzt laut unter unseren Bewegungen. Mein Körper wölbt sich ihm entgegen. Ich brauche mehr. Ich will ihn noch tiefer in mir aufnehmen, so tief, dass ich innerlich fast explodiere.

»Lauter, Rose. Ich will dein verficktes Stöhnen hören.« Seine Stimme klingt rau und verführerisch. Er rammt sich hart in mich und ich schreie.

Mein Schrei geht in ein lautes Stöhnen über, übertönt das Knarren des Bettgestells. Ich schnappe nach Luft. Verdammt. Das Kribbeln in meiner Mitte wird mit jedem Stoß stärker. Mein Atem beschleunigt sich, mein Stöhnen wird immer lauter und abgehackter. Meine Lider flackern und mein Körper erzittert.

Der Orgasmus erwischt mich so heftig, dass ich laut aufschreie und stöhne. Mein Herz klopft wild, mein Atem geht stoßweise. Mein Körper biegt sich Carter entgegen, meine Mitte pulsiert vor Lust. Für einen kurzen Moment schwebe ich, fühle nur die Lust, den Orgasmus, der meinen Körper erfasst hat und mich davonträgt. Es fühlt sich so unfassbar gut an. Carter entlädt sich in mir, stöhnt auf, presst die Waffe fester an meinen Kopf. Als die Welle abebbt, wimmere ich erschöpft.

Erleichterung flutet mich, als Carter die Waffe zurückzieht. Für ein paar Minuten liege ich nur schweratmend da, verarbeite das intensive Gefühl, genieße das Pochen in meiner Mitte. Als mein Blick auf Carter fällt, erkenne ich so viel Verlangen in seinen Augen, dass sich eine Gänsehaut auf meinem Körper bildet. Er grinst.

Die Handschellen schneiden in meine Haut und hinterlassen einen unangenehmen Schmerz. »Kannst du mir die abnehmen?« Ich hebe meine Hände an.

»Aber wir fangen doch gerade erst an.« Seine Stimme klingt sexy und verführerisch.

Ich schlucke. »Was?«, hauche ich überfordert.

»Ich werde dich heute Nacht so oft zum Orgasmus ficken, dass du dir wünschst, nie wieder etwas anderes zu fühlen, weil jeder einzelne Höhepunkt so verdammt intensiv sein wird, dass du in Ekstase zerfließt.« Die tiefe Stimme trieft vor Lust und Verlangen. Seine smaragdgrünen Augen blitzen vor Leidenschaft auf.

Hitze breitet sich in meiner Brust aus und ich schlucke. Mein Herz setzt für einen Schlag aus und ich halte die Luft an. Fuck. Seine Worte erregen mich so sehr, dass das Pulsieren in meiner Mitte zunimmt und meine Lust aus mir herausfließt.

Fuck. Ich will ihn so sehr. Mich von ihm ficken lassen. Verdammt, allein die Vorstellung, ihn noch mal in mir zu spüren und diesen Höhepunkt noch einmal zu erleben. Fast komme ich durch die alleinige Vorstellung erneut. Ein verlangendes Ziehen geht durch meinen Bauch und ich atme tief ein. Fuck, diese Lust ist so gigantisch, dass ich es keine Sekunde länger aushalte.

Ich hebe meine Arme und lege sie um seinen Hals, ziehe ihn zu mir. Dann presse ich meine Lippen auf seine und spalte sie mit meiner Zunge. Als ich ihn schmecke und seine Zunge an meiner spüre, entweicht mir ein leidenschaftliches Stöhnen.

Carter greift nach meinen Brüsten und knetet sie, während er mit seiner Zunge in meinen Mund eindringt. Seine Härte drängt gegen meinen Bauch, seine Bartstoppeln kratzen an meinen Lippen und meinem Kinn. Seine Hände an meinen Brüsten hinterlassen ein heißes Kribbeln und meine Nippel werden unter seiner Berührung hart.

Hungrig küsse ich ihn, presse meinen Körper an seinen. Seine Hand fährt über meinen Hals, legt sich in meinen Nacken, zieht mich verlangend zu sich. Mit der anderen Hand fährt er meinen Bauch hinunter zu meiner Mitte. Seine Finger gleiten über die empfindliche Stelle und ich stöhne überrascht auf. In kreisenden Bewegungen fährt er über meinen Kitzler, erst sanft, dann immer fordernder.

Mein Herzschlag beschleunigt sich, mein Atem wird schneller. Mit seinen Fingern dringt er in mich ein, fickt mich. Das Pulsieren wird stärker, er umkreist meine Perle. Mein Stöhnen wird lauter, ich dränge mich ihm entgegen. Ich löse meine Lippen von seinen, um zu Atem zu kommen, stöhnend und zitternd. Das

Gefühl in meinem Innern wird immer intensiver, ich bin kurz davor zu explodieren, als Carter seine Hand zurückzieht.

Ich stöhne gequält auf. »Fuck, was soll das?« Meine Stimme bebt, ich bin außer Atem.

»Ich entscheide, wann du kommst.« Seine Kiefermuskeln zucken, er grinst.

»Fuck, Carter.« Meine Stimme klingt heiser und ich schlucke. »Fick mich.«

Verlangen lodert in seinen Augen auf. Er greift nach meinen Armen und öffnet meine Handschellen, lässt aber nur eine Hand heraus. Dann befestigt er das Metall an der einen Seite des Bettes. Aus der Kommode holt er ein weiteres Paar Handschellen hervor und fesselt meine andere Hand an der anderen Bettseite.

Ich ziehe an meinen Fesseln, doch sie sitzen bombenfest. Ich schlucke. Leichte Panik macht sich in meiner Brust breit.

Carter beugt sich über mich, sein Atem streift über meine nackte Haut. Seine Lippen senken sich auf meinen Hals, ich spüre seine Zähne in meiner zarten Haut und schreie vor Schmerz und Schreck auf. Seine Lippen nähern sich meinen und er hinterlässt einen flüchtigen Kuss auf ihnen.

Seine Härte drückt sich quälend langsam in mich hinein, füllt mich komplett aus. Er zieht sich zurück, nur um sich dann hart und tief in mich zu stoßen. Ich stöhne und schließe die Augen.

Jeder Stoß treibt mich näher auf den Höhepunkt zu, lässt mein Stöhnen lauter werden. Das Pulsieren in meiner Mitte wird immer stärker, mein Körper streckt sich ihm entgegen. Mein Atem geht immer schneller. Ich spüre, wie die Welle auf mich zukommt, doch bevor sie mich auf sich davontragen kann, zieht Carter sich aus mir zurück.

Ich reiße die Augen auf, sehe in seine grünen Augen, die vor Lust glänzen. »Du verficktes Arschloch«, presse ich außer Atem hervor.

»Vorsicht. Sonst werde ich dich noch länger quälen.« Sein Grinsen ist voller Lust.

Ich schlucke. Verdammt. Er hat die Kontrolle. Und ich kann nichts dagegen tun. Ich kann nicht einmal selbst nachhelfen, da meine Hände von mir gestreckt und gefesselt sind. »Aber dann quälst du dich auch«, hauche ich.

»Ich kann mich kontrollieren.« In seinen Augen blitzt etwas auf.

»Ach wirklich? Das werden wir ja sehen.« Ich sehe ihn herausfordernd an.

Er grinst. »Ja, das werden wir sehen.« Seine Hand fährt über meine Perle. Ich keuche erregt. Seine Lippen senken sich auf meine Brust nieder. Seine Zunge umkreist meinen Nippel und ich stöhne. Es fühlt sich so gut an. Mein Stöhnen scheint ihn noch mehr anzuheizen und schließlich löst er seine Lippen von meinen Brüsten und seine Härte drückt sich erneut in mich hinein.

Ich schließe meine Augen und stöhne leidenschaftlich, während er sich noch härter als zuvor in mich rammt.

Plötzlich legt sich seine Hand um meinen Hals. Als er zudrückt, verengt sich meine Luftröhre und ich japse nach Luft. Mit jedem Stoß wird sein Griff fester, mein Herz schlägt schneller und mein Atem geht abgehackter. Ich bekomme immer weniger Luft.

Panisch reiße ich die Augen auf, sehe direkt in seine, in denen die Leidenschaft lodert. Das Gefühl in meiner Mitte wird stärker, die Luft knapper. Ich spüre, dass keine Luft mehr durch meine Luftröhre kommt. Hitze steigt in meiner Brust auf, Panik fließt durch meine Adern. Mein Puls schießt in die Höhe und ich zerre an den Handschellen. Vergebens. Meine Lider flattern. Nicht mehr lange und ich werde das Bewusstsein verlieren.

Carter stößt sich heftig in mich hinein, ich versuche einzuatmen. Verzweifelt zerre ich an den Handschellen, japse nach Luft.

Doch es bringt nichts. Im letzten Moment lockert sich sein Griff und ich sauge gierig die Luft in meine Lungen, hustend. Carter stößt sich weiter in mich hinein und ich schreie heiser auf. Die Lust ist noch intensiver als zuvor und das Gefühl zwischen meinen Beinen braut sich erneut zusammen. Als Carter sich aus mir herauszieht, schreie ich frustriert auf.

Böse funkle ich ihn an. »Du kranker Wichser.« Atemlos schnappe ich nach Luft, mein Brustkorb hebt und senkt sich.

»Vorsicht.« Seine Stimme klingt gefährlich. Seine Muskeln zeichnen sich unter seiner glänzenden Haut ab, seine Tattoos wirken noch dunkler. Sein Kopf senkt sich zwischen meine Beine, seine Hände greifen nach meinen Oberschenkeln.

Seine Zunge fährt über meine Perle und mein Körper erzittert unter dieser Berührung. Ich stöhne laut auf. Verdammt, das fühlt sich so gut an. Seine Zunge hinterlässt ein heißes Kribbeln in meiner Mitte. Ich dränge mich ihm entgegen. Fuck, es fühlt sich einfach zu gut an.

Plötzlich hebt er seinen Kopf und kommt auf mich zu. Gierig presst er seine Lippen auf meine, erobert mit seiner Zunge meinen Mund. Er erstickt mein Stöhnen. Ich schmecke ihn und mich. Seine Hand legt sich um meinen Hals, drückt aber nur leicht zu. Er dringt in mich ein und stößt sich tief in mich. Stöhnend lasse ich mich von ihm ficken, während er mich verlangend küsst.

Mein Herz schlägt immer schneller. Seine Bewegungen werden mit jedem Stoß härter. Er dringt so tief in mich ein, füllt mich komplett aus, stimuliert mich von innen. Ich biege mich ihm entgegen, lege meinen Kopf in den Nacken. Seine Zunge umkreist wild meine, seine Bartstoppeln kratzen meine Lippen wund. Das Pulsieren in meiner Mitte wird stärker. Der Kuss verschluckt mein Stöhnen, beschleunigt meinen Atem.

Und dann explodiere ich. Das Gefühl in meiner Mitte ist so intensiv, dass ich so laut schreie und stöhne wie noch nie. Meine

Augen rollen nach hinten, mein Körper bäumt sich auf, zittert. Das Pulsieren ist so intensiv, dass mein Herz für ein paar Sekunden aussetzt, ich meinen Atem anhalte. Mein ganzer Körper bebt vor Lust. Ich zerfließe in Ekstase.

Das Pochen wird stärker und die Welle erfasst mich noch einmal. Für einen Moment schwebe ich und vergesse alles um mich herum. Der Orgasmus hat meinen gesamten Körper erfasst, lässt ihn unkontrolliert zittern. Mein Kopf ist leer, es gibt nur dieses unfassbar intensive Gefühl, das mir den Verstand raubt. Nur das Pulsieren meiner Perle, das intensive Gefühl. Die Ekstase. Ein unglaublich guter Orgasmus, der so viel intensiver ist als je zuvor. Fuck. Es fühlt sich so unfassbar gut an, dass ich nicht will, dass dieses Gefühl jemals endet. Mein Stöhnen ist so laut, das Gefühl so stark.

Selbst als der Höhepunkt langsam abebbt, fühlt es sich noch so gut an, dass mein Stöhnen anhält. Schwer atmend lasse ich mich fallen und genieße jede Sekunde dieses galaktischen Gefühls.

»Fuck, Rose.« Carters Stimme ist so rau und tief, so befriedigt.

Ich öffne die Lider und blicke in das smaragdfarbene Meer in seinen Augen. »Fuck, Carter. Das war so gut.« Ich ringe nach Luft, spüre noch immer das Pulsieren.

»Verdammt, ja. Du warst so laut und dein Körper hat so gezittert ... Fuck.« Carter legt sich neben mich und sieht mich an.

»Es war so intensiv. Wie noch nie zuvor.« Ich atme langsam aus.

»Dieses Gefühl wirst du heute noch öfter fühlen.« Er grinst.

»Verdammt, Carter.« Meine Stimme ist nur ein erregtes Hauchen. »Fick mich so oft, wie du willst, wenn ich dabei jedes Mal so etwas fühlen kann.« Fuck. Ich will ihn so sehr.

Carter knurrt erregt, seine Hand legt sich in meinen Nacken, er zieht mein Gesicht an seines und presst seine Lippen auf

meine. Ich gebe mich ihm hin. Lasse mich von dem Kuss davontragen. Mein Herz klopft wild und mein Atem geht schnell.
Hitze breitet sich in meiner Mitte aus.

Bei dem Gedanken, dass er mir noch mehrere solcher intensiven Orgasmen verschaffen wird, fließt die Lust geradezu aus mir
heraus und ein Stöhnen dringt aus meiner Kehle. Fuck, ich will
ihn so sehr. Ich will in Ekstase zerfließen. Und das so oft wie
möglich. Fuck, dieses Gefühl ist so unendlich geil und ich kann
nicht genug davon kriegen.

KAPITEL 41

CARTER

Rose liegt vor mir in den schwarzen Laken. Ihre Hände sind mit Handschellen an das Bett gefesselt. Ihr Körper ist nackt. In ihren saphirblauen Augen lodern so viel Leidenschaft und Verlangen. So viel Lust.

Ich dringe in sie ein und ficke sie hart. Mit jedem Stoß ramme ich meinen Schwanz härter in ihre triefend nasse Pussy. Entlocke ihr damit ein lauteres Stöhnen. Ihre großen runden Brüste bewegen sich in meinem Takt und ihr Körper biegt sich meinem entgegen.

Fuck. Sie zu ficken ist so geil. Ich spüre ihre Lust und beobachte, wie ihr Körper auf mich reagiert. Es macht mich so geil, dass ich meine Hand an ihren Hals legen muss. Ich drücke zu und sehe, wie sie ihre Augen aufreißt. Panik mischt sich unter die Lust. Und fuck, das macht mich noch so viel geiler. Mein steinharter Schwanz pulsiert in ihr.

Am liebsten würde ich ihr erneut die Waffe an den Kopf halten, das ist verdammt geil gewesen. Aber sie zu würgen, jagt auch eine Portion Adrenalin durch meinen Körper und nährt meine Lust.

Ihre Haut fühlt sich heiß an, ihre Brust hebt und senkt sich schnell, ihr Atem geht abgehackt. Sie genießt es, wie ich sie ficke. Verdammt, es gefällt ihr. Es gefällt ihr so sehr. Ich spüre ihre Lust an meinem Schwanz, der ohne Probleme in sie hineingleitet. Fuck, sie ist so nass. Und mein Schwanz passt so perfekt in ihre Pussy. Als wären wir füreinander bestimmt.

Ihr Atem geht immer schneller, ihr Stöhnen wird immer lauter, bis sie vor Lust schreit. Sie stöhnt so verdammt laut, dass mein Schwanz noch härter wird. Ihr Körper erzittert und bäumt sich auf. Ich spüre das Pochen in ihrer Pussy, die sich um meinen Schwanz anspannt. Das gibt mir den Rest.

Ich ramme mich noch einmal hart und tief in sie und spüre, wie ich in ihr komme. Ihr lautes Stöhnen lässt auch mich vor Lust stöhnen. Fuck, ihr Körper fühlt sich so gut an. Der Orgasmus versetzt sie in Ekstase und ich beobachte sie dabei, wie ihr Körper unkontrolliert zuckt und ihr Kopf sich in das Kopfkissen presst. Ihr Stöhnen klingt so verdammt geil.

Fuck, ihren Höhepunkt mitzuerleben, ist so gut. Ein unbeschreiblich geiles Gefühl, das meinen Schwanz noch härter werden lässt. Als würden sich unsere Seelen verbinden. Sie schwebt auf ihrem intensiven Orgasmus. Fuck, das ist zu geil.

Als das Gefühl nachlässt, rolle ich mich neben sie und beobachte sie. Ihre Augen sind geschlossen und sie scheint die Nachwehen zu genießen und sich von den intensiven Gefühlen zu erholen.

Als sie die Lider öffnet, erkenne ich in den unendlichen Tiefen ihrer Saphire ein Gefühl von Zufriedenheit und Glück. Und da ist keine Spur von Angst. Zumindest für ein paar Augenblicke. Und aus irgendeinem Grund stört mich das nicht. Fuck. Es ist, als hätte nicht nur ihre Kunst meine Seele erreicht, sondern auch sie. Als würde meine Seele irgendwie auf ihre reagieren.

Fuck. Ich muss mich zusammenreißen. Ich will sie so sehr, dass ich mir nicht sicher bin, ob diese Besessenheit etwas Gutes oder Gefährliches ist. Aber fuck, ich will sie so sehr. Alles von ihr. Ihren Körper, ihr Herz, ihre Seele.

KAPITEL 42

ROSE

Die Müdigkeit sitzt mir tief in den Knochen und zieht an meinen Augenlidern. Die letzte Nacht hat mich alles an Kraft gekostet, doch jede Sekunde davon ist es wert gewesen. Allein der Gedanke an die letzte Nacht erzeugt ein aufgeregtes Ziehen in meinem Bauch.

Der Eiskaffee belebt mich ein bisschen wieder und ich verschlinge hungrig mein Croissant. Ich habe letzte Nacht eindeutig zu wenig geschlafen.

»Die letzte Nacht scheint dir einiges abverlangt zu haben.« Carter mustert mich grinsend. Unter seinem schwarzen T-Shirt zeichnen sich seine Muskeln ab.

Hitze steigt in mein Gesicht und ich schlucke überfordert. Verdammt, wieso reagiere ich wie ein Teenager auf seine Anspielung? »Du dagegen siehst aus wie immer. Als wäre es für dich gar keine Anstrengung gewesen.«

Er lacht. »Für mich war es auch nicht besonders anstrengend.« Er stützt sich mit seinen Ellbogen auf der Tischplatte ab.

»Du konntest dich auch frei bewegen und wurdest auch nicht halb erwürgt.« Bei dem Gedanken daran läuft es mir eiskalt den Rücken hinunter und ich muss schlucken.

»Nein, da hast du Recht.« Carter schmunzelt. »Und trotzdem ist mir zwischendurch die Luft weggeblieben.«

Ich atme tief ein. Mein Herzschlag beschleunigt sich. Carter scheint meine Reaktion zu amüsieren, denn in seinen Augen blitzt etwas auf und sein Grinsen wird breiter. Ich weiche seinem Blick aus und konzentriere mich auf mein Frühstück. Doch jeder weitere Bissen scheint unendlich zäh zu sein und lässt sich kaum herunterschlucken.

Schließlich erhebe ich mich von meinem Stuhl und gehe an Carter vorbei Richtung Tür. »Ich gehe in mein Zimmer malen.« Es fühlt sich seltsam an, mein Gefängnis so zu nennen, doch mir fällt auch kein anderer Begriff ein. Ohne mich noch einmal umzusehen, trete ich auf den Flur.

Mein Blick fällt auf die Haustür und ich bleibe stehen. Die Freiheit ist so nah und gleichzeitig so fern. Sie liegt hinter dieser Tür, die unerreichbar für mich ist. Ich werde es niemals schaffen, dort hindurchzugehen, ohne dass er mich wieder einfängt. Verdammt, ich bin hier gefangen und es gibt keinen Ausweg.

»Denk nicht mal dran.« Seine tiefe Stimme ist nur ein gefährliches Raunen direkt an meinem Ohr.

Ich zucke zusammen und fahre zu ihm herum. Mein Herz schlägt schneller. »Woran?«

»Daran zu fliehen.« Er grinst.

»Habe ich nicht.« Ich schlucke.

Carter hebt seine Augenbrauen. »Ach nein?«

Ich schüttle den Kopf. »Nein«, flüstere ich.

»Wie auch immer. Aber du brauchst es gar nicht erst versuchen, denn ich habe dich immer im Blick und werde nicht zögern zu schießen.« Ein Grinsen liegt auf seinem Gesicht. Er beugt sich noch näher zu mir. »Und glaub mir, ich treffe immer. Ich war nicht umsonst Scharfschütze.« Seine tiefe Stimme hat einen gefährlichen Unterton.

Mein Atem beschleunigt sich und mein Puls schnellt in die Höhe. »Scharfschütze? Bei der Army?«

Er nickt. »Und ich war der Beste.«

Panik flutet meine Brust. Ich nicke langsam. »Okay«, hauche ich. Er meint es ernst. Todernst. Als Scharfschütze wird er verdammt noch mal treffen. Da bin ich mir zu einhundert Prozent sicher. Und somit hat sich meine Fluchtchance noch weiter verkleinert, wenn das überhaupt möglich ist. Verdammt.

Er wird einfach auf mich schießen, sollte ich vor ihm davon und nach draußen laufen. Vorausgesetzt, ich schaffe es so weit, was zu bezweifeln ist. Wobei ich mir gut vorstellen kann, dass er mich absichtlich rauslassen würde, nur um dann draußen auf mich zu schießen. Wahrscheinlich würde er daran sogar Spaß haben. Denn er ist immer noch ein kranker Killer, eiskalt und skrupellos. Daran ändert es auch nichts, dass er mich gefickt hat.

Carter tritt einen Schritt zurück, seine Augen glänzen amüsiert. Er genießt sichtlich meine Angst. Zitternd laufe ich an ihm vorbei, die Treppe hoch in mein Zimmer. Fuck. Mein Herz schlägt viel zu schnell und ich komme außer Atem an. Ich brauche ein paar Minuten, bis ich mich wieder beruhigt habe und die Angst mir nicht mehr meine Kehle zuschnürt.

Mittlerweile habe ich große Hoffnung, dass er mich nicht töten wird. Zum einen, weil er mich dann nicht mehr quälen kann, was ein besorgniserregender Grund ist. Aber da ist noch diese eine Sache, die er mir gesagt hat und die mir seitdem nicht mehr aus dem Kopf gegangen ist. Meine Kunst berührt seine Seele. Das hat er gesagt. Und er hat dabei verdammt ehrlich geklungen. Ich hinterfrage das nicht. Ich bin mir sicher, dass er nicht gelogen, sondern die Wahrheit gesagt hat.

Und die Tatsache, dass meine Kunst seine Seele erreicht, fühlt sich so gut an. Es macht etwas mit mir. Mit meiner Seele. Und ein Teil von mir fühlt sich genau aus diesem Grund zu ihm hingezogen. Ein Teil meiner Seele zu seiner Seele. Als würden sie zusammengehören. Als würden sie miteinander verschmelzen wollen. Verdammt. Ein Teil von mir will ihn so sehr, während ein anderer Teil panische Angst vor ihm hat. Und ich weiß nicht, ob einer der beiden Teile jemals verschwinden wird.

Ich muss diesem Gedankenkarussell dringend entkommen. Schnell platziere ich eine Leinwand auf meiner Staffelei und nehme meine Palette in die Hand. Dann greife ich nach meinen Pinseln und der Farbe. Sobald ich den ersten Pinselstrich ausführe, wird es still. Meine Gedanken beruhigen sich. In meinem Kopf wird es ruhig und friedlich. Da sind nur meine Kreativität und die Kunst. Und dieses Gefühl ist wunderschön und befreiend. Pures Glück.

»Wow, Rose. Das ist … Fuck, das sieht geil aus.« Carter schüttelt ungläubig den Kopf. Seine grünen Augen mustern das Gemälde vor uns. »Was genau ist das?«

Hitze breitet sich in meiner Brust aus und ich schlucke. Mein Blick wandert über die große Leinwand, auf der sich bunte Farben tummeln. Grelle Farben, die in Pastellfarben übergehen, sich zu einer Einheit verbinden. Große Wellen, die in kleinere übergehen, in pulsierenden Bewegungen. Highlights und Glanz, die das Ganze noch lebendiger machen, noch schöner. Die Farben fühlen sich an wie Herzrasen, verbinden sich zu pulsierenden Wellen, intensive Gefühle. »Ekstase.« Ich sehe vorsichtig zu ihm herüber, um seine Reaktion zu sehen.

Carter hebt überrascht die Augenbrauen und sieht zu mir. »Ekstase? Du meinst … Du meinst, das soll einen Orgasmus darstellen?« Ein Grinsen breitet sich auf seinem Gesicht aus.

Ich lache nervös. »Ja, aber … nicht irgendeinen.« Hitze steigt in meine Wangen und färbt sie rosa.

In Carters Augen blitzt etwas auf. »Fuck, Rose. Das ist dein Höhepunkt?«

Ich nicke leicht. Mein Herz schlägt schnell in meiner Brust.

»Verdammt, das ist so gut. Ich kann es fühlen.« Sein Blick gleitet über die Wellen.

Er hat Recht. Dieses Gemälde ist eines meiner besten Arbeiten und ich spüre beim Malen und Betrachten ein leichtes Pochen in meiner Mitte.

»Hast du schon mal gemalt, während du einen Orgasmus hast?« Carters Kiefermuskeln zucken unter seinem Lächeln.

Mir stockt der Atem. »Was?« Ich schlucke überfordert, mein Herz klopft wild in meiner Brust. »Nein, ich …«

»Wie würde es wohl aussehen, wenn du deine Kunst mit Ekstase verbindest?« Seine raue Stimme ist dicht an meinem Ohr.

Ich schnappe hörbar nach Luft. Verdammt, wieso macht mich diese Vorstellung so nervös? »Ich weiß es nicht«, hauche ich.

»Dann wird es wohl Zeit, das herauszufinden, was denkst du?« Sein Atem streicht über meine erhitzte Haut.

Ich schließe überfordert die Augen. Mein Herz schlägt noch schneller. »Ja.« Verdammt. Allein der Gedanke daran ist so heiß, dass ich die Lust zwischen meinen Beinen spüren kann.

»Zieh dich aus«, wispert er. »Und dann setz dich hin.«

Mit leicht zittrigen Händen entkleide ich mich, bis ich nackt vor Carter stehe, dessen Blick gierig über meinen Körper gleitet. Er platziert einen Stuhl vor einer Leinwand und ich setze mich. Dann suche ich mir Farben heraus und verteile sie auf meiner Palette, bevor ich mir einen Pinsel nehme.

»Rutsch weiter nach vorne.« Carters Augen leuchten vor Verlangen.

Ich rutsche auf die vordere Kante. Als Carter vor mir auf die Knie geht und seine Hände auf meine Oberschenkel legt, sauge ich scharf die Luft ein.

Mit einer bestimmten Bewegung zieht er meine Beine auseinander und sieht mir tief in die Augen. Dann senkt er sein Gesicht zwischen meine Beine. Seine Zunge gleitet über meine feuchte Mitte und ich keuche erregt auf, werfe den Kopf in den Nacken, schließe die Augen, genieße das Gefühl.

»Vergiss die Kunst nicht, Rose.« Seine Stimme klingt dunkel und gleichzeitig so sexy.

Ich öffne meine Augen und tunke den Pinsel in die Farbe. Dann platziere ich ihn auf der Leinwand.

Carters Zunge fährt erneut durch meine Nässe und ich stöhne erregt auf. Der Pinsel streicht über die Leinwand und ich lasse mich von dem wundervollen Gefühl zwischen meinen Beinen leiten. Carter saugt an meiner Perle und ich stöhne vor Lust, der Pinsel drückt fest auf die Leinwand. Meine Mitte pocht verlangend und ich drücke mich seinem Gesicht entgegen.

Plötzlich dringt er mit seiner Zunge in mich ein, entlockt mir damit ein weiteres lautes Stöhnen voller Lust und Erregung. Ich zittere. Der Pinsel verteilt die Farbe wie von allein auf der Leinwand. Ich schließe für einen kurzen Moment die Augen, führe den Pinsel blind über den Hintergrund. Seine Zunge dringt tief in mich ein, leckt dann über meine Perle.

Auf einmal spüre ich, wie er seine Finger in mir versenkt. Er stößt immer fester zu, während seine Zunge meine Perle liebkost. Das Pulsieren wird immer stärker, meine Pinselbewegungen immer schneller und unkontrollierter. Ich stöhne laut, bin so erregt, dass mein Herz wild in meiner Brust pocht. Mein Atem ist abgehackt, mein Körper zittert. Ich drücke mich ihm entgegen. Verdammt, er leckt mich so unfassbar gut, dass ich es kaum noch aushalte.

Seine Bewegungen werden schneller, seine Finger ficken mich und seine Zunge leckt meine feuchte Perle. Das Pochen wird intensiver, bis ich explodiere.

Mit einem lauten Stöhnen presse ich den Pinsel auf die Leinwand, mein Körper zuckt unkontrolliert. Ich schließe die Augen. Meine heiße Mitte drängt sich seinem Gesicht entgegen. Seine Hände halten meine Taille fest, während mein Körper ekstatisch zittert und meine Mitte so stark und schnell pulsiert, dass ich vor Lust zerfließe.

Fuck, dieser Orgasmus ist so intensiv, dass meine Seele vor Ekstase schwebt. Ich stöhne ein letztes Mal laut, als die letzte Welle meinen Körper erfasst, dann ziehe ich meinen Körper weg und Carter hebt seinen Kopf.

Verlangen lodert in seinen Augen auf. Unbändige Lust. »Fuck, Rose. Du schmeckst so gut.« Sein Kiefer zuckt. Dann wendet er seinen Blick von mir ab und bewundert das Kunstwerk, das ich unter Ekstase gemalt habe. »Fuck, Rose. Das ist unglaublich. Ich kann deinen Höhepunkt förmlich durch das Bild fühlen.« Seine Stimme bebt vor Verlangen.

Schwer atmend sehe ich auf die bunten Farben, die wild ineinander übergehen, sich verbinden. Sie strahlen so viel Leidenschaft aus, dass ich begeistert den Mund öffne. »Wow. Das ist echt krass.« Ich mustere die verschiedenen Pinselbewegungen und staune über die Lust und die Ekstase, die ich in diesem Bild erkenne.

»Fuck, Rose. Das macht mich so hart.« Carter blickt mich voller Verlangen an. Seine Augen blitzen gefährlich auf. Seine Stimme ist tief und rau. Seine Muskeln zucken unter dem schwarzen T-Shirt.

»Dann fick mich, Carter.« Ich sehe ihn sehnsüchtig an. Verdammt, ich will ihn so sehr in mir spüren. Mich von ihm ficken und in Ekstase versetzen lassen. Dieser Orgasmus ist so gut gewesen, dass ich mehr will. Viel mehr.

»Fuck, Rose«, knurrt er. Dann steht er auf und stülpt sich sein T-Shirt über den Kopf. Seine gestählten Muskeln zucken und die Tattoos sehen so verdammt gut aus. Er zieht sich auch die Hose aus und gibt den Blick auf seine gewaltige Härte frei.

Ohne zu zögern, kommt er auf mich zu und zieht mich zu sich hoch. Er presst seine Lippen auf meine und ich keuche erregt. Seine Härte presst sich gegen meine Mitte und ich stöhne vor Lust. Verdammt, es fühlt sich so gut an. Und ich will ihn so sehr. Seine Bartstoppeln kratzen an meinen Lippen und ich schmecke ihn und meine Lust. Seine Zunge umspielt meine und entfesselt ein unfassbares Feuer in mir.

Fuck, ich bin so verdammt geil und ich will ihn so sehr. Ich will seine nackte Haut auf meiner spüren. Ich will ihn in mir spüren. Allein die Vorstellung lässt mich vor Erregung aufstöhnen und ich fühle die Lust zwischen meine Beine laufen. Fuck, es ist so gut. So verdammt gut.

KAPITEL 43

CARTER

Rose' Kunst schafft etwas, wozu normalerweise nichts und niemand in der Lage ist. Sie berührt meine Seele, erreicht mich. Entfesselt Emotionen und Gefühle in mir. Und ihre Ekstase entflammt meine Lust, mein Verlangen. Fast so sehr wie ihre Angst vor mir. Und alles zusammen ist eine gefährliche Mischung. Verdammt gefährlich. Denn meine sexuelle, körperliche Lust, das körperliche Verlangen nach ihr, darf sich nicht mit meiner Seele verbinden, die von ihrer Kunst und somit auch von ihr berührt wird.

Ich brauche beides. Den Sex und damit das Verlangen und die Lust. Und meine Seele. Aber beides muss voneinander getrennt sein. Denn ansonsten macht mich das verletzbar. Und das darf auf gar keinen Fall passieren. Wenn Rose in mir gleichzeitig unbändiges Verlangen auslösen und meine Seele berühren kann, dann hat sie zu viel Macht. Dann hat sie Kontrolle über mich. Und das darf nicht sein.

Aber fuck, es ist schon zu spät. Ich hätte es niemals so weit kommen lassen dürfen. Aber jetzt ist es viel zu spät, als dass ich es rückgängig machen könnte. Ich bin schon viel zu tief drin.

Mein Verlangen ist zu stark. Und meine Seele ist bereits zu sehr berührt worden. Damit hat sie bereits Macht über mich. Und fuck, das ist so gefährlich. Ich darf keine Gefühle zulassen und meine Seele gehört mir allein. Doch es ist zu spät.

Alles, was ich jetzt noch tun kann, ist, dafür zu sorgen, dass sie es niemals herausfinden wird. Sie darf niemals erfahren, welche Macht sie über mich besitzt. Denn dann könnte sie diese Macht gegen mich verwenden. Mich damit kontrollieren. Mich dazu bringen, das zu tun, was sie will. Und das wäre noch viel gefährlicher, als sie es je ahnen könnte. Fuck. Sie darf es auf keinen Fall herausfinden. Das wäre gefährlich. Eine tödliche Gefahr. Für uns beide. Für alle.

KAPITEL 44

ROSE

»Wenn du mich schon ständig beobachtest, dann könntest du dich wenig nützlich machen.« Ich schüttle genervt den Kopf und gehe ins Badezimmer.

»Und wie stellst du dir das vor?« Carter sitzt auf dem Sofa in meinem Zimmer und hat nichts Besseres zu tun, als mich zu beobachten.

Ich öffne den Wasserhahn und halte meine Hände unter den kalten Strahl. »Du könntest Modell sitzen.« Noch während ich die Worte ausspreche, bemerke ich, was ich da gerade gesagt habe. Hitze steigt in mir hoch und ich schrubbe mir hektisch die Farbe von den Händen. Verdammt. Wieso denke ich überhaupt über so etwas nach?

»Du willst mich malen?« Seine tiefe Stimme ist viel zu nah. Ich sehe auf und blicke in dunkelgrüne Augen. Carter steht an den Türrahmen gelehnt und grinst mich an.

Ich schlucke. Röte verfärbt meine Wangen. »Ich … ähm … Vergiss es.« Ich wende den Blick ab und trockne meine Hände ab.

»Und wenn ich es nicht vergessen will?«

»Das war nur eine dumme Idee. Ich habe nicht nachgedacht.«

»Ich finde die Idee sehr gut.« Er fährt sich durch die schwarzen Haare. »Was soll ich dafür tun? Mich ausziehen?«

Mein Herz schlägt schneller. »Du musst wirklich nicht … Ich meine …« Nervös versuche ich, mich an ihm vorbei durch die Tür zu schieben, doch er streckt seinen Arm aus und lässt mich nicht durch.

Carter legt seine Finger unter mein Kinn, hebt meinen Kopf an, sieht mir direkt in die Augen. »Wenn du willst, dass ich mich ausziehe, dann musst du nur etwas sagen.« Seine tiefe Stimme ist nur ein verführerisches Hauchen.

»Ich …« Verdammt. Ich schlucke und knete meine zitternden Hände, während ich das Ziehen in meinem Unterleib ignoriere. Wie schafft er es bloß mit seinen Worten meine Lust zu wecken und dieses lodernde Feuer des Verlangens in mir zu schüren? »Das … Das wollte ich gar nicht.« Meine Stimme ist so leise, zittert nervös.

Carter grinst amüsiert und zieht mein Kinn noch ein Stück näher zu sich. »Möchtest du meinen nackten Körper malen, Rose?« Seine Augen blitzen auf.

Ich schlucke, atme ungleichmäßig ein und aus. »Ich … Ja? Ich meine … Ich habe vor ein paar Wochen einen nackten Frauenkörper gemalt und … Ein Männerkörper würde gut dazu passen. Das könnte ich in der Uni …« Ich breche ab. Hitze breitet sich in meiner Brust aus. Nein. Die Uni kann ich komplett vergessen. Ich bin hier gefangen und Carter wird mich sicher nicht einfach zur Uni gehen lassen.

»Uni?« Er hebt eine Augenbraue. Sein Grinsen verschwindet.

»Tut mir leid, das ist mir rausgerutscht.« Ich winke ab. Mein Herz klopft viel zu schnell in meiner Brust.

»Nein. Was wolltest du sagen?«

Ich senke meinen Blick. »Ich dachte, ich könnte die Bilder in der Uni zusammen vorstellen als zwei zusammenhängende Werke, aber … Das geht ja nicht.« Meine Stimme klingt heiser. Traurigkeit flutet mich bei dem Gedanken, dass ich mein Kunststudium vergessen kann. Vermischt sich mit der Angst davor, dass er mich für den alleinigen Gedanken an mein Studium bestrafen könnte.

Carter sieht mich ernst an. »Nein, das geht nicht. Aber du kannst mich trotzdem gerne malen.«

Ich nicke. »Okay.« Der Gedanke an seinen nackten Körper schwemmt einen Teil der Traurigkeit fort. Doch die Erkenntnis, dass ich nie wieder nach Yale zurückkehren werde, hat mich schwer getroffen.

Das neue Semester wird bald anfangen und ich werde alles dafür geben, mein Studium fortsetzen zu können. Aber das wird nicht gehen, oder? Carter wird mich niemals freilassen, damit ich zur Uni gehen kann. Oder? Vielleicht kann ich ihn irgendwie überzeugen. Wenn ich ihm verspreche, zu ihm zurückzukommen. Nein, so dumm ist er nicht. Er wird mich nicht einfach gehen lassen. Aber was, wenn es doch eine Möglichkeit gibt, ihn zu überzeugen? Ich muss es wenigstens versuchen.

Carter sitzt oberkörperfrei auf dem Sofa und hat sich zurückgelehnt. »Sag mir Bescheid, wenn du fertig mit meinem Oberkörper bist, dann zieh ich meine Hose aus. Ich will dich ja jetzt nicht zu sehr ablenken.« Ein breites Grinsen liegt auf seinen Lippen.

Mein Herzschlag beschleunigt sich und ich atme unregelmäßig. Hitze breitet sich in meiner Brust aus. Verdammt. Allein sein Oberkörper lenkt mich schon viel zu sehr ab und lässt mich nicht mehr klar denken. Ich platziere meine Leinwand auf der Staffelei und suche mir die passenden Farben aus, die ich auf meine Palette gebe. Dann nehme ich meinen Pinsel und platziere mich vor der Leinwand.

Ich betrachte Carters Oberkörper genau, um ihn perfekt auf die Leinwand zu bringen. Seine leicht gebräunte Haut zieht sich über die definierten Muskeln. Das Sixpack ist stark ausgeprägt und auch seine Brust ist trainiert. Seinen ausgeprägten Bizeps hat er ein wenig angespannt.

Beide Oberarme sind mit Tattoos geschmückt, die sich bis zu den Unterarmen und über die Brust ziehen. Die schwarzen Linien verbinden sich zu ästhetischen Motiven, ich erkenne Rosen und sogar eine Waffe hat er sich unter die Haut stechen lassen.

Mein Blick gleitet über seinen Bauch. Sein ausgeprägtes V, das in seiner Hose verschwindet, verursacht ein leichtes Ziehen in meinem Unterleib und Hitze durchströmt mich. Wie kann ein Körper nur so perfekt sein? Carters Körper ist einfach makellos und verdammt heiß.

Mit meinem Pinsel fahre ich über die Leinwand, male die Umrisse und deute grob Schatten an, die die Muskeln zum Vorschein bringen. Ich male seinen Körper, bis ich all die Muskeln und Formen seines Körpers auf die Leinwand gebracht habe. Mit einem kleineren Pinsel tunke ich in die schwarze Farbe und fange an, all seine Tattoos abzumalen. »Kannst du vielleicht etwas näherkommen, damit ich die Tattoos besser sehen kann?« Ich sehe von der Leinwand auf.

Carter grinst und erhebt sich von seinem Platz. »Kein Problem.« Er kommt auf mich zu.

»Stopp! Du darfst es erst sehen, wenn ich fertig bin.« Ich strecke die Hand aus und berühre seine nackte Brust. Mein Herz schlägt schneller und ich halte für wenige Sekunden den Atem an.

Verdammt, seine nackte Haut fühlt sich so gut an. Schnell ziehe ich meine Hand wieder zurück und konzentriere mich auf die Leinwand und seine Tattoos. Aus den Augenwinkeln nehme ich sein amüsiertes Grinsen wahr.

Ich zeichne die schwarzen Linien präzise nach. »Wirst du mich jemals freilassen?« Mein Herz pocht wie wild und Angst flutet meine Brust.

Carter hebt eine Augenbraue. »Was denkst du denn?«

Ich schlucke. »Na ja … Wahrscheinlich nicht.« Meine Hand zittert und ich muss den Pinsel absetzen.

»Damit hast du deine Frage selbst beantwortet.« Er lacht.

»Ja, aber …« Ich sehe ihm in seine dunkelgrünen Augen, nehme all meinen Mut zusammen. »Aber willst du mich wirklich für immer gefangen halten? Willst du nicht irgendwann wieder ein normales Leben führen und dich nicht um mich kümmern müssen?« Mein Herz klopft wie verrückt.

»Wenn ich dich loswerden will, dann werde ich dich lieber töten, anstatt dich laufen zu lassen.«

Das Zittern wird stärker. »Aber … Du willst mich doch gar nicht töten.« Meine Stimme ist leise, die Worte passen gerade so durch meine zugeschnürte Kehle.

»Aktuell nicht, aber wenn du mir irgendwann auf die Nerven gehst, wieso nicht?« Er zuckt mit den Schultern. Seine Augen blitzen gefährlich auf.

»Das glaube ich dir nicht. Und wenn ich tot bin, kannst du mich nicht mehr ficken.«

»Kann ich schon.«

Meine Augen weiten sich. Mein Atem stockt, mein Herz setzt aus. »Das ist krank.«

»Das stimmt. Ich habe auch nicht gesagt, dass ich das will.« Er zuckt mit den Schultern.

»Und du kannst mich auch nicht mehr beim Malen beobachten, wenn ich tot bin.« Es ist ein schwacher Versuch, aber irgendwie glaube ich, dass ihn das durchaus wenigstens ein bisschen stören würde.

»Ich hätte aber deine Bilder, die ich mir anschauen könnte.« Er schmunzelt.

»Das ist etwas anderes.«

»Worauf willst du hinaus, Rose? Was willst du von mir?« Carter durchdringt mich mit seinem Blick, durchbricht damit die Hülle und blickt mir tief in die Seele.

Ich schlucke. Mein Herz klopft mir bis zum Hals. »Ich möchte zur Uni«, platzt es aus mir heraus. Verdammt.

»Das kannst du vergessen.« Gefahr schwingt in seiner Stimme mit. Er schüttelt den Kopf. Seine Augen funkeln warnend.

Panik breitet sich in meinem Brustkorb aus. »Aber … Ich möchte wirklich nur zur Uni. Das neue Semester fängt bald an. Ich habe so hart dafür gearbeitet und Yale ist eine der besten Unis für Kunst. Ich will einfach nur mein Studium beenden. Bitte.«

»Nein.« Er fährt sich mit einer Hand über seinen Dreitagebart. Sein stechender Blick dringt tief in mich ein.

»Bitte. Ich tue alles, was du willst.« Verzweiflung kommt in mir hoch. Mein Puls ist viel zu hoch, mein Atem geht unregelmäßig. Ich sehe ihn flehend an.

»Nein, Rose. Für wie dumm hältst du mich?« Sein Blick verfinstert sich und seine Kiefermuskeln zucken.

»Ich verspreche, dass ich niemandem etwas sagen werde und auch nicht versuchen werde zu fliehen. Ich möchte nur mein Studium beenden.« Ein dicker Kloß blockiert meine Speiseröhre, erschwert es mir, meine Angst hinunterzuschlucken. Tränen sammeln sich in meinen Augen. Verdammt.

Ohne zu zögern, zieht Carter seine Waffe und richtet den Lauf auf meine Stirn. »Verdammt, Rose. Ich sagte nein.« Seine tiefe Stimme ist nur ein gefährliches Zischen. Seine Augenbrauen haben sich zusammengezogen, seine Augen sich verdunkelt.

Zitternd atme ich unregelmäßig ein und aus, höre mein wild klopfendes Herz. »Bitte«, flüstere ich. Und dann kommt mir ein

Gedanke. Ein letzter Hoffnungsschimmer, der ihn doch noch überzeugen könnte. »Aber es geht um meine Kunst.«

»Fuck, Rose.« In seinen Augen blitzt etwas auf. Seine Muskeln zucken gefährlich.

Ich schlucke die Panik herunter und sehe ihm direkt in die Augen. »Meine Kunst berührt deine Seele, das hast du selbst gesagt. Bitte lass mich zur Uni, damit ich weiter Kunst studieren kann und damit noch besser werde und noch mehr darüber lerne. Dann wird auch meine Kunst noch besser. Bitte nimm mir nicht diese Möglichkeit. Wenn ich zum Semesterstart nicht in Yale bin, dann werde ich mein Stipendium verlieren und dann werde ich nie wieder dort studieren können. Bitte. Ich will nichts anderes. Ich will nur mein Kunststudium in Yale beenden.«

Carters Kiefermuskeln spannen sich an. »Verdammt, Rose. Ich kann dich nicht freilassen.« Sämtliche Muskeln in seinem Körper sind angespannt und sein Blick durchbohrt mich.

»Bitte, Carter. Wenn du mich studieren lässt, dann verspreche ich dir, dass ich niemandem etwas von der Entführung erzähle und wieder zu dir zurückkomme. Bitte, Carter.« Hoffnung schwingt in meiner Stimme mit.

»Fuck, Rose.« Carter ist so angespannt, dass ich Angst habe, er würde, um den Druck abzubauen, einfach den Abzug von der verfickten Waffe an meinem Kopf drücken. Doch dann blitzt etwas in seinen Augen auf und er stößt ein Knurren aus. »Okay.«

Ich blinzle. Habe ich mich gerade verhört? »Was?« Ungläubig öffnet sich mein Mund. Mein Atem stockt.

»Ich sagte okay.« Carter sieht mich direkt an.

Perplex starre ich in sein angespanntes Gesicht. Verdammt. Er hat ja gesagt. Er hat verdammt noch mal zugestimmt, dass ich zur Uni gehen darf. »Wirklich?«

Carter nickt.

»Danke.« Euphorie flutet meinen Körper und mein Herzschlag beschleunigt sich vor Freude. Ein Lächeln schleicht sich auf meine Lippen und ich lache. Ohne zu überlegen, lege ich Pinsel und Palette aus der Hand und schlinge meine Hände um Carters Nacken. Ich ziehe seinen Kopf zu mir und lege meine Lippen auf seine, küsse ihn leidenschaftlich. Seine Lippen fühlen sich so gut an. Ich liebe dieses Gefühl. Moment. Was zur Hölle tue ich hier? Ich darf ihn nicht einfach so küssen, als würde ich ihn mögen.

Schnell löse ich mich von ihm, starre ihn unsicher an. Carters Blick ist nicht zu deuten. Ich habe keinen blassen Schimmer, was er gerade denkt. Verdammt. Ich habe ihn einfach geküsst, ohne darüber nachzudenken. Und ich habe Sympathie für ihn empfunden. Und Dankbarkeit. Als würde ich ihn mögen. Als wäre er ein guter Mensch. Aber das ist er nicht. Ich darf nichts für ihn empfinden außer Hass. Er ist immer noch mein Entführer und ein eiskalter Killer. Ohne ihn wäre ich gar nicht in dieser Situation und könnte einfach in die Uni gehen, ohne irgendjemanden um Erlaubnis zu bitten. Verdammt. Ich hätte ihn nicht so küssen dürfen. Nicht aus Euphorie. Nicht so.

»Du hörst mir jetzt ganz genau zu.« Carters Stimme klingt tief und bedrohlich. Er zieht mich dicht an seinen Körper und drückt mir die Waffe an den Hals, sodass meine Luftröhre verengt wird. Seine Augen funkeln bedrohlich. »Solltest du irgendjemandem auch nur ein einziges Wort über mich erzählen, dann werde ich dich dafür bestrafen. Solltest du versuchen zu fliehen, dann werde ich dich einfangen und bestrafen. Solltest du dir sonst irgendwie Hilfe suchen, dann werde ich dich ebenfalls wieder fangen und bestrafen. Sollte dich irgendein anderer Mann anfassen, dann werde ich dich und ihn bestrafen. Wenn du nicht auf mich hörst, dann werde ich dich verdammt noch mal bestrafen. Und zwar so, dass du dir wünschen wirst, niemals geboren worden zu sein. Ich werde dich so brutal foltern und dir unerträgliche Schmerzen zufügen, bis du mich anbettelst, dich zu töten. Und dann werde ich weitermachen, so lange wie es dein Körper aushält. Und ich werde deinen Körper immer wieder etwas heilen lassen, nur um dich erneut zu foltern. Du wirst höllische Qualen erleiden. So schlimm, dass du denken wirst, was Aiden dir angetan hat, war schmerzlos im Vergleich zu dem, was ich dir antun werde. Und erst ganz am Ende, wenn es mir zu langweilig wird und ich keine Lust mehr habe, erst dann werde ich dich qualvoll töten. Du gehörst mir. Hast du mich verstanden?« Carters Augen blitzen gefährlich auf und seine tiefe Stimme bebt vor Gefahr.

Ich schlucke hart, mein Herz pocht wie verrückt, mein Atem geht abgehackt. Das harte Metall der Waffe drückt unangenehm in meine Haut und mein ganzer Körper zittert. Panik. Unbändige Panik fließt durch meinen gesamten Körper, lähmt mich. Ich blinzle die Tränen weg. »Ja«, flüstere ich. Zu mehr ist mein Körper nicht in der Lage.

Carter grinst zufrieden. »Sehr gut.« Er sieht mir noch einmal tief in die Augen, dann entfernt er sich und seine Waffe von mir.

Ich atme erleichtert aus und versuche, meinen Atem und Puls wieder einigermaßen unter Kontrolle zu bringen. Verdammt. Carter meint es ernst. Todernst. Das weiß ich. Er wird mich verdammt noch mal foltern, wenn ich ihm nicht gehorche und mich ihm widersetze. Und am Ende werde ich sterben. Aber davor werde ich höllische Qualen erleiden. Fuck.

Ich werde ihm niemals entkommen. Er wird mich niemals gehen lassen und dafür sorgen, dass ich niemals frei sein werde. Ich werde für immer seine Gefangene sein.

KAPITEL 45

CARTER

F uck. Ich bin schwach geworden. Wieso zur Hölle bin ich schwach geworden? Wieso zur verfickten scheiß Hölle habe ich ihr mein Einverständnis gegeben, dass sie zur Uni gehen darf? Das Risiko ist viel zu hoch. Sobald sie das verschissene Gebäude betritt, werde ich nicht mehr an sie herankommen. Nicht, wenn sie sich gut anstellt. Sie braucht nur zu irgendeinem verfickten Professor laufen, ihm alles erzählen und sofort wäre das verdammte FBI vor Ort und würde sie vor mir beschützen. Dann würde ich nicht mehr an sie herankommen. Fuck.

Ich kann nur hoffen, dass ich ihr genug Angst eingejagt habe, dass sie genau das nicht tun wird. Die Angst hat in ihren saphirblauen Augen gelodert. Panik. Sie hat verdammt noch mal panische Angst vor mir und den Dingen, die ich ihr antun werde, wenn sie mich verrät. Hoffentlich reicht diese Angst und sie wird es nicht wagen, mich zu hintergehen. Denn sie gehört mir. Sie gehört verdammt noch mal mir!

Fuck. Ich weiß, dass ich sie nicht so nah an mich hätte heranlassen dürfen. Ich weiß, dass es ein Fehler gewesen ist. Ich habe gewusst, dass es gefährlich werden wird, wenn sie meine Seele berühren und mein Verlangen entfesseln kann. Und genau das ist die Rechnung dafür, dass ich es zugelassen habe und nichts dagegen unternommen habe. Ich bin verdammt noch mal schwach geworden. Mit ihrer Kunst hat sie mich gekriegt. Fuck.

Wie könnte ich ihrer Kunst im Weg stehen, die es schafft, mich zu erreichen? Sie hat ihre verfickte Macht über mich benutzt, um mich zu kontrollieren, so wie ich es vorhergesagt habe. Und dabei hat sie es noch nicht einmal gewusst. Nein. Sie hat keine Ahnung von ihrer Macht. Und das muss verdammt noch mal so bleiben, denn sonst wird das alles noch viel mehr Ärger geben. Und das kann ich nicht zulassen. Es ist schlimm genug, dass sie es geschafft hat, mich davon zu überzeugen, sie zur Uni zu lassen.

Ich werde sie überwachen müssen, um sicherzugehen, dass sie auch wirklich wieder zu mir zurückkommt und niemandem etwas von mir erzählt. Fuck. Aber ich habe keine Wahl.

Und wenn ich ehrlich bin, reizt es mich auch sehr, herauszufinden, ob sie tatsächlich zurückkommen wird oder ob ich sie wieder einfangen muss. Ich will es wissen. Und dafür muss ich sie erst einmal freilassen. Auch wenn mir diese Vorstellung gar nicht gefällt. Doch ich habe keine Wahl. Fuck, Rose. Wie hat sie es geschafft, meine Seele zu berühren und mein Verlangen zu entfesseln?

KAPITEL 46

ROSE

»**S**oll ich noch einmal wiederholen, was passiert, wenn du mich hintergehst?« Carter sieht mich grinsend an.

Ich schüttle den Kopf. »Nein, ich habe es verstanden.« Ich schlucke die Nervosität hinunter.

»Gut.« Sein Grinsen wird breiter.

Ich greife mit zittrigen Händen zur Autotür, um sie zu öffnen. Mein Herzschlag beschleunigt sich.

Carter verriegelt das Auto von innen. »Hier.« Er hält mir mein Smartphone hin.

Ich sehe ihn überrascht an. »Danke.«

»Ich habe deiner Freundin ab und zu geantwortet, damit sie sich keine Sorgen macht. Und deine Eltern wissen auch, dass es dir hervorragend geht.« Er fährt sich grinsend durch die schwarzen Haare.

Mein Herzschlag beschleunigt sich. Das habe ich mir denken können. Er ist ein Profi. Natürlich hat er dafür gesorgt, dass mich niemand vermisst. »Okay.«

»Und wenn ich dich anrufe, gehst du dran. Und wenn ich dir eine Nachricht schreibe, antwortest du sofort.« Seine Augen funkeln bedrohlich. »Und wenn du es missbrauchst, um damit die Cops zu rufen oder sonst wen, dann weißt du, was passiert, nicht wahr?«

Ich nicke. »Ja. Aber ich habe deine Nummer gar nicht. Woher soll ich wissen, dass du es bist?«

Carter schmunzelt. »Keine Sorge, ich habe meine Nummer für dich eingespeichert. Du wirst wissen, wenn ich es bin.«

»Okay.« Ich schlucke. Unschlüssig sehe ich ihn an. Diese Situation ist völlig absurd und ich weiß nicht recht damit umzugehen.

»Ich warte in deiner Wohnung auf dich und ich würde dir raten, pünktlich zu sein.« Seine Finger fahren über die dunklen Bartstoppeln.

»Okay.« Die Frage, woher er weiß, wo ich wohne, stelle ich nicht. Zum einen hat er meine Handtasche bei meiner Entführung mitgenommen, in der mein Ausweis ist, auf dem meine Adresse steht. Aber wahrscheinlich hat er es schon vorher gewusst und mich beschattet. Immerhin ist er ein Profikiller. Er hat mich sicherlich nicht auf gut Glück gesucht und zufällig in New York gefunden.

»Bis später, Rose.« Seine tiefe Stimme dringt bis zu meiner Seele vor und lässt meine Knochen vibrieren. In Carters Augen liegt ein undeutbarer Ausdruck, während er mich intensiv mustert.

»Bis später, Carter.« Meine Stimme ist leise und zittert ein wenig. Mein Herz schlägt wie verrückt und die Nervosität und Aufregung steigen in meinem erhitzten Körper hoch. Ich sehe ein letztes Mal in die dunkelgrünen Augen, bevor ich meinen Blick abwende und die Autotür öffne. Mitsamt meiner Tasche steige ich aus und schlage die Tür hinter mir zu.

Warme Sommerluft weht über meine Haut und ich schließe für einen Moment die Augen. Atme die frische Luft ein. Den Geruch nach Natur, Abgasen und Freiheit. Als ich die Augen wieder öffne, drehe ich mich zu dem schwarzen BMW um, der sich nicht von der Stelle bewegt hat. Wahrscheinlich wird Carter erst wegfahren, wenn ich im Gebäude bin. Oder er wird den ganzen Tag da stehen bleiben und mich beobachten. Ich bin immer noch etwas überrascht, dass er mich tatsächlich zur Uni gebracht hat.

Ich richte meinen Blick auf das riesige steinerne Gebäude, welches hinter der großen Wiese thront. Ein Gefühl von Euphorie durchströmt mich, verdrängt die Panik in meiner Brust. Mein Herz schlägt gleichmäßig und vor Glück etwas schneller. Ein Lächeln legt sich auf meine Lippen und ich atme glücklich aus. Wow. Dieser Anblick ist unglaublich. Und ich bin so unfassbar froh, endlich wieder hier zu sein. Ich freue mich so sehr auf mein Studium, dass mein Herz vor Aufregung hüpft. Ich liebe Yale so sehr.

Langsam schreite ich den steinernen Weg entlang auf das riesige Gebäude zu. Vorbei an zahlreichen Studenten, die sich angeregt unterhalten und lachen. Als ich das Gemäuer betrete, wird mein Lächeln breiter und ich genieße den Moment für einen Augenblick. Wie sehr habe ich dieses Gefühl vermisst.

Während ich durch die Gänge der Universität gehe, erinnere ich mich an den Beginn meines Studiums. Das Gefühl war so überwältigend und ich wusste sofort, dass dies mein Traum ist, meine Berufung.

»Rose!« Eine helle Stimme lässt mich herumfahren.

»Maddy!« Ich lache und laufe auf meine Freundin zu. Wir umarmen uns und ich drücke sie fest. Erst jetzt wird mir bewusst, wie sehr ich sie vermisst habe.

»Ich habe die letzten Wochen kaum von dir gehört. Hast du echt die ganze Zeit gemalt?« Sie streicht sich eine blonde Haarsträhne aus dem Gesicht.

Ich schlucke. Mein Herzschlag beschleunigt sich bei dem Gedanken daran, was die letzten Wochen geschehen ist. Und dass ich es Maddy auf keinen Fall erzählen darf. Das würde nicht nur mich in Gefahr bringen, sondern auch sie. »Ich … Es tut mir leid. Ja, ich habe die ganze Zeit gemalt. Ich hatte so viele Ideen und die Kreativität hat mich gepackt. Ich habe mich komplett abgeschottet und alles um mich herum vergessen. Tut mir echt leid, dass ich mich so selten gemeldet habe. Ich habe kaum auf mein Smartphone geguckt, weil ich keine Ablenkung wollte.« Ich lache nervös und sehe sie entschuldigend an.

Maddy schüttelt den Kopf. »Ach, das ist doch nicht schlimm. Du musst dich nicht entschuldigen. Das freut mich total für dich. Ich will unbedingt alles sehen, was du diesen Sommer gemalt hast!« Ihre Augen leuchten begeistert auf.

Erleichtert atme ich aus. »Klar, ich werde dir alles zeigen. Aber nur, wenn du mir auch deine Kunstwerke zeigst, die über den Sommer bei dir entstanden sind.« Ich hebe meine Augenbrauen.

»Natürlich. Aber ich habe gar nicht so viel gemalt. Ich war die meiste Zeit unterwegs und habe Urlaub gemacht. Da bin ich nicht so viel zum Malen gekommen. Und ich habe auch viel gefeiert. Aber egal, ein paar Kunstwerke sind trotzdem entstanden.« Maddy lacht.

»Das klingt nach einem tollen Sommer!« Ich lächle sie an. Sie hatte anscheinend eine fantastische Zeit. Während ich die schlimmste Zeit meines Lebens erleiden musste. Ein starker Kontrast. Allein der Gedanke an diese wenigen Wochen erzeugt ein Ziehen in meiner Brust. Und dann ist da noch dieses unpassende Gefühl, das mir sagt, dass nicht alles schlimm gewesen ist. Immerhin ist der Sex mit Carter unglaublich gewesen und die körperliche Anziehung zwischen uns ist so stark, dass ich ihn nicht komplett hassen kann. Aber ich darf auch nicht vergessen, dass er mich entführt hat. Und all die anderen schrecklichen Dinge.

»Übrigens schöne Klamotten. Die sind so ganz anders als sonst, aber das steht dir echt.« Maddy nickt anerkennend.

»Danke.« Ich sehe an mir runter und betrachte die Skinnyjeans und das dunkle, lockere Top. Die Kleidung, die Carter für mich gekauft hat, da ich nicht in Jogginghose zur Uni gehen wollte. »Ich dachte, ich probiere mal etwas Neues.«

»Sieht echt gut aus.« Maddy seufzt. »Wir sollten mal unseren Raum suchen.«

Ich nicke und gemeinsam durchqueren wir die langen Flure, bis wir fündig werden. Wir setzen uns nebeneinander in eine der vorderen Reihen.

»Hast du Fotos von deinen Gemälden?« Maddy sieht mich fragend an.

Ich schüttle seufzend den Kopf. »Nein, leider nicht. Ich habe vollkommen vergessen, welche zu machen.«

»Schade. Machst du welche, wenn du nachher zu Hause bist und zeigst sie mir morgen? Ich will sie unbedingt sehen. Irgendwie habe ich das Gefühl, dass deine Kunst über den Sommer noch besser geworden ist, wenn das überhaupt möglich ist. Du wirkst auch irgendwie etwas verändert.« Nachdenklich sieht sie mich an.

Ich schlucke und zwinge mir ein Lächeln auf die Lippen. »Ja, mach ich.« Am liebsten würde ich ihr alles erzählen. Von der Entführung, von Carter und von Aiden. Verdammt. Allein bei dem Gedanken an meinen gestörten Ex läuft es mir eiskalt den Rücken herunter. Aber ich kann ihr nichts sagen. Carter würde mich dafür foltern und die Angst davor ist viel zu groß. Und ich will auch Maddy nicht in Gefahr bringen. Er wird ihr bestimmt auch wehtun und das darf ich nicht zulassen.

Der Tag geht schnell vorbei. Viel zu schnell. Es macht mich glücklich, wieder in der Uni zu sein und mein Kunststudium fortzusetzen. Doch ich habe immer im Hinterkopf, was mich danach erwartet. Wenn ich zurück in meine Wohnung gehen werde. Aber auch wenn ich es nicht tue. Die Angst liegt wie ein dicker Farbklecks auf meiner Brust und verengt meine Atemwege. Ich weiß nicht, was ich tun soll.

Langsam schlendere ich durch die Straßen. Was soll ich bloß tun? Soll ich auf Carter hören und zu ihm zurückkehren? Oder soll ich fliehen? Jetzt ist die beste Möglichkeit. So habe ich eine Chance. Ich bin frei. Ich kann einfach loslaufen. Mir irgendwo Hilfe suchen. Mich verstecken. Es ist die beste Chance, ihm zu entkommen. Es ist eine gute Gelegenheit, die ich nicht so schnell wieder bekommen werde.

Tränen sammeln sich in meinen Augen. Ich versuche, sie wegzublinzeln, doch es sind zu viele. Langsam kullern sie über meine Wangen, bis sie sich in Flüsse verwandeln und meine erhitzte Haut aufquellen lassen. Verzweifelt schluchze ich auf und versuche, meinen Atem wieder unter Kontrolle zu bringen. Abgehackt und unkontrolliert schnappe ich nach Luft, während mein Herz immer schneller schlägt. Mit zittrigen Händen wische ich über meine nassen Wangen. Angst und Verzweiflung schnüren mir den Hals zu. Überforderung macht sich in mir breit. Ich weiß einfach nicht, was ich tun soll.

Ich habe Angst, zu ihm zurückzukehren. Doch ich habe auch Angst davor, es nicht zu tun. Er wird mich nicht einfach gehen lassen. Wenn ich versuche zu fliehen, würde ihn das nur wütend machen. Und er würde mich dafür bestrafen und am Ende sogar töten. Und allein der Gedanke versetzt mich in grenzenlose Panik. Aber ich will auch frei sein. Und das werde ich niemals sein, wenn ich zu ihm zurückkehre. Er wird mich für immer gefangen halten. Er wird mich niemals gehen lassen. Ich wäre für immer seine Gefangene und ich weiß nicht, ob ich das aushalten würde. Ich will einfach nur frei sein. Ich brauche meine Freiheit. Fast so sehr wie meine Kunst.

Aber dann gibt es da auch noch einen Teil in mir, der zu ihm zurückwill. Der bei ihm sein will. Sich nach ihm, seiner Nähe, seinem Körper sehnt. Der ihn nicht verlassen will. Für den die Vorstellung, für immer bei ihm zu bleiben, nicht unvorstellbar ist und keine Panik auslöst, sondern Euphorie und Glück. Verdammt. Das ist nicht gut. Das ist verdammt noch mal nicht gut und ich will diese Gefühle nicht fühlen. Doch ich kann es nicht verhindern.

Allmählich versiegen die Tränen und ich muss mich entscheiden. Keine der beiden Optionen ist gut. Sie sind beide beschissen und gefährlich. Bei beiden werde ich letztendlich wieder in Carters Fängen landen. Und deswegen ist die Entscheidung eigentlich ganz leicht. Denn es gibt nur eine Möglichkeit, bei der ich zumindest einigermaßen unbeschadet bleiben werde.

Ich muss freiwillig zu ihm zurück. Ich darf mich ihm nicht widersetzen, denn das würde für mich Höllenqualen bedeuten und letztlich tödlich enden. Aber wenn ich freiwillig zu ihm zurückkehre, dann wird er mich nicht so sehr foltern und ich werde auch nicht sterben. Und er wird mich meine Kunst weiter machen lassen. Ich muss zu ihm zurückkehren. Ich habe keine Wahl. Und ein Teil von mir will bei ihm sein.

Plötzlich spüre ich etwas an meinem Kopf. Einen harten Schlag. Ein stechender Schmerz fährt durch meinen Schädel und ich stöhne gequält auf. Meine Beine geben unter mir nach und ich sacke in mich zusammen. Irgendjemand fängt mich auf. Benommen schließe ich meine Augen, versuche, wach zu bleiben und wieder die Kontrolle über meinen Körper zu erlangen. Doch vergebens. Verdammt.

Will Carter mich etwa erneut entführen? Hat es ihm zu lange gedauert? Oder ist es gar nicht Carter? Panik vermischt sich mit dem Schmerz. Der Schleier wird immer undurchsichtiger, bis alles um mich herum schwarz wird und ich in einen tiefen Schlaf falle.

KAPITEL 47

CARTER

Ungeduldig laufe ich in ihrer Wohnung auf und ab. Sie hätte schon längst hier sein sollen. Die Uni ist lange vorbei und draußen ist es bereits dunkel. Wut breitet sich in meiner Brust aus. Unbändige Wut. Hat sie es wirklich gewagt, mich zu hintergehen? Habe ich sie echt so falsch eingeschätzt?

Ich bin fest davon überzeugt gewesen, dass sie es sich nicht trauen würde, sich mir zu widersetzen. Ich bin davon ausgegangen, dass sie mir gehorchen und zu mir zurückkehren wird, so wie sie es gesagt hat. Und ich bin mir sicher gewesen, dass ich ihr so viel Angst eingejagt habe, dass sie gar nicht anders kann, als zurückzukommen. Sie muss wissen, dass ich es ernst meine und dass das Risiko für sie viel zu hoch ist. Fuck. Wieso ist sie nicht hier?

Ich hole mein Smartphone aus meiner Hosentasche hervor und tippe auf ihren Kontakt. Meine Finger fliegen über die Tastatur und ich schicke die Nachricht ab, ohne noch einmal drüberzulesen.

> WO ZUR HÖLLE STECKST DU?!
> Wenn du nicht qualvoll gefoltert werden willst,
> dann rate ich dir, sofort zu mir zu kommen! Sonst
> wirst du solch unaussprechliche Qualen erleiden,
> dass du mich anbetteln wirst, dich zu töten!

Sie antwortet nicht. Mehrere Minuten vergehen, aber weder liest sie die Nachricht noch antwortet sie. Fuck!

Sämtliche Muskeln in meinem Körper spannen sich an bei dem Gedanken daran, dass sie es tatsächlich gewagt hat, vor mir wegzulaufen. Die Wut lodert in jeder Faser meines Körpers. Das wird sie bereuen. Sie wird es verdammt noch mal bereuen, nicht freiwillig zurückgekehrt zu sein. Ich werde ihr so sehr wehtun. Ich werde sie so barbarisch foltern, dass nichts mehr von ihr übrig bleibt. Ich werde ihre verfickte Seele dafür töten, bevor ich auch ihren Körper töte. Fuck! Verdammte Scheiße. Damit hat sie ihr verdammtes Todesurteil unterschrieben.

Und das Schlimmste an der ganzen Sache ist, dass ich wirklich geglaubt habe, sie würde zurückkommen. Dass sie es nicht wagen würde, zu fliehen. Und dass ich mich anscheinend getäuscht habe, passt mir gar nicht. Es versetzt mich in rasende Wut. Und noch schlimmer ist die Tatsache, dass das alles nicht passiert wäre, wenn ich sie nicht so nah an mich herangelassen hätte. Wenn ich nicht zugelassen hätte, dass ihre Kunst meine Seele berührt. Und wenn ich sie verdammt noch mal nicht gefickt hätte. Mein ganzer Körper verlangt nach ihr und dem verfickt geilen Sex. Ich will sie so sehr ficken, dass mein Schwanz allein bei dem Gedanken an ihren nackten Körper, ihre feuchte Pussy und ihr erregtes Stöhnen hart wird. Aber das kann ich jetzt nie mehr tun. Denn ich muss sie bestrafen.

Und mit dieser Entscheidung hat sie alles zerstört. Es ist unmöglich, das wieder geradezubiegen. Ich werde sie nie wieder ficken und ich werde ihre verfickte Seele dafür töten, dass sie es gewagt hat, mit ihrer Kunst meine Seele zu berühren. Meine Wut ist grenzenlos. Ich werde sie finden und wieder einfangen. Und diesmal werde ich sie zerstören. Das hätte ich von Anfang an tun sollen. Fuck.

Doch ein kleiner Teil von mir will es immer noch nicht wahrhaben. Ein Teil von mir glaubt nicht, dass sie mich hintergangen hat. Und dieser Teil will sie auch gar nicht dafür bestrafen. Nein. Fuck. Dieser Teil will sie so sehr. Ihren Körper, ihre Seele, ihr Herz. Und zwar ohne ihr wehzutun. Und dieser Teil will auch, dass sie mich will. Und das freiwillig. Ohne Zwang. Dieser Teil will, dass sie mich trotz allem will. Meinen Körper, mein Herz und meine Seele.

Es ist ein unfassbar schreckliches Gefühl und ich will es nicht fühlen. Ich hasse mich dafür, dass ich es fühle. Und sie. Denn immerhin ist sie diejenige, die es in mir auslöst. Aber fuck. Ich kann nichts dagegen tun. Ich will sie so sehr. Für immer. Und ich werde sie so lange suchen, bis ich sie finde. Und dann kann ich immer noch entscheiden, was ich mit ihr mache.

Aber bis dahin ist da erst einmal diese unbändige Wut, die alles andere überschattet und diesen kleinen Teil, der enttäuscht ist, ja fast sogar verletzt, in den Hintergrund drängt. Fuck. Ich muss sie finden. Sie ist verdammt noch mal zu weit gegangen. Und dafür wird sie bezahlen.

KAPITEL 48

ROSE

Mein Kopf dröhnt heftig und ein stechender Schmerz zieht sich durch meinen gesamten Schädel, löst Schwindel in mir aus. Übelkeit steigt in mir hoch. Blinzelnd versuche ich, meine Augen zu öffnen, die sich nur schwer an das Licht gewöhnen. Ich liege auf dem Boden, meine Hände sind gefesselt.

Hektisch ziehe ich an der Kette, die meine Hände an der Wand fixiert. Doch das Metall gibt nicht nach. Natürlich nicht. Hitze steigt in mir hoch und mein Herz klopft schneller.

Ich setze mich auf und sehe mich panisch in dem Raum um. Die grauen Steinwände wirken kahl und der Raum ist komplett leer. Verdammt. Was ist passiert? Wie bin ich hierhergekommen? Und wo zur Hölle bin ich? Wer hat mich hier hingebracht? Ich muss hier irgendwie herauskommen. Aber wie zur Hölle soll ich das anstellen? Diese Fesseln sitzen bombenfest und in meinem Kopf pocht noch immer ein schlimmer stechender Schmerz.

Plötzlich öffnet sich die Tür am anderen Ende des Raumes. Gespannt schaue ich in die Richtung und als ich die Person erkenne, die den Raum betritt, weiche ich erschrocken zurück.

Panik breitet sich in meinem Körper aus. Mein Herz beschleunigt sich und ich schnappe nach Luft. Zitternd weiche ich zurück und starre geschockt auf den grinsenden Wichser. Nein. Das kann nicht sein. Das darf einfach nicht wahr sein.

»Na? Hast du mich vermisst?« Aidens Grinsen wird breiter, während er langsam auf mich zukommt.

Ich schlucke, mein ganzer Körper zittert. Ich versuche, vor ihm wegzurutschen, bis ich die Wand in meinem Rücken spüre. Verdammt. Er hat mich gefunden. Er hat mich verdammt noch mal gefunden und entführt. Dieser kranke Wichser. Und er ist wütend. Viel wütender als bei unserer letzten Begegnung. Und das wird gar nicht gut für mich enden.

»Hat es dir etwa die Sprache verschlagen?« Er kommt vor mir zum Stehen und blickt auf mich herab. »Wo ist denn dein Retter, hm? Ist er gar nicht da, um dich zu beschützen? Das ist schade, denn ich würde ihn gerne töten.«

Ich schlucke. Tränen steigen mir in die Augen. Nein, hier ist niemand, der mich beschützt. Carter ist nicht hier. Und dieses Mal wird er mich nicht retten. Er denkt wahrscheinlich, dass ich abgehauen bin. Er wird mich suchen, um mich zu foltern und zu töten. Aber wenn er herausfinden wird, dass ich bei Aiden bin, dann wird er mich einfach hierlassen. Denn er weiß schließlich, dass Aiden das Foltern und Töten erledigen wird. Er braucht sich also nicht die Hände schmutzig zu machen und auch kein Risiko eingehen. Es gibt keinen Grund für ihn, mich aus Aidens Fängen zu befreien. Ich bin verdammt noch mal auf mich allein gestellt.

»Weißt du, wie sehr ich auf diesen Tag hingefiebert habe? Und jetzt ist er endlich gekommen. Ich habe dich wieder bei mir und du wirst endlich deine gerechte Strafe erhalten. Du hättest nicht vor mir weglaufen dürfen, Rose. Das war nicht in Ordnung. Und das wird dir noch leidtun.« Seine Hände greifen nach meinen Armen und er zerrt mich hoch.

Taumelnd bleibe ich vor ihm stehen. Ich habe Mühe, meine Beine zu kontrollieren, die vor Angst und Schwäche zittern. Am liebsten würde ich mich einfach fallen lassen und liegen bleiben. Aber das würde ihn nur noch wütender machen.

»Wir wurden beim letzten Mal gestört, als wir gerade so viel Spaß hatten. Aber das können wir ja jetzt nachholen.« Ein dreckiges Grinsen liegt auf seinem Gesicht, als er seine Hose öffnet.

Meine Augen weiten sich vor Panik und ich stolpere ein paar Schritte zurück. »Nein«, hauche ich. Verdammt, nein. Er will mich schon wieder vergewaltigen, dieses verfickte Arschloch.

Aidens Grinsen wird nur noch breiter. Seine Hände legen sich auf meine Schultern und er drückt mich nach unten, sodass ich auf meinen Knien lande. »Ich will, dass du mir den besten Blowjob gibst, den du je jemandem gegeben hast, verstanden?« Er platziert seinen harten Schwanz vor meinem Gesicht. »Und denk gar nicht erst daran, zuzubeißen oder sonst etwas zu tun. Denn dann werde ich dir so sehr wehtun, dass die Schmerzen unerträglich werden. Hast du mich verstanden?«

Ich nicke stumm. Ein paar Tränen laufen über meine Wangen. Verdammt. Ich habe keine Wahl. Ich muss ihm gehorchen, sonst wird er mir unaussprechliche Dinge antun und ich will diesen Qualen entgehen.

Er grinst, während er nach meinem Kopf greift, seine Finger in meinen Haaren vergräbt. Seine Spitze drängt gegen meine Lippen. »Mach den Mund auf. Sofort.« Seine Stimme klingt bedrohlich. So bedrohlich, dass ich vor Angst zittere und den Mund öffne. Aiden schiebt seinen Schwanz hinein und gibt ein erregtes Stöhnen von sich. Alles daran ekelt mich an.

Als er sich mit einem Stoß tief in meinen Rachen rammt, muss ich würgen und kann mich gerade noch davon abhalten, meinen Mageninhalt hochkommen zu lassen.

»Blas mir einen, Rose.« Aidens Stimme klingt erregt und bedrohlich. Am liebsten würde ich in seinen scheiß Schwanz beißen und aufhören, aber das würde ihn unendlich wütend machen und ich habe zu große Angst vor dem, was dann passieren würde. Also gehorche ich ihm.

Unter Tränen gleiten meine Lippen über sein Glied, das sich in meinem Mund bewegt. Aidens Stöhnen wird immer lauter und lustvoller, meine Tränen immer mehr. Dann entlädt er sich in mir und ich schmecke sein salziges Sperma auf meiner Zunge.

Er zieht sich aus meinem Mund zurück und ich würge aufgrund des ekelhaften Geschmacks in meinem Mund. Ohne zu überlegen, spucke ich sein Sperma neben mir auf den Boden und versuche, so viel wie möglich davon loszuwerden. Würgend huste ich und versuche, den grässlichen Geschmack loszuwerden.

»Das nächste Mal schluckst du gefälligst.« Aiden sieht mich drohend an, während er seine Hose wieder hochzieht und schließt. Dann holt er mit einer Hand aus und schlägt mir damit mitten ins Gesicht.

Der brennende Schmerz raubt mir für eine Sekunde den Atem und ich verliere das Gleichgewicht, falle zu Boden. Im letzten Moment schaffe ich es, mich mit meinen Armen auf dem Boden abzustützen, jedoch geben diese im nächsten Moment nach und ich spüre den kalten Stein unter meinem Gesicht. Keuchend ringe ich nach Luft und kneife die Augen zusammen. Verdammt. Dieser Wichser.

»Dabei knickst du schon ein? Das war doch noch gar nichts.« Aiden lacht. Es ist ein selbstgefälliges Lachen, skrupellos. Es klingt nach Rache.

Verdammt, ich bin so was von am Arsch. Er wird mir so viele schlimme Dinge antun, dass allein der Gedanke daran mich in pure Panik versetzt. Und es gibt keine Hoffnung. Niemand wird mir helfen. Ich werde hier von ihm zu Tode gefoltert werden. Und ich kann nichts dagegen tun.

Und auch Carter wird mir nicht helfen können. Diesmal nicht. Aiden hat sich bestimmt abgesichert. Und Carter wird es nicht einmal wollen. Er wird mich hier verrotten lassen. Denn warum sollte er mich retten? Es gibt keinen Grund dafür. Ich bin für ihn nur eine Belastung und er wird für mich nicht so ein Risiko eingehen. Nein, wieso sollte er auch? Ich bin hier komplett allein und Aiden schutzlos ausgeliefert. Er wird mich foltern und am Ende wird er mich einfach töten.

Aiden packt mich grob und zieht mich zu ihm hoch. Ich lehne mich gegen die Wand und sehe ihn ängstlich an. Als ich den schwarzen Elektroschocker in seiner Hand entdecke, versuche ich panisch, mich aus seinem Griff zu befreien. Doch Aiden hält mich gnadenlos fest und hebt seine Hand.

Ich spüre den Taser an meinem Hals und mein ganzer Körper versteift sich vor Angst. Ich will ihn anflehen, es nicht zu tun, doch mir kommt kein einziges Wort über die Lippen. Mit einem rachsüchtigen Grinsen drückt er zu und verpasst mir einen Elektroschock.

Ich schreie vor Schmerz auf. Ein Brennen zieht sich durch meinen Hals und meine Muskeln zucken wild. Der Schmerz ist so stark, dass ich die Kontrolle über meinen Körper verliere und in mich zusammensacke. Atemlos ringe ich nach Luft und versuche, mein Herz zu beruhigen.

Gerade als ich wieder etwas zu Atem komme, trifft mich der nächste Stromschlag und ich schreie erneut vor Schmerz auf. Mein Körper zittert unkontrolliert und mein Herz schlägt überfordert in meiner Brust. Tränen laufen über meine Wangen. Verdammt. Wieso ist er so grausam?

Erschöpft kauere ich mich zusammen. Hoffe, dass er aufhört. Dass ich etwas zur Ruhe kommen kann. Doch das tut er nicht. Er quält mich weiter. Bis mein Körper so schwach ist, dass ich mich nicht mehr bewegen, sondern nur noch unkontrolliert zittern kann. Bis der Schmerz alles betäubt.

Und das ist erst der Anfang. Der Anfang eines endlos langen Martyriums, dem Aiden mich aussetzen wird. Ohne die Hoffnung, es hier irgendwie lebend herauszuschaffen. Mich wird niemand retten. Ich werde hier sterben. Durch Aidens Hand. Und das ist das Schlimmste, was jemals hätte passieren können. Ich bin in der Hölle. Und es gibt keinen Ausweg.

KAPITEL 49

CARTER

Wütend öffne ich die Ortungsapp auf meinem Smartphone. Wenn sie glaubt, sie kann einfach vor mir fliehen, dann ist sie verdammt dumm. Ich suche die Adresse heraus, an der sich ihr Smartphone befindet und suche danach im Internet. Es scheint irgendein Haus irgendwo in New York zu sein. Besonders weit hat sie es allem Anschein nach nicht geschafft. Aber was will sie in New York?

Ich sehe mir die Adresse genauer an. Irgendetwas daran kommt mir bekannt vor. Fuck. Ich erinnere mich. Ich bin schon einmal dort gewesen. Mit ihr. Es ist die Adresse, an der ich sie abgeliefert und Aiden übergeben habe, bevor ich sie dann doch wieder mitgenommen habe. Fuck. Dieser Wichser hat sie. Freiwillig ist sie bestimmt nicht zu ihm gegangen, also muss er sie entführt haben. Allein beim Gedanken an diesen Bastard kocht die Wut in mir hoch.

Deswegen ist sie nicht zurückgekommen. Weil Aiden sie vorher entführt hat. Oder? Fuck. Das hat gar nichts zu bedeuten. Hat er sie auf dem Weg zu mir entführt? Sie hätte genauso gut auf der Flucht sein können. Ich weiß noch immer nicht, ob sie zu mir zurückgekehrt wäre oder vor mir hat fliehen wollen. Ich weiß nur, dass sie jetzt bei Aiden ist. Fuck.

Ich laufe unruhig in dem viel zu kleinen Raum hin und her. Mit einer Hand fahre ich über meine Bartstoppeln, während ich nachdenke. Was soll ich tun? Ich könnte sie einfach bei ihm lassen. Dann würde ich nie erfahren, ob sie zu mir zurückgekehrt wäre oder nicht. Und sie würde mir auch keine Probleme mehr machen. Ich könnte einfach zu meinem verfickten Leben zurückkehren, ohne einen weiteren Gedanken an sie zu verschwenden. Ich könnte sie einfach ihrem Schicksal überlassen.

Es ist nicht mein verdammtes Problem, dass Aiden sie foltern und töten wird. Ich kann mich einfach raushalten. Sie ist mir eh schon zu nah gekommen. Das ist der perfekte Ausweg. Ich müsste mich nie mehr mit ihr und meinen verfickten Gefühlen herumschlagen und könnte einfach wieder wie bisher weitermachen.

Aber da ist dieser kleine Teil in mir. Der Teil, der sie nicht einfach ihrem Schicksal überlassen will. Der sie nicht verlassen will. Der sie aus den Fängen dieses Wichsers befreien will. Der sie will. Nur sie allein. Für immer. Der Teil, der etwas für sie fühlt. Wie ist das möglich? Wie kann überhaupt nur der winzigste Teil von mir in der Lage dazu sein, irgendetwas zu fühlen? Für sie. Dieser Teil in mir kann nicht zulassen, dass sie gefoltert und getötet wird. Dieser Teil will sie retten. Ich will ihr helfen und Aiden für all die Dinge bestrafen, die er ihr angetan hat. Fuck.

Mit großen Schritten verlasse ich die kleine Wohnung und laufe nach draußen zu meinem Auto. Ich starte den Motor und fahre so schnell ich kann zu meinem Haus. Wieso beeile ich mich so? Sie sollte mir nicht so wichtig sein. Doch aus irgendeinem Grund zieht sich etwas in meiner Brust zusammen bei dem Gedanken daran, was für höllischen Qualen sie gerade ausgesetzt ist. Fuck. Wieso zur Hölle sorge ich mich so um sie? Als würde sie mir etwas bedeuten. Als wäre da mehr zwischen uns.

Ich laufe durch den Flur und öffne die Tür zu meinem Waffenraum. Dort schließe ich den großen Safe auf, der unzählige Gewehre, darunter Scharfschützengewehre und Sturmgewehre, Pistolen, weitere Handfeuerwaffen und Unmengen an Munition beinhaltet.

Ich greife nach zwei schwarzen Sturmgewehren und fülle die Taschen meiner schwarzen Cargohose mit Munition. Dann nehme ich noch zwei Pistolen und stecke auch dafür ausreichend Munition ein. So verlasse ich mein Haus wieder und steige in mein Auto. Ich gebe die Adresse ins Navi ein und trete aufs Gas.

Die Gebäude und Landschaften ziehen an mir vorbei, während ich unruhig mit den Fingern auf das Lenkrad tippe. Hätte ich diesen Auftrag damals nicht angenommen … Dann wäre jetzt alles in bester Ordnung und ich würde nicht meine Prinzipien über Bord werfen, um eine Frau zu retten, die meine Gefangene gewesen ist und es irgendwie geschafft hat, sich einen Platz in meinem Herzen und meiner Seele zu erschleichen.

Fuck. Was sind das für verfickte Gefühle? Wieso fühle ich überhaupt etwas? Wieso zieht sich bei dem Gedanken daran, Rose würde gerade Höllenqualen durchleiden und bald sterben, alles in meinem Inneren zusammen?

Ich habe sie viel zu nah an mich herangelassen. Ich hätte niemals zulassen dürfen, dass sie mir so nah kommt. Aber jetzt ist es zu spät. Es ist verdammt noch mal viel zu spät und ich bin mittendrin. Ich komme nicht mehr heraus. Sie ist schon zu tief in meine Seele eingedrungen und hat viel zu viel Macht über mich. Ich kann nicht anders. Ich muss sie retten. Ich will sie verdammt noch mal retten, weil allein der Gedanke, sie zu verlieren, eine innere Qual ist. Unerträglich. Fuck.

Ich stelle mein Auto ab, steige aus und greife nach den Waffen. Die Handfeuerwaffen stecke ich mir in meinen Hosenbund. Ich nehme jeweils ein geladenes Sturmgewehr in eine Hand.

Die Eingangstür wird von zwei bewaffneten Männern bewacht. Ohne zu zögern, richte ich die Gewehre auf sie und drücke mehrmals ab. Die lauten Knalle verhallen in der Nacht. Beide Männer gehen überrascht und keuchend zu Boden und rühren sich nicht mehr. Ich steige über sie drüber und öffne die große Tür.

Im Flur erwarten mich zwei weitere Männer, die ihre Waffen auf mich richten. Ich ballere beide ab, bis auch sie reglos auf dem Boden liegen.

Ich sichere jeden einzelnen Raum. Dann gehe ich die Treppe hinunter und erschieße auch die restlichen Männer, die vor einer Tür Wache halten. Fuck, dieses Gefühl ist so befriedigend. Das Töten habe ich in den letzten Wochen so sehr vermisst.

Ich hänge mir die Gewehre über die Schultern und hole meine Pistole hervor. Die Waffe auf Brusthöhe nach vorne gerichtet, öffne ich die Tür.

Aiden steht hinter Rose und hält sie fest, ein Messer an ihrer Kehle. Sie wirkt so schwach, dass ich nicht sicher bin, ob sie sich selbst auf ihren Beinen halten kann. Ihre saphirblauen Augen glänzen vor Schmerz. Fuck. Sie so zu sehen, entfacht ein schmerzhaftes Ziehen in meiner Brust und die unbändige Wut auf Aiden erfüllt jede Faser meines Körpers. Mein Kiefer spannt sich an und ich blicke ihn hasserfüllt an. Fuck. Ich werde ihn verdammt noch mal töten.

KAPITEL 50

ROSE

Mein Körper fühlt sich so schwer und kaputt an, dass jeder einzelne Atemzug und die kleinste Bewegung wehtun. Aiden hat mich mittlerweile von meinen Fesseln befreit, sodass ich mich frei im Raum bewegen kann. Zumindest in der Theorie. Praktisch ist das nicht möglich, denn ich bin viel zu schwach. Ich kann keinen einzigen Schritt gehen, schaffe es nicht einmal wirklich, mich auf meinen Beinen zu halten.

Er zieht mich immer wieder zu sich hoch, bevor er mir einen weiteren Elektroschock, einen weiteren Schlag oder einen weiteren Messerschnitt zufügt. Meine Schreie werden mit jeder Verletzung leiser, weil mir die Kraft immer mehr fehlt und mein Hals höllisch brennt.

Meine Haut ist so geschunden, dass jede weitere Wunde noch viel schmerzhafter ist, obwohl ich mich mittlerweile sogar fast an den Schmerz gewöhnt habe. Mein Herz schlägt viel zu schnell, mein Körper zittert unkontrolliert und ich versuche immer wieder, zu Atem zu kommen. Meine Augenlider flackern und ich will einfach nur schlafen, mich ausruhen. Mein Körper braucht Ruhe und ich werde diese Tortur nicht mehr lange aushalten.

Plötzlich dringen laute Geräusche in mein Bewusstsein. Laute Knalle. Aiden lässt von mir ab und horcht in die Stille hinein. Dann ertönen noch mehr Knalle, dieses Mal sind sie lauter. Verdammt. Was zur Hölle ist das? Sind das etwa Schüsse? Was geht hier vor sich?

Aiden sieht mich wutentbrannt an und sein ganzer Körper versteift sich. Mit einem großen Schritt ist er wieder bei mir und packt mich unsanft am Arm. Grob reißt er mich zu sich nach oben und hält mich fest. Er steht hinter mir, sein Arm hält mich am Bauch fest, während er mit der anderen Hand ein Messer an meinen Hals führt. Ich schnappe panisch nach Luft, als ich die kalte Klinge an meiner Kehle spüre. Verdammt. Was zur Hölle geschieht hier?

Für ein paar Sekunden ist alles still. Dann öffnet sich plötzlich die Tür. Ich schnappe nach Luft. Mein Herz beschleunigt sich. Erleichterung flutet meinen Körper. Ungläubig blinzle ich.

Er ist es wirklich. Carter. Er steht in der Tür und richtet eine Pistole auf uns. Auf seinen Schultern trägt er zwei Gewehre. Sein Blick verdunkelt sich, sein Kiefer ist angespannt. Ich kann es kaum glauben. Er ist wirklich hier. Er ist gekommen, um mich zu retten. Ich habe bereits alle Hoffnung aufgegeben und nicht damit gerechnet, dass er dieses Risiko eingeht. Aber verdammt, er hat es tatsächlich getan. Er ist hier. Und das macht mich so unfassbar glücklich, dass ich all den Schmerz vergesse. Und aus irgendeinem Grund freue ich mich nicht nur über ihn, weil ich damit Aiden entkommen kann, sondern ich freue mich auch auf Carter und darauf, zu ihm zurückzukehren. Verdammt.

»Verpiss dich und halt dich verdammt noch mal da raus!« Aidens wütende Stimme ist so laut, dass es in meinem Ohr klingelt.

»Lass sie los.« Carters tiefe Stimme ist ruhig und gefasst.

»Nein. Ich habe dich nur engagiert, um sie für mich zu entführen. Du hättest dich einfach verpissen sollen, nachdem du sie mir ausgeliefert hattest. Also verschwinde von hier! Sie gehört mir!« Aidens Griff wird fester, die Klinge an meinem Hals drückt tiefer in meine Haut.

»Nicht bewegen.« Carter sieht mich direkt an. Seine grünen Augen blitzen gefährlich auf. Wieso sieht er mich dabei an? Als ob ich hier irgendetwas tun kann. Warum sollte er mich dabei ansehen? Die Worte soll er lieber an Aiden richten. Er wird wahrscheinlich sowieso gleich auf ihn schießen.

Mein Herzschlag beschleunigt sich. Carter ist ein Scharfschütze. Er verfehlt sein Ziel nicht. Das hat er mir klargemacht. Und jetzt, wo er nur wenige Meter von uns entfernt steht, dürfte es ihm leichtfallen, sein Ziel zu treffen. Wenn ich mich nicht im falschen Moment zu stark bewege. Langsam deute ich ein leichtes Nicken an.

Carters Mundwinkel zucken, als er abdrückt und ein lauter Knall ertönt. Erschrocken zucke ich zusammen, Aiden schreit vor Schmerz auf und lässt mich los. Meine Beine geben unter mir nach und ich falle neben ihn auf den Boden. Mühsam ziehe ich mich ein Stück von ihm weg und bringe etwas Abstand zwischen uns. Mein Herz klopft wie verrückt und ich atme hektisch.

Carter kommt auf uns zu. Auf seinen Lippen liegt ein Grinsen. »Na, was haben wir denn da?« Er beugt sich nach unten und hebt den Elektroschocker auf. »Hat er dir damit wehgetan?« Carter sieht mich ernst an, seine Stimme klingt fast ein wenig sanft.

Unfähig, etwas zu sagen, nicke ich nur. Mein Körper ist immer noch am Zittern und ich sitze kraftlos auf dem kalten Boden.

Carter geht zu Aiden und beugt sich zu ihm runter. Ohne zu zögern, presst er den Elektroschocker an Aidens Hals und drückt auf den Knopf. Aiden schreit schmerzerfüllt auf, sein Körper zuckt unkontrolliert. Carter lacht. »Was passiert wohl, wenn ich deinen Schwanz damit bearbeite?« Ein diabolisches Grinsen liegt auf seinen Lippen, als er sich an Aidens Hose zu schaffen macht. Dieser schreit schockiert auf, seine Augen weiten sich.

Carter zieht ihm die Hose samt Unterhose herunter. »Du hast sie vergewaltigt, dafür sollte ich dir noch viel schlimmere Qualen zufügen.« Carters Blick verfinstert sich. Dann hält er den Schocker an Aidens Schwanz und drückt auf den Knopf.

Aiden schreit so laut auf, dass ich vor Schreck zusammenzucke. Carter verpasst ihm noch einen Schock und dann noch einen, während Aiden vor Schmerz und Wut brüllt.

Und auch wenn ich es schrecklich finde, was er da tut, gefällt es mir auch. Aiden hat nichts anderes verdient, im Gegenteil. Er hat eher noch schlimmere Sachen verdient.

Carter sieht zu mir. »Willst du auch mal?« Er hebt eine Augenbraue.

Ich schüttle den Kopf. »Ich will nur hier weg und ihn nie wiedersehen.« Meine Stimme ist heiser und schwach.

Grinsend richtet er die Waffe auf Aiden. »Willst du ihm noch irgendetwas sagen, bevor er stirbt?« Er sieht mich auffordernd an.

Mit letzter Kraft hieve ich mich zu Aiden, der zuckend am Boden liegt, und beuge mich über ihn. »Du bist ein kranker, verfickter Wichser. Ich hasse dich abgrundtief und du wirst in der Hölle verrotten.« Ich sehe ihm ein letztes Mal in die Augen. Ich empfinde nichts als Hass und Wut für diesen Wichser.

Gerade als ich mich wieder von ihm entfernen will, spüre ich einen brennenden und stechenden Schmerz in meinem Bauch. Keuchend sehe ich nach unten, sehe auf das Messer, welches Aiden mir gerade in den Bauch gerammt hat.

Übelkeit steigt in mir hoch, mein Herz schlägt viel zu schnell. Perplex greife ich an meinen Bauch, sehe auf meine Hand, die voller Blut ist. Ich sinke auf den Boden.

»Fuck.« Carter sieht mich schockiert an. »Du elender Wichser.« Er richtet die Waffe auf Aidens Kopf und drückt ab. Die Kugel trifft genau zwischen seine Augen und er ist sofort tot.

Die Übelkeit breitet sich in meinem Körper aus, zitternd versuche ich, mich zusammenzukauern, während Kälte meinen Körper hinaufkriecht. Tränen sammeln sich in meinen Augen.

Carter kniet sich neben mich, greift nach meinen Armen und zieht mich zu sich. Er legt einen Arm um mich, hält meinen Oberkörper fest, mein Kopf lehnt an seiner Brust. Ich atme seinen herben Duft ein. Mit einer Hand drückt er auf die Wunde in meinem Bauch. »Fuck, Rose.« Er sieht mich an. In seinen smaragdgrünen Augen blitzt etwas auf. Verdammt, er macht sich Sorgen und hat Angst um mich, oder? »Bleib bei mir. Bitte.« Seine tiefe Stimme bebt und jagt mir eine Gänsehaut über den Körper. Ihm so nah zu sein fühlt sich so verdammt gut an. Als würde ich hier hingehören. Zu ihm.

»Ich wollte zu dir zurückkommen.« Meine Stimme ist nur ein kraftloses Flüstern. Aus irgendeinem Grund habe ich das Bedürfnis, ihm dies mitzuteilen. Verdammt. Ich werde sterben. Aber der Gedanke daran, dass ich in Carters Armen sterben werde, macht das Ganze erträglicher. Ich kann mir dafür nichts Besseres vorstellen.

»Fuck, Rose.« Carters Augen blitzen auf. »Ich werde dich nicht sterben lassen.« Seine raue Stimme wirkt fast zerbrechlich.

»Wieso nicht?« Meine Lider werden schwer und ich habe Schwierigkeiten, das Bewusstsein zu behalten.

»Du hast meine Seele berührt, Rose. Das hat noch niemand geschafft. Und ich will dich. Meine Seele will dich. Ich will deinen Körper, deine Seele, dein Herz. Ich will alles von dir. Fuck, Rose. Wie hast du das nur geschafft?« Carter schüttelt den Kopf und sieht mich ernst an. In seinen Augen liegen so viel Sorge und Verlangen. Und … Angst? Fuck, hat er wirklich Angst um mich?

Ich schlucke. »Dasselbe könnte ich dich fragen«, flüstere ich kraftlos. Meine Lider flimmern und ich spüre, wie das Bewusstsein meinen Körper verlässt. Das Letzte, was ich spüre, ist, wie Carter mich hochhebt und losläuft. Dann wird alles um mich herum schwarz.

KAPITEL 51

CARTER

F uck.
    Blut.

Viel zu viel Blut.

Rose liegt bewusstlos in meinen Armen, ihr Puls ist schwach. Ich laufe mit ihr so schnell ich kann zu meinem Auto und lege sie auf den Beifahrersitz. Dann laufe ich um das Auto herum und steige auf der Fahrerseite ein. Ich starte den Motor und gebe Vollgas. Mit einer Hand drücke ich auf die tiefe Wunde an ihrem Bauch, aus der noch immer viel zu viel Blut kommt. Fuck. Sie darf nicht sterben. Das darf nicht passieren.

Mein Herz klopft viel schneller, als ich es gewohnt bin. Was ist das für ein Gefühl? Ist das etwa Angst? Nein, das kann nicht sein. Oder? Fuck. Ich habe tatsächlich Angst. Um Rose. Ich habe Angst davor, dass sie stirbt. Fuck. Wieso mache ich mir so große Sorgen um sie?

Weil ich etwas für sie empfinde. Weil sie mir nicht egal ist. Weil sie mir wichtig ist. Fuck. Sie hat sich in meine Seele geschlichen, in mein Herz. Sie hat etwas geschafft, was noch nie jemand geschafft hat, und das macht sie so besonders. Und weil sie mir wichtig ist, will ich nicht, dass sie stirbt. Ich muss ihr helfen. Sie darf nicht sterben. Dafür ist sie mir zu wichtig. Viel zu wichtig.

Als ich das Krankenhaus endlich erreicht habe, fahre ich direkt vor den Eingang der Notaufnahme. Mir ist bewusst, dass es riskant ist, sie in ein Krankenhaus zu bringen. Dass die Leute Fragen stellen werden. Aber ich habe keine andere Wahl. Ich kann ihr nicht helfen. Ich könnte ihre Wunde flicken, aber sie hat schon zu viel Blut verloren. Und an Blut würde ich nicht schnell genug kommen. Deswegen muss ich sie in die Notaufnahme bringen. Denn sie darf auf keinen Fall sterben. Das werde ich nicht zulassen.

Ich laufe zur Beifahrertür und öffne sie. Ich hebe Rose heraus und laufe durch die Tür ins Innere des Krankenhauses. »Hilfe! Ich brauche sofort Hilfe.« Meine Stimme ist laut genug, um jegliche Aufmerksamkeit auf mich zu ziehen.

Eine Krankenschwester kommt mit einer Trage auf mich zu und ich lege Rose darauf ab. Ein paar weitere Menschen kommen zu uns, darunter auch ein Arzt, der nach einem kurzen Blick sofort eine Notfall-OP anordnet. Mehrere Schwestern schieben die Liege mit Rose so schnell es geht zu einer Tür. Ich will ihnen folgen, doch eine Krankenschwester stellt sich mir in den Weg. »Sie dürfen da nicht rein.«

Ich schnaube. »Aber ich muss bei ihr bleiben.« Ich versuche, mich an ihr vorbeizudrängeln.

»Nein.« Sie bleibt standhaft und stellt sich mir in den Weg. »Die Ärzte werden ihr Bestes geben, aber Sie müssen hier draußen warten.«

Ich fahre mir verzweifelt durch die Haare. Fuck. Am liebsten würde ich sie einfach mit meiner Waffe bedrohen, aber das würde Rose auch nicht helfen und ich will hier kein Blutbad anrichten. Wohl oder übel muss ich mich geschlagen geben und laufe aufgebracht nach draußen.

Die kühle Nachtluft empfängt mich und ich hole meine Zigaretten hervor. Ich stecke mir eine zwischen die Lippen und zünde sie an. Ich inhaliere einen tiefen Zug und genieße das Kratzen in meiner Lunge. Die Angst und Anspannung schnüren meine Kehle zu.

Ich will Rose nicht verlieren. Ich darf sie einfach nicht verlieren. Sie muss diese Operation überstehen. Sie muss überleben. Wenn die Ärzte sie nicht retten, dann werde ich jeden einzelnen von ihnen erschießen. Ich werde alles niederbrennen. Fuck.

Sie hat zu mir zurückkehren wollen. Sie hat wirklich zu mir zurückgewollt. Fuck. Allein der Gedanke ist so erleichternd. Ich werde alles für sie tun. Rose darf nicht sterben. Ich darf sie nicht verlieren. Sie ist etwas Besonderes. Mehr als das. Sie ist mir wichtig. So sehr. Ich liebe sie. Fuck. Ich liebe sie so sehr. Meine Seele verzerrt sich nach ihr und mein Herz zieht sich bei dem Gedanken daran zusammen, sie könnte sterben und ich könnte sie für immer verlieren. Sie hat sich in mein Herz geschlichen und meine Seele berührt. Sie hat mich dazu gebracht, Gefühle für sie zu entwickeln. Und diese Gefühle sind so stark, wie ich noch nie zuvor etwas gefühlt habe.

Fuck. Ich liebe sie so sehr! Diese Liebe geht so unendlich tief, dass ich fast verrückt werde. Und ich werde alles für sie tun. Alles.

KAPITEL 52

ROSE

Benommen versuche ich, mich zu bewegen. Mein Körper schmerzt bei jeder Bewegung. Ich blinzle mehrmals, um mich an das grelle Licht zu gewöhnen. Mein Kopf dröhnt, mein Hals brennt und mein Körper fühlt sich so unendlich schwer an, dass ich mich kaum bewegen kann.

Ich sehe mich um, mustere die weißen Wände und das Bett, in dem ich liege. Als ich die Geräte neben mir entdecke, wird mir langsam klar, wo ich mich befinde. Es sieht aus wie ein Krankenhauszimmer. Verdammt. Wieso bin ich im Krankenhaus? Was genau ist passiert? Und wo ist Carter? Das Zimmer ist komplett leer.

Vorsichtig drehe ich meinen Kopf, was ein schmerzhaftes Stechen verursacht. Ich kneife die Augen zusammen und lasse die Schwindelwelle über mich hinwegrollen. Langsam hebe ich meinen Arm ein Stück an, in meinem Handrücken steckt ein Zugang, durch den eine Infusion in mich hineinfließt.

Ich hebe die Decke an und mustere das helle Krankenhaushemd, mit dem ich bekleidet bin. Vorsichtig schiebe ich den Stoff zur Seite und lege damit den Verband auf meinem Bauch frei. Mit den Fingern fahre ich ganz vorsichtig drüber und spüre ein leichtes Ziehen. Allmählich kommen die Erinnerungen wieder.

Aiden hat mir ein Messer in den Bauch gerammt und Carter hat ihn daraufhin erschossen. Fuck. Mein Herzschlag beschleunigt sich. Wo ist er? Hat er mich hierhin gebracht? Er muss es gewesen sein. Denn sonst kommt niemand infrage. Aber warum ist er dieses Risiko eingegangen und wo ist er jetzt? Hat er mich hier zurückgelassen? Am liebsten wäre ich aufgestanden, doch ich bin so schwach, dass ich mich nicht einmal aufsetzen kann.

Plötzlich öffnet sich die Tür und eine junge Krankenschwester betritt das Zimmer. »Sie sind wach. Das ist sehr gut. Wie fühlen Sie sich?« Sie kommt auf mich zu, ein freundliches Lächeln auf den Lippen.

»Carter«, flüstere ich.

»Wie war das?«

»Wo ist er?« Meine Stimme klingt heiser und jedes der Worte kratzt in meinem Hals.

»Der Mann, der sie hergebracht hat?«

Ich nicke schwach.

Die Schwester sieht mich besorgt an. »Hat er Ihnen das angetan? Hat er Ihnen wehgetan?«

Ich schüttle den Kopf. »Wo ist er?«

»Wir haben ihn nicht zu Ihnen reingelassen. Ihre Verletzungen sind sehr schlimm. Sie müssen mir sagen, wer Ihnen das angetan hat. Wir können Ihnen helfen. Wir können Sie beschützen. Hat der Mann, der Sie hergebracht hat, sie so zugerichtet? Hat er Ihnen wehgetan?«

Das hier wäre meine Chance. Ich brauche dieser Krankenschwester nur alles erzählen und sie wird die Polizei rufen. Und die werden mich beschützen. Ich könnte Carter entkommen. Ich könnte frei sein. Ihn nie wieder sehen. Aber der Gedanke daran, ihn zu verlieren, schmerzt viel mehr als die Stichwunde in meinem Bauch. Verdammt. »Nein. Er hat mich gerettet.«

»Sie brauchen keine Angst haben. Er kann Ihnen nichts mehr tun. Wir können Ihnen helfen. Sie müssen es nur sagen.« Die Schwester scheint ernsthaft besorgt zu sein.

»Er hat mir das nicht angetan. Bitte. Wo ist er? Ich brauche ihn jetzt. Bitte holen Sie ihn her. Bitte.« Verdammt. Wieso will ich ihn so sehr bei mir haben?

Die Frau scheint nicht wirklich überzeugt zu sein, doch dann nickt sie und verlässt mein Zimmer. Ich schließe erschöpft die Augen und atme gleichmäßig ein und aus.

»Rose.« Seine tiefe Stimme lässt mein Herz für einen Moment aussetzen.

Ich öffne meine Augen und schaue ihn an. Ich sehe in seine smaragdgrünen Augen, in denen ein Sturm der Gefühle wütet. »Carter.« Sein Anblick lässt mich erleichtert aufatmen.

Er kommt auf mich zu und setzt sich auf die Bettkante. »Fuck, Rose. Es tut mir so leid. Ich hätte besser aufpassen müssen.«

»Nein, du hättest es nicht verhindern können.« Ich greife nach seiner Hand. Verdammt. Wieso fühlt sich seine Haut so gut an? »Wieso hast du mich gerettet? Und wieso hast du mich ins Krankenhaus gebracht? Das Risiko ist doch viel zu hoch, dass die Leute hier Fragen stellen.«

»Fuck, Rose. Ich konnte dich nicht sterben lassen. Es war die einzige Möglichkeit, du hast zu viel Blut verloren. Für mich war nur wichtig, dass du überlebst. Ich wollte dich nicht verlieren, Rose.« Seine tiefe Stimme bebt und seine Hände umschließen meine Hand.

»Damit du mich wieder entführen und besitzen kannst?« Ich schlucke.

»Ich will, dass du freiwillig zu mir kommst. Ich will dich so sehr, Rose. Alles von dir. Deinen Körper, dein Herz und deine

Seele. Fuck.« Carter sieht mich an, in seinen Augen lodert das Verlangen.

Mein Herz pocht wie verrückt. »Was empfindest du für mich?« Meine Stimme bebt vor Angst.

»Fuck, Rose.« Carter sieht mich gequält an.

»Sag es, Carter.«

»Verdammt, ich liebe dich, Rose.« Seine tiefe Stimme vibriert in meinen Knochen, seine Worte legen sich um mein Herz und graben sich tief in meine Seele.

Verdammt. Er hat es gesagt. Er hat die Worte tatsächlich ausgesprochen. Mein Herz überschlägt sich fast. Ein Lächeln legt sich auf meine Lippen. Fuck. Wieso fühlen sich seine Worte so gut an? Wieso gefällt mir so sehr, was er sagt? Wieso will ich ihn so nah bei mir haben und ihn nie wieder verlassen? »Seit wann?«, flüstere ich.

»Länger, als ich es mir selbst eingestehen würde.« Er streicht mir eine schwarze Haarsträhne aus dem Gesicht. »Und wieso wolltest du mich bei dir haben? Du hättest die Leute hier um Hilfe bitten können und vor mir fliehen können.« Er hebt eine Augenbraue.

»Weil ich dich auch will. So sehr, dass der Gedanke, nicht bei dir sein zu können, mehr wehtut als die Folter, die ich erleiden musste. Verdammt, Carter. Ich will das Gleiche wie du. Ich will dich so sehr. Deinen heißen Körper, dein Herz und deine verdammte Seele, die so tiefschwarz ist und trotzdem in der Lage ist, etwas zu fühlen.« Fuck. Diese Wahrheit lässt mein Herz höherschlagen und mein Lächeln wird größer.

»Fuck, Rose. Du solltest mich nicht so sehr wollen. Ich kann meine Natur nicht ändern. Ich bin ein Killer. Und ich werde dir wehtun. Und ich werde dich noch viel härter ficken.« Carter fährt sich durch die kurzen schwarzen Haare.

»Ich liebe dich, Carter.« Verdammt, ich liebe ihn so sehr. Und jetzt kann ich es nicht mehr verleugnen. Ich hebe meinen Arm, lege meine Hand auf seine Wange. Die Bartstoppeln kratzen an meiner Haut, mein Arm brennt vor Anstrengung.

In seinen Augen blitzt etwas auf und er greift nach meiner Hand. »Fuck, Rose. Ich liebe dich so sehr.«

»Küss mich. Bitte. Ich halte es keine Sekunde länger aus«, hauche ich.

Carter grinst, dann beugte er sich zu mir herunter. Seine Lippen legen sich sanft auf meine und mir entweicht ein leises Keuchen bei der Berührung.

Ihn zu schmecken tut so gut und seine Lippen auf meinen zu spüren ist so wunderschön, dass ich alles um mich herum vergesse. Ich schmecke nur ihn und den Zigarettenrauch. Ich spüre nur seine Haut auf meiner, seine Zunge, die meine umspielt und ein angenehmes Prickeln in mir erzeugt. Seine Hände halten meinen Kopf und ich lasse mich komplett fallen. Verdammt, dieser Kuss fühlt sich so gut an.

»Fuck, ich würde dich jetzt so gerne ficken.« Carters Stimme ist nur ein raues Flüstern, sein Körper ist angespannt.

»Bring mich weg von hier.« Ich blicke ihn an.

»Bist du dir sicher?« Er hebt eine Augenbraue und mustert mich besorgt.

»Ja. Ich will hier weg. Und ich will bei dir bleiben. Freiwillig.«

Carters Augen blitzen auf. »Fuck, Rose. Ich werde dich nie wieder gehen lassen.«

»Ich hätte nie gedacht, dass ich mich jemals darüber freuen würde, wenn du diese Worte sagst. Aber ich werde nie wieder vor dir fliehen.« Verdammt. Ich will für immer bei ihm bleiben.

»Ich werde alles für dich tun, Rose. Hörst du? Alles! Ich würde für dich durch die Hölle gehen. Ich würde für dich töten. Ich tue verdammt noch mal alles für dich, Rose.« Carter sieht mich ernst an und fährt mit seinen Fingern über meine Wange.

Ich lächle, denn ich weiß, dass das die Wahrheit ist. Ja, er würde für mich töten, denn er ist ein Killer und er hat bereits für mich getötet. Er hat mich gerettet und mein Leben hat er auch gerettet. Fuck. Seine Worte gefallen mir so sehr. Und meine Gefühle für ihn sind so unfassbar stark.

Carter grinst. Dann schlägt er die Bettdecke zur Seite und entfernt die Infusion aus meiner Hand. Er schlingt seine Arme um mich und hebt mich hoch. Der Schmerz, der durch meinen Bauch geht, entlockt mir ein kurzes Stöhnen und ich lehne meinen Kopf gegen seine Brust, schlinge meine Arme um seinen Hals. Carter trägt mich aus dem Zimmer und durch die Korridore des Krankenhauses nach draußen.

Er setzt mich in sein Auto und holt aus dem Kofferraum einen Stapel Kleidung, den er mir gibt. Es kostet mich einiges an Kraft, mich anzuziehen, doch als ich es geschafft habe, lehne ich mich erleichtert zurück. Carter sitzt neben mir auf dem Fahrersitz und gibt Gas.

Ein paar Minuten schweigen wir. Dann sehe ich zu ihm. Unsere Blicke treffen sich. Ich sehe in seine Smaragde und verliere mich tief in seinem verlangenden Blick.

Seine Hand legt sich auf meinen Oberschenkel und ich ziehe scharf die Luft ein. Diese Berührung fühlt sich so gut an. Alles in meiner Mitte kribbelt und ich will ihn so sehr. Fuck. Wie zur Hölle hat er es geschafft, mich für sich zu gewinnen? Er hat mich verdammt noch mal entführt und bedroht. Aber aus irgendeinem Grund kann ich ihm all das verzeihen.

Ich sehe in ihm mehr als nur den skrupellosen, eiskalten Killer. Ich sehe in ihm die Seele, die von meiner Kunst berührt wird. Ich sehe ihn, der mich gerettet hat und mich beschützt. Der alles für mich tun würde. Der sogar für mich töten würde, es sogar schon getan hat. Der mich so unendlich liebt, dass er den Gedanken nicht erträgt, ich könne sterben, und deshalb alles für mich riskiert. Und den ich so sehr liebe, dass ich niemals wieder ohne ihn sein will.

Fuck. Ich liebe alles an Carter. Ich liebe seinen Körper, sein Herz und seine Seele. Ich liebe Carter mit meinem ganzen Sein. Mein Körper liebt ihn. Mein Herz liebt ihn. Und meine Seele liebt ihn. Fuck. Diese Liebe ist so intensiv, wie ich noch nie zuvor in meinem Leben etwas gefühlt habe. Nicht einmal meine Kunst kommt an dieses Gefühl heran. Und das sagt alles.

KAPITEL 53

CARTER

Fuck. Ich liebe sie so sehr. Alles an ihr. Ihren Körper, ihr Herz, ihre Seele. Ich liebe ihre saphirblauen Augen, durch die ich direkt in ihre Seele blicken kann. Ihre schwarzen Haare, die die gleiche Farbe haben wie meine. Ich liebe ihre Kunst und ihre Leidenschaft für diese. Ich liebe es, wie sie mich ansieht und wie sie mir sagt, dass sie mich liebt. Ich liebe, wie ihr Körper auf mich reagiert und wie sich ihre Lippen auf meinen anfühlen. Fuck. Diese Gefühle sind so intensiv.

Niemals hätte ich damit gerechnet, jemals so etwas für jemanden zu empfinden. Ich habe nicht einmal gewusst, dass ich überhaupt etwas fühlen kann. Aber diese Gefühle sind so stark, dass sie alles überschatten. Es gibt nichts, was mir wichtiger ist. Rose ist alles für mich. Sie ist das Wichtigste. Sie wird für immer bei mir bleiben. Nicht, weil ich sie gefangen halte. Nein. Weil sie es will. Weil sie mich genauso liebt wie ich sie. Weil sie bei mir bleiben und mich niemals verlassen will. Fuck. Ich werde alles für sie tun. Ich werde sie so unendlich glücklich machen, weil sie es verdient hat. Ich werde sie mit meinem Leben beschützen. Für immer.

KAPITEL 54

ROSE

B enommen blinzle ich, gewöhne mich an das dämmrige Licht. Schmerz zuckt durch meinen Bauch, doch es ist auszuhalten, die Medikamente wirken. Trotzdem fühlt sich mein Körper geschunden an, jede einzelne Bewegung fühlt sich um Tonnen schwerer an.

Mein Blick gleitet neben mich und mein Herzschlag beschleunigt sich. Carter liegt an meiner Seite auf dem Bett. Seine Augen sind geschlossen, er schläft. Ich drehe mich vorsichtig auf die Seite und betrachte ihn. Seine dunklen Haare, die ihm in die Stirn fallen, seinen markanten Kiefer. Die muskulösen Oberarme und der gestählte Körper. Fuck. Er sieht so unfassbar gut aus.

Langsam hebe ich meine Hand und bewege sie auf ihn zu. Sanft lege ich meine Finger auf seine Wangen und spüre, wie seine Bartstoppeln mich pieksen. Ein Lächeln formt sich auf meinen Lippen und ich fahre mit meinen Fingern über seine Haut.

Plötzlich öffnet Carter seine Augen und fixiert mich mit seinen lodernden Smaragden. »Fuck, Rose …« Er greift nach meiner

Hand, zieht sie zu seinen Lippen und haucht sanfte Küsse auf meine Haut.

Ich seufze, schließe die Augen und genieße seine Berührungen. Ich rücke näher an ihn heran, sodass unsere Gesichter nur wenige Zentimeter voneinander entfernt schweben.

»Ich habe mir solche Sorgen um dich gemacht. Fuck. Wenn du gestorben wärst …« Er schüttelt den Kopf.

»Bin ich aber nicht.« Meine Stimme ist leise, noch ein wenig kraftlos.

Carter streicht mir eine meiner schwarzen Haarsträhnen hinters Ohr, bevor er mit seinem Daumen sanft über meine Wange fährt. »Fuck …« Seine raue Stimme jagt mir eine Gänsehaut über meinen Körper.

Langsam ziehe ich seinen Kopf zu mir, bis uns nur noch wenige Millimeter trennen. Ich lege meine Lippen sanft auf seine und küsse ihn. Seine Hand an meiner Wange drückt etwas fester zu und er zieht mich näher zu sich. Mit seiner Zunge teilt er meine Lippen und dringt in meinen Mund ein. Als unsere Zungen sich berühren, keuche ich und spüre ein verlangendes Kribbeln.

Carter küsst mich fordernder, erkundet mit seiner Zunge meinen Mund und entfesselt in mir all das Verlangen und die Lust nach ihm. Danach, ihn zu spüren. Überall. Auf meiner Haut. In meinem Körper. In meiner Seele. Seine Härte drängt sich gegen meine Mitte und ich küsse ihn noch leidenschaftlicher.

Carter löst sich von mir, sieht mich gequält an. »Fuck, Rose. Ich will dich so hart ficken, aber du bist noch viel zu schwach. Das Risiko ist zu hoch.« Seine tiefe Stimme trieft vor Erregung.

»Wir könnten es versuchen«, hauche ich. Meine Hand gleitet seinen Oberkörper hinab zu seinem Hosenbund, legt sich auf seine Härte.

Carter knurrt verlangend. »Fuck. Das geht nicht. Ich will dich so hart ficken und ich werde mich nicht zurückhalten und nicht aufhören können.« Er fährt sich durch die dunklen Haare und seufzt.

»Okay.« Ein Grinsen legt sich auf mein Gesicht, als ich seine Hose öffne.

»Fuck, Rose. Was soll das werden?« Sein Kiefer spannt sich an.

»Zieh das aus.« Ich deute auf seine Hose.

Verwirrt mustert er mich, doch dann schiebt er sich seine Hose samt Boxershorts herunter und lässt sie auf den Boden fallen. »Was hast du vor, Rose?«

Meine Hand legt sich um seine Härte, meine Lippen landen auf seinen. Als ich anfange, meine Hand auf und ab zu bewegen, stöhnt er an meinen Lippen auf und sein Griff verfestigt sich. Ich löse mich von seinem Mund und knie mich dann zwischen seine Beine. Als ich meinen Kopf sinken lasse, zieht er scharf die Luft ein und in seinen Augen blitzt die Lust auf.

»Fuck, Rose.«

Ich lächle, bevor ich meinen Mund öffne und meine Lippen um seine harte Spitze lege. Ich nehme ihn tief in mir auf und lasse ihn immer wieder in meinen Mund fahren.

Carter stöhnt erregt auf. »Fuck.« Seine Stimme ist nur ein tiefes Raunen. Er beobachtet mich, doch als ich schneller werde, legt er seinen Kopf in den Nacken und schließt die Augen.

Meine Lippen haben sich fest um seine Härte geschlossen, meine Zunge fährt über seine Spitze. Ich lasse ihn aus mir hinausgleiten und nehme ihn dann wieder in mir auf. Carters Stöhnen wird mit jedem Mal lauter, bis er sich mit einem lauten »Fuck« in mir entlädt. Ich schmecke ihn und lasse seinen Schwanz noch ein letztes Mal in meinen Mund gleiten, bevor ich aufhöre und seinen Samen herunterschlucke. Erschöpft lasse ich mich neben ihn auf die Matratze sinken.

»Fuck, Rose. Das war so unfassbar geil.« Carter sieht mich verlangend an. »Zieh dich aus.«

Ich schlucke und mein Herzschlag beschleunigt sich. Dann gehorche ich ihm. Als ich nackt vor ihm liege, platziert er sich zwischen meinen Beinen. Er senkt seine Lippen auf meine und küsst mich gierig, was mir ein leises Keuchen entlockt. Seine Lippen lösen sich von meinen und wandern über meinen Hals, meine Brüste und meinen Bauch, hinterlassen überall ein heißes Kribbeln.

Seine Zunge streift meine Mitte und ich atme tief ein. Fuck. In kreisenden Bewegungen fährt er damit um meine Perle und dringt in mich ein. Ich stöhne vor Erregung und kralle mich im Bettlaken fest. Mein Herz schlägt schnell, mein Atem geht abgehackt. Das prickelnde Gefühl intensiviert sich mit jeder seiner Bewegungen. Fuck, es fühlt sich so unfassbar gut an.

Als ich explodiere, stöhne ich laut, mein Körper erzittert und das pulsierende Gefühl zwischen meinen Beinen raubt mir für ein paar Sekunden den Atem. Fuck, es fühlt sich so gut an.

Carter legt sich neben mich und blickt mir direkt in die Augen. »Fuck, Rose. Ich will dich so sehr.«

Mein Herzschlag beschleunigt sich. »Und ich will dich.« Ich sehe in seine wunderschönen Smaragde. »Ich liebe dich so sehr.«

»Ich liebe dich mit meiner ganzen Seele.« In Carters Augen liegt so viel Ehrlichkeit, Verlangen und Liebe. Ich lächle. Pure Euphorie flutet meinen Körper. Fuck, ich liebe ihn so sehr. Alles in mir liebt und will ihn. Meine ganze Seele.

ENDE

TRIGGERWARNUNG

Dieses Buch enthält folgende Inhalte, die potenziell triggernd sind:

- Entführung
- Waffen
- Körperliche und psychische Gewalt
- Folter
- Vergewaltigung (nicht durch den Protagonisten)
- Mord
- Harter Sex
- Ungeschützter Sex
- BDSM-Elemente
- Schmerz
- Erwähnung einer toxischen Beziehung und Erwähnung von Gewalt in einer Beziehung